相约洹水

高建军 ——

著

（一）

郑州大学出版社

图书在版编目（CIP）数据

相约洹水. 一／高建军著.— 郑州：郑州大学出版社，2021.9（2024.6 重印）
ISBN 978-7-5645-7980-7

Ⅰ.①相… Ⅱ.①高… Ⅲ.①中国文学 – 当代文学 – 作品综合集②中篇小说 – 小说集 – 中国 – 当代 Ⅳ.①I217.2

中国版本图书馆 CIP 数据核字（2021）第 135083 号

相约洹水（一）
XIANGYUE HUANSHUI（YI）

策划编辑	李勇军	封面设计	孙文恒
责任编辑	暴晓楠	版式设计	孙文恒
责任校对	孙园园	责任监制	李瑞卿

出版发行	郑州大学出版社	地　址	郑州市大学路 40 号（450052）
出 版 人	孙保营	网　址	http://www.zzup.cn
经　销	全国新华书店	发行电话	0371-66966070
印　刷	山东华立印务有限公司		
开　本	710 mm × 1 010 mm　1 / 16		
彩　页	2		
总 印 张	24.75	总 字 数	317 千字
版　次	2021 年 9 月第 1 版	印　次	2024 年 6 月第 2 次印刷
书　号	ISBN 978-7-5645-7980-7	总 定 价	88.00 元（全二册）

　　高建军，作家、诗人，主要作品有：《黑脊
梁》、《宋武帝刘裕》（1—2卷）、《文景之
治》（1—4卷）、《文峰耸秀》等。《游中山
陵》《游周庄》《游韶山冲》《春燕》《独评留
侯张良》《如梦令·荷塘秋景》《水调歌头·评
典属国苏武》《永遇乐·咏宋武帝刘裕》《卜算
子·遥寄相思》《沁园春·凭小乔墓》十首诗词
于2007年在"中华当代美德格言诗文选"作品征
集活动中荣获一等奖，《文峰之歌》于2012年荣
获安阳红旗渠杯征文三等奖。

目　录

精彩万岁

一

洹阳市一个夏夜，一阵狂风从远处卷来，掠过翠竹苑小区，把平时茂密的竹林吹得沙沙作响。闪电像一把明晃晃的利剑，划过漆黑的夜空，把它一分两半，旋即又恢复原状。伴随着隆隆的雷声，瓢泼似的大雨哗哗而降。

风雨声、雷电声交织在一起。希望社区党支部书记、居委会主任梅香从酣睡中惊醒，她伸出胳膊，揿一下墙壁上的开关，温馨的卧室顿时发出耀眼的灯光。她揉了几下惺忪的眼睛，掀掉盖在身上的毛巾被，穿上衣服，走到窗前，推开窗扇，哗啦一声拉上窗纱，看着窗外的雨幕。

这是一个身材不高、略显富态的中年妇女，圆圆的脸盘，大大的眼睛，留着较短的发头，浓密的秀发夹杂着几根银丝。通过面相可以看得出，她是一个既有经验又十分精干的女人。此时她站在窗前，看着这一场大雨，嘴里不停地呢喃："这场雨好大啊，也不知道社区群众的房子漏雨没有？"

不安分的雨点透过窗纱，溅到她的脸上，凉丝丝的，让她有一种说不出的舒服，但这种感觉转瞬即逝，她脸上仍旧布满焦灼的神情："尤其是哑女齐望家的那道残破的院墙，能经得住雨水的浸泡吗？会不会倒呢？真急人呀！"

大雨滂沱，雷声轰隆。梅香面对这场突如其来的大雨，面对这场大雨可能给社区群众带来的不良后果，心忧如焚："这可怎么办？这可怎么办？"她离开窗前，搓着双手，在卧室内来回走动。尽管她的脚步很轻，但还是把爱人田新民搅醒了。他打着哈欠，嗔怪道："孩儿他妈，大半夜你不睡觉，又干什么呢？"

"外边下雨了。"

"它下它的雨，咱睡咱的觉，别操心了，睡吧。"田新民瘦长脸，用一双瞌睡的眼睛看着爱人。

"别人可以这样想，但你不能这么想。"

"我为什么不能这么想？再说了，我不这么想，又该怎样想？"

看着丈夫一张困乏的脸，梅香耐着性子说："我是社区之主，社区的群众都是我的亲人，你说，要不要关心？"

田新民翻起身子，披上褂子，连声说："要啊，当然要。"

"群众遇到像今天这样的大雨天，家里进不进水？房屋漏不漏雨？我怎能不牵挂？"

"应该。"看着妻子那张焦虑不安的脸，田新民直觉胸中有一种热乎乎的东西往上涌。他穿好衣服，趿拉上鞋，走近妻子，温柔地对她说："刚才我还怪你不睡觉，看来我错怪你了。我知道，你有一颗金子般的心，始终把社区群众看作亲人，你与他们的关系平时处得很好，我怎么能怪你呢？难道你丈夫是个落后分子，会拉你的后腿不成吗？"

听了丈夫的表白，梅香嫣然一笑说："你是个什么人，没有人比我更清楚，我觉得，你只会理解我，支持我。"

田新民深有同感，扳着妻子的肩膀，用鼓励的口气对她说："作为社区干部家属，由于平日受你的影响，我对社区群众，尤其是那些困难户，特别同情。我理解你，支持你。"

"谢谢你。"梅香鼻子一阵酸涩，被通情达理的丈夫感动了。她知道，丈夫深深地爱着她，并深深地爱着她的工作，为了不让她在工作中分心，默默地承担了很多家务。

"你和我还这么客气，显得多外气。"

"我想到社区住户家看一看，看到他们平安无事，我的心里才踏实。"

"我不反对，只是雨下得太大，风刮得太急，你的安全能不能得到保证？我不放心呀，万一广告牌掉下来，窨井盖没盖……"

"我还没有你说得那么脆弱，你放心吧。"说着，她走到女儿玉玲床前，深情地注视着女儿熟睡的脸，然后返回外间，叮嘱丈夫道，"别忘了给女儿做饭，别忘了叫醒她，别让她上学迟了。"

"你放心吧。"

"我去了。"梅香把手电筒挎在身上，穿好雨衣，推着自行车，消失在茫茫的雨幕里。

田新民把妻子送走，返回卧室，叹着气，嘟囔道："唉，这一辈子娶了一个闲不住的老婆，真是既庆幸又烦恼啊！"

二

梅香骑着自行车，顶风冒雨，在到处都是积水的路上艰难行进。雨衣在大风大雨中成了摆设，忽而紧贴身子，忽而从背上撩起老高，雨水不断打在梅香的额头和眼睛上，让她睁不开眼，她的可视距离变得很短，连两米都超不过，但她全然不顾这一切，使足力气，踩着脚蹬，向前赶路。呜的一声，一股旋风扑面而来，把她的车子吹得歪向路边，她身子趔趄，扑通一声，扑到水里，被凉水浸泡。凉水像蚯蚓一样，很快爬满全身，她从头到脚感到不舒服，但这种不舒服的感觉只是暂时的，她抬起头来，只见前方的路灯在苍茫的雨幕里熠熠生辉，她仿佛看到一线希望，浑身充满力量，不由得坚强地爬起来，扶起自行车，不服输地骗腿儿，骑上车，向前，向前……

也不知道摔了几次，也不知道骑了多长时间的车，梅香终于跌跌撞撞地来到她工作多年的希望社区。她没有去别的地方，径直来到哑女齐望的家门口，啪啪拍着门，一边拍，一边喊道："邓大娘，你醒醒。"

"谁呀?"一线光亮透过门缝，院子里传来一串凉鞋走路的声音，吱的一声，大门打开，一个眉头上刻着几道皱纹的老婆子出现在梅香的眼前，她惊喜地说："啊，我还以为是谁呢，原来是梅书记，赶快进来。"

邓大娘心中热乎乎的，她拉着梅香的手，走进过道，感激地说："大闺女，你让我怎么说你才好呢，下这么大的雨，别人都往家里躲，你倒好，偏偏来咱穷人家。"

"我不放心你家的院墙呗。"梅香用眼看着院子的南边，只见平时那一道残破的院墙已经全部倒下，碎砖头撒满地，浸泡在水里。

邓大娘长叹一声："梅书记呀，这穷人越瘸越用棍子敲。半夜里我睡得正香，梦里听到刮风下雨的声音，起床关紧门窗，刚刚躺到床上，就听到院子里扑通一声。我打开灯，来到院子里，看到院墙倒塌，满地都是碎砖头。我想，下这么大的雨，周围一片黑乎乎的，叫谁，谁也不会来，只好等到天明再想办法。"

梅香感情真挚地说："邓大娘，你不用怕，我已经知道你的情况，回去之后，一定会向办事处的领导汇报，带领社区干部，竭尽全力帮助你渡过难关，绝不会看着你遭灾而袖手旁观，请你相信我。"

"我相信你。"邓大娘把梅香让进里屋，梅香脱下雨衣，衣服湿淋淋的，不断有水珠滴在地上。邓大娘尽管老眼昏花，但仍然敏锐地察觉到了这一点，心疼地说："大闺女，你看你，为了咱们穷人，浑身都湿透了，这样容易闹出病来。"

"我还年轻，没事。"

"不能大意，年轻的时候或许不显，到老了后悔就来不及了。"邓大娘不容她分辩，把她拉进卧室，拿出自己一身干净的衣服，催促道，"不要嫌弃颜色老，快换上。"

"我换。"梅香没有推辞，换上一身干衣服，把浸湿的衣服拧了几把，搭在衣裳架上晾起来，身上顿时感到好多了。她觉得，邓大娘这样做，出自真心，没有任何矫揉造作的成分，说明她这个社区书记平日的言行得到了邓大娘和社区群众的理解和支持，他们的心紧紧地贴在一起。这是她对社区群众长期关怀的结果，是一点一滴积攒起来的。

"梅书记，喝口水吧。"邓大娘倒了一杯热水，端到梅香的手中。

梅香客气地说："谢谢邓大娘。"

邓大娘拍着梅香的手说："你天天为社区群众热心服务，说谢谢的应该是我们。"

她们围着茶几坐下来，梅香喝两口热水，胃里暖和许多。她看着邓大娘一张饱经沧桑的脸，关心地问："大娘，齐望近一段时间心情如何？"

"还可以，自从你把她送进特殊教育学校，遇到一位好心的梁老师，她就学习舞蹈入了迷。"

"只要她自强不息，一定能成为一名优秀的舞蹈家。"

"苦命的孙女啊，何时才能熬出来？"一提到孙女齐望，邓大娘就唉声叹气，为了这个孙女，她的心都操碎了。在她的记忆中，齐望的童年是非常不幸的。

齐望是个哑女，当她的妈妈发现这个问题时，向家里人提出了抛弃她的想法，家里人觉得她的想法太残忍，就没有答应。不堪重负的妈妈一狠心，抛下齐望，抛下这个家，跟着别的男人走了，小齐望从此失去了妈妈。为了家庭生计，她的爸爸顾不上照看她，天天在外边奔波劳累。齐望看到邻居的孩子在妈妈的呵护下，过着天真烂漫的快乐时光，而自己除了承受残疾带来的不便，还要承受生活的艰辛，一时间，她失去生活下去的信心和勇气，想自暴自弃，甚至想到自寻短见。为此，她开始不吃不喝，不见任何亲人。

满头白发的奶奶，站在她的床前鼻涕一把，眼泪一把地说："齐望，我的好孙女，人的生命只有一次，你何必自己作践自己，你知道你这样做，奶奶心里多难受啊！你就吃饭吧，哪怕只吃一口。"

"妈妈走了，她带走了我的金色梦想。"齐望不能说话，却执拗地打着手势，与她的奶奶艰难地交流。

邓大娘眼中噙着泪水说："那个女人忒心狠，怎么能扔下自己的女儿一走了之呢？"

"我没有这样的妈妈，妈妈在我的心中已经死了。"提起"妈妈"两个字，齐望的心好像在被一把锐利的锥子乱扎，说不出有多痛苦，说不出有多破碎。

"可怜的娃，奶奶养你，咱不想她啊。"

"可眼下的我这个样子，嘴不能说，与别人比，我活着还有什么意思，还是早死好，少连累你和爸爸。"

邓大娘搂紧齐望说："我的傻孙女，你怎么这么傻呀，你和我是世界上最亲的人，我怎么会怕你拖累我？只要有我的一口，就有你的半口。"

"奶奶，你对我好，我记住了，你不要再劝我了。你对我的好，只有来世再报，我心已定，任谁劝也劝不回。"面对慈祥的、脸上淌满老泪的奶奶，齐望固执己见，仍旧粒米不进。

奶奶、爸爸、亲戚和邻居多次劝说，都无济于事，他们叹着气，摇着头，眼睁睁看着齐望命悬一线，无可奈何。

就在齐望准备用这种极端的方式结束自己鲜活的生命之际，梅书记来了，她带来了党组织的关怀和亲人般的温暖，给齐望带来了生命的希望。

梅香坐到齐望的床边，眼睛里充满爱怜，轻轻地揉她的手，用柔和的语气说："聪明的齐望，你为什么不吃不喝呢？"

"因为生活没有乐趣。"齐望无力地打着手势。

梅香明白齐望的手势，断然否定她的看法："不是这个原因。"

"那是什么原因？"

"你是软弱、胆怯，才选择逃避现实这条路。"

"反正我已成了这个样子，破罐子破摔，任你怎么评价都行，一切无所谓。"齐望把头扭向一边，对梅香不理不睬。

梅香对齐望冷漠的态度毫不计较，转到她的对面，齐望则把头又扭向另一侧，与梅香顽强对峙。梅香笑了笑，耐心地说："不管你怎么看自己，我都要把话说完。在这个世界上，比你不幸的人很多，可他们没有消沉，而是凭着顽强的毅力，用他们的聪明智慧、辛勤汗水，为这个世界增添了许多光彩。"

"他们是他们，我是我，我怎能与这些英雄相比呢？"

　　"天生我材必有用。都是一个脑袋两只手，怎么就不能相比呢？他们会成为人们学习的榜样，你通过努力，也会成为人们学习的榜样。"梅香讲到这里，充分发挥自身工作特长和优势，鼓励齐望与命运进行不屈的抗争，"远的像霍金、奥斯特洛夫斯基、吴运铎、张海迪，近的像郭亚平，他们都是身残志不残的好典型，为人类做出了突出贡献。"

　　听了梅香一番充满激情的鼓励，齐望陷入了沉思，她人虽残疾，但她知道谁对她好，谁对她坏，谁与她心近，谁与她心远。她看着梅香充满期待的眼光，看着奶奶那张忧愁的、善良的、慈爱的、皱纹纵横交错的脸，思想斗争非常激烈。一会儿，她泪如雨下，泣不成声，被梅书记的真情感化了，开始回心转意，向邓大娘不断打手势："听了梅书记的一席话，我想通了。饭，我吃。"

　　"这就对了。"梅香看了一眼邓大娘，一颗悬着的心落进肚里。

　　邓大娘咧开嘴，执着梅香的手，哇的一声哭了，这是邓大娘从绝望中走出来的哭声，也是她对党的基层好干部梅香充满感谢的哭声，直哭得梅香心里酸酸的，软软的。梅香看不得弱者的眼泪，扭过头，忍不住潸然泪下。

　　从此，齐望抛弃一切寻死的念头，与奶奶相依为命，坦然面对生活带来的风风雨雨、沟沟坎坎，顽强地生存下来。而梅香呢，总是隔三岔五来看齐望，看她有什么困难，看她有什么想法，与她进行充分的沟通与交流，从外边精彩的世界到眼前现实的生活，从吃饭穿衣到看病治病，无所不聊，无微不至。为了增添齐望的乐趣，梅香经过多次协调，为齐望争取来一部笔记本电脑。当齐望看到崭新的电脑时，两眼一亮，爱不释手。她学会发邮件、用微信、打游戏等，让自己的生活充满乐趣。她发给梅香的第一封邮件，竟是这样的内容：我以前失去妈妈，失去生活下去的信心和勇气，是梅书记重新燃起我生活的希望，让我扬起风帆，乘风破浪，驶向远方；梅书记，你代表党组织，为我做了能做的一切，我将铭记于心。你虽然不是我的亲妈妈，但你胜过我的亲妈妈，你就是我最亲爱的妈妈，我深深地爱着你，真想扑进你那像海洋般宽阔的怀抱，叫一声梅妈妈。

每当回忆起这段令人心酸而又宽慰的经历，她们就有说不完的话。风在呜呜刮，雨在哗哗下，不时有雷声滚过房顶，不时有闪电划过夜幕，而这令人可怕的雷声和闪电，在这深沉的夜色里此起彼伏。

三

看到邓大娘和齐望安然无恙，梅香心里踏实了，暗想：只要人安全，什么都好说。

想到这里，梅香露出两排整齐洁白的牙齿，笑着对邓大娘说："天晴之后，我带领社区干部，买些水泥、砖，帮你家把墙重新垒起来。"

"感谢梅书记。"

"不用谢，这些都是我应该做的。如果你非要感谢的话，就请感谢我们伟大的党吧。"

梅香一提到伟大的党，邓大娘不由得把头抬起来，看着挂在墙上的领袖画像，这是一张端正又慈祥的脸，忍不住眼睛潮润，鼻翼翕动，心情万分激动地说："伟大的领袖，都是你教育的好干部，把我们穷人的忧愁与欢乐挂在心头，忧我们所忧，急我们所急，帮我们所需，我们为生活在这个伟大时代感到骄傲，感到自豪。"

邓大娘对党的一片真挚感情，对领袖的一番肺腑之语，道出了全国人民对党和领袖的无比热爱。梅香被她的情绪深深感染，紧握她那双皱巴巴的手，声音颤抖地说："就让我们祝福我们的党永葆青春，祝福我们的伟大领袖永远健康。"

两个人兴奋地谈论着，忘记疲倦。等邓大娘的情绪平静下来，梅香站起身子，对邓大娘说："大娘，你休息吧，我想到别的困难户家再转一转，看一看他们的情况。"

邓大娘拽住梅香的手不放，劝她说："下这么大的雨，人家都往自己家里赶，而你却往咱穷人家里赶。"

"不去看一看，我心里不踏实，哪怕我看上他们一眼，心里也踏实了。"

"好闺女，你让我这老婆子怎么说你才好呢？干脆，我也豁出去啦，陪你去。"

"大娘，你老了，腿脚不方便，就别去了。"梅香竭力劝阻邓大娘，任凭邓大娘磨破嘴，她怕邓大娘万一有个闪失，她的一片好心就会付诸东流。

就这样，梅香把自行车放到邓大娘的家里，向邓大娘借了一把雨伞，打着手电筒，一脚深一脚浅地转遍那些贫困户，把党的关怀和温暖送进他们的家里。

看到大家的房子不漏，一切正常，梅香露出欣慰的笑容。她返回邓大娘的家里，这时雨停了，风停了，东方晨曦初露。

邓大娘看着一脸倦容的梅香，心疼地说："你呀，为了咱老百姓的事，又是一夜没睡啊。"

屋内传来一声"啊"，邓大娘指着屋内说："是齐望醒了。"梅香二话没说，与邓大娘一起走进屋内，只见一个女孩躺在床上，正冲着她们笑呢。单从长相上看，她与正常的女孩没有什么区别。

"齐望早上好。"梅香温柔地问候女孩。

叫齐望的女孩一看是梅香，两只明亮的眼睛立刻流露出欢欣，她比画着手势，向梅香问好："梅妈妈，早上好。"她穿上衣服，走到外间一张小四方形桌前坐下来，她看着梅香一双熬得通红的眼睛，眼睛里流露出理解的目光，似乎在说："梅妈妈，您怎么又是这样？"

梅香理解齐望的心思，赶紧解释："下雨了，我心里放不下，转了几户。"

齐望激动地伸出手，比画着，意思再明白不过："梅妈妈，没有人比我更了解你，但凡刮风下雨，你总是往我们这些弱势群体家里跑，你用一颗金子般的心，温暖着我们的心。"

"谢谢你的夸赞。"看到齐望这样理解自己，梅香抚摸着她的头，心里暖洋洋的。

齐望歪着头，问梅香："看到什么意外了吗？"

"除了你家的院墙倒了，别的都没事。"

"那可怎么办？"

"两天后，我带着社区干部帮你家重新砌好院墙。"

"我相信。"

正当她们畅谈时，邓大娘端着一碗热气腾腾的鸡蛋汤，送到梅香的手上，真诚地说："梅书记，忙活了一夜，喝一碗汤，暖和一下身子。"

"大娘，我还有事，必须得走，鸡蛋汤你们喝吧。"梅香是一个纪律性很强的干部，坚持把盛满鸡蛋汤的碗放在桌上，走到屋外，推着自行车走了。

邓大娘倚在门上，嘴里不停地嘟哝："这个梅书记，千般好，万般好，就是给咱穷人办了实事，连口饭都不吃，常常让我这个快要入土的老婆子心里过意不去啊。"

离开邓大娘家，梅香飞快地骑着自行车，路过一个卖饭的小地摊，一股香味钻进她的鼻孔。她不由得停下来，把车子放到一边，要了一碗豆沫、两个包子，坐到一张桌前，有滋有味地吃起来。说心里话，忙了一夜，她真的饿了。当邓大娘端着热乎乎的鸡蛋汤让她喝时，她真想喝了，觉得这也没啥，但她想到自己是一个党员，想到党平时对她的严格教育，便婉拒了。

吃过饭，梅香付了钱，骑着车子，来到办事处点名。点名后，社区工作人员一一返回社区。梅香刚坐下，副主任鲁丽便领着一个个头高高、眉清目秀的青年来找她。

鲁丽向青年介绍梅香："这是我们希望社区的梅书记。"

"梅书记好。"青年脸上带着微笑，大大方方地自我介绍，"我叫赵杰，是内黄人，来城里务工，想找口饭吃。"

"好啊，我们欢迎你。"梅香热情地让座，说，"你需要我们帮你什么忙呢？"

"梅书记，近处有没有便宜的房出租？"

"这？"梅香略皱眉头，而后豁然开朗，"我们翠竹苑小区还有一套房子没有租出去，不知道是否合你的意。"

"一月多少钱？"

"大概六百元。"

"那我租了。"

"好，你同意了，但主家是否同意，我还得给你联系一下。"梅香说着，从口袋里掏出电话本，拨通一个电话，"喂，红旺吗？我是梅香。"

"梅书记你好，我是红旺。"手机里传来一个男子洪亮的声音。

"是这样的，前些日子听说你租房子，今天恰好有个内黄进城务工的，人看上去很实诚，看能不能让人家跟你联系？"

"当然可以。"红旺在手机里兴奋地喊道，"难得梅书记如此上心，非常感谢你，你让他跟我联系吧。"

"再见。"

"再见。"

"成了。"梅香站起来，眼睛里射出两道平静的光芒，扫在赵杰的脸上。

梅香现场联系，立竿见影，让赵杰意识到眼前这个社区书记是一个热心的爽快人。他感动地说："梅书记，你我素昧平生，没想到你能出手相助，太感谢你了。"

"别客气，今后我们成了邻居，还需要你的关照。"梅香把红旺和自己的手机号码写在一张纸上，递给赵杰，笑盈盈地说，"这是红旺的手机号码，你可以直接与他联系。如果遇到什么麻烦，也可以同我联系，我已把我的号码写在上边了。"

"好。"赵杰接过字条，看一眼字条上的手机号码，满脸带笑，高兴地走了。

下午，梅香经过办事处领导批准，带着全社区干部，买了三袋水泥和半车沙子，来到齐望家，把倒下的院墙重新砌好，了却自己的一桩心愿。

夕阳落山，梅香拖着疲惫的身躯，返回翠竹苑小区自己的家里。吃过晚饭，她躺到床上，睡得很香甜，任谁呼唤都呼唤不醒。

四

赵杰离开希望社区，用手机联系红旺，约好见面时间。红旺在手机里说如果方便的话，半个小时之后在翠竹苑小区门口等他。赵杰心想也没别的事，便甩开两条长腿，朝翠竹苑小区而来。

他来自一个偏僻的乡村，上过高中，由于多种原因没考上大学，但他是一个志向远大的时代青年，不甘沉沦，不甘过面朝黄土背朝天的单调枯燥的日子。他怀着创业的梦想，决定来城市打拼，要用辛勤的双手创造属于自己的美好生活。

第一次来到洹阳市这座美丽的城市，他以前曾在电视里看到过她的相关报道，在梦里梦见过她的美丽面容和身姿，当双脚迈进这座城市时，他对这座城市的一切都充满新鲜感，立马爱上了这座历史文化与现代文明交相辉映的城市。

他走在平坦整洁的人行道上，看着大路上来来往往、川流不息的车辆，欣赏着路两边鳞次栉比的门市，闻着从远处飘来的醇厚馥郁、悠悠绵长的酒香，特别是那一座座高耸入云、错落有致的住宅楼，让他仰着脖子，双眼都看直了，灵魂好像出窍似的，如醉如痴。

"别人能拥有的，我一定能拥有；别人能获得成功，我一定也能获得成功。"赵杰面对眼前令他眼花缭乱的繁华闹市，攥紧拳头，暗暗励志。他很自信，作为一个有文化、有志向的青年，不缺胳膊和腿，不比别人差，凭什么别人能拥有那么多的财富，自己不能拥有呢？凭什么别人能成为时代的弄潮儿，自己不能成为呢？只要拼搏，只要奋斗，就一定能过上美好的生活，实现心中的梦想。

不知不觉，赵杰来到翠竹苑门口，看到一个中年人在门口噙着烟卷，迈着四方步，不慌不忙地转悠。只见这个中年人中等个儿，戴着一副近视眼镜，眼镜片后是一双深邃睿智的眼睛。

他会不会是红旺呢？赵杰心里猜着，走上前，礼貌地问："请问你是？"

"红旺。"

"我是梅书记介绍的租房户赵杰。"

　　"你好。"两个人轻轻地握手，寒暄，而后便来到赵杰想要租的房子。房子是二楼三室两厅，一百三十多平方米，采光、通风都不错。赵杰在各个房间转一遍，露出满意的笑容。

　　红旺问："能相中房子吗?"

　　赵杰回答："还可以。"

　　"能相中房子，就好说，说租金吧。"

　　"梅书记说的六百元，你看可以吗?"

　　红旺苦笑两声，摆出一副无奈的样子，说："按照市场价来说，你出这个价钱租这么大的房子，肯定不行。不过呢，话又说回来，既然梅书记开了尊口，我不能不给面子，每月六百元租给你了。你可以四处打听，再没有这么便宜的价格啦。"

　　"谢谢您，您照顾我了。"赵杰心里清楚，像面积这么大的房子，一个月没有一千元租不下来，不禁暗暗称赞红旺的豪爽，同时暗暗感激梅香。

　　"不过呢，你得一次性交半年的租金，咱才能订立合同。"

　　赵杰一听，为难地说："遇到这么好的房子，我也想长期租，但我初来乍到，囊中羞涩，请您高抬贵手，能不能交两个月的租金。等个一年半载，我手头宽裕，再一交半年，行吗?"

　　"梅书记介绍的人，肯定错不了。"红旺看赵杰面露难色，觉得他不是那种有经济能力而不愿意掏钱的人，略微沉吟，双手一摊，豪爽地说，"也罢，谁让我遇到一位穷朋友呢?"

　　听了红旺的话，赵杰高兴地说："谢谢仁兄，我给您添麻烦了。"

　　"那咱签合同吧?"

　　"签合同。"

　　两个人坐下来，在格式合同上填了相关内容，各自摁了手印，各持一份。赵杰拿出一千二百元，交给红旺。红旺把钱装进口袋里，笑着说："从今往后，你我的关系不仅仅是租赁关系，是朋友关系。你有什么困难，我会竭尽全力帮助你。我的为人，你会逐步了解的。"

"遇到像您这样仗义的好心人，兄弟我以后断不了给您找麻烦。"赵杰觉得自己今天办了一件大事，一颗悬着的心放进肚里。为了解本单元各户情况，以便于在今后的生活中做到心中有数，他试探着问红旺："您了解咱单元各户的情况吗？"

红旺笑着说："当然了解。"

"能否介绍一二？"

红旺对各户的情况如数家珍，娓娓道来："三楼梅书记的情况你知道，就不介绍了。对面崔风琴，是个理发的，爱人刘爱军，是个开车跑运输的；楼上陈博文，是个作家，爱人马媛，是个护士长；一楼两个退休干部，东户李大爷，西户郭大爷，都为人不错，咱这个楼栋里住户之间的关系是和谐的，每个人都奋发向上。即使两位退休的大爷，也是老骥伏枥，壮心不已，正直善良，乐于助人。"

"不错。"

"至于翠竹苑小区，住户一百来户，户数虽不多，但每个人的素质都比较高。院内翠竹修长挺直，亭亭玉立，每当明月升空的时候，银色的清辉洒向竹林，留下斑驳的树影，给人一种说不出的美感。"

听了红旺的介绍，赵杰有些不相信："照你这么说，咱这个小区环境优雅，人文素质比较高，不是仙境，胜过仙境啦。"

红旺自豪地说："可以这么说吧，在我的记忆里，从来没听说过谁与谁红过脸，从来没听说哪户丢过东西，你可以在这里过上舒适安定的生活。"

"我相信哥的话。"

"你住下看看，一定错不了。"红旺介绍完情况，便想离开。赵杰挽留他道："今天完成一件大事，咱弟兄俩一定喝上一杯。"

"改日吧。"红旺看赵杰初次进城，需要料理的事太多了，需要置办的东西也多，便谢绝了赵杰的邀请。赵杰并不因此而怪罪红旺，知道他这样做是为自己着想，是好心好意。

送走红旺，赵杰回到屋里，从这个房间转到另一个房间，又从另一个房间转到下一个房间，转遍每个房间，心里非常满意。他掏出手机，开始跟爱人秀芬通话："喂，亲爱的秀芬，今天我算遇到好人了，通过他们的帮助，我已租好房子，房子物美价廉，桌椅板凳、沙发睡床、锅碗瓢盆什么都有，就等你拎包入住了。"

"亲爱的，我绝对相信你的办事能力，你是这个世界上最棒的也是最可靠的男人。当初我的眼力还可以，没有嫁错你这个一穷二白但奋发有为的郎，我为嫁给你骄傲。"听得出秀芬与赵杰的感情蛮深厚的，对赵杰不吝褒奖和溢美之词，说得赵杰心里甜丝丝的。

"谢谢你对我的夸奖，在我的心中，你永远是那种最贤惠、最美丽的女人花，同时也永远是那种典型的旺夫旺家的女人花。来到新居之后，我们可以通过辛勤的劳动，过上我们想要的幸福生活。"夸起妻子，赵杰心中充满对妻子秀芬的无限敬意。为了日常生活能正常进行，他特意叮嘱妻子："来时带几床被褥、几身衣服即可，别的能不带尽量不带。"

"好，我一切听你的。"

"你租辆车，抓紧赶过来，我把地址告诉你，请你不要拖延。"

"好。"

赵杰通过微信，把租房地址发给秀芬，然后躺在外间的沙发上，把手交叉枕在头底下，长松一口气："梅书记、红旺，是我来到洹阳市遇到的两个好人，看来我的运气不错……"他胡思乱想着，不由得睡着了。

五

　　也不知过了多长时间，赵杰在睡梦中倏忽听见砰砰的敲门声。他睁开眼睛，一个鲤鱼打挺，从沙发上跃起，走到门口，打开门，看到妻子秀芬正朝他笑呢。他惊喜地说："哎呀，你真是神速。"

　　"那当然啦，一点不掺假的夫唱妇随，怎样？"秀芬挺着丰满的胸脯，嫣然一笑，两腮露出两个浅浅的非常好看的小酒窝。

　　"东西带来了吗？"

　　"按照老公的指示，全带来了。"

　　赵杰二话不说，走出门外，把被褥扛到肩上，搬进卧室，秀芬跟在他的身后，拎着装满衣服的包袱，放进衣柜。把东西放好，秀芬走到门外，给了出租车司机钱，说声谢谢，然后脚步轻盈地返回，关上门，搂住赵杰的脖子，在那张英俊的脸上轻轻地一吻。赵杰搂着妻子的细腰，温情脉脉地说："看一看属于咱们的新家吧。"

　　秀芬松开手，认真地看着每个房间，赵杰跟在她的身后，向她详细介绍租房的过程。秀芬听后，连声说："梅书记是个热心肠的人，红旺是个爽快的人，遇到他们，是咱们的福分。等安顿下来，咱们一定登门致谢。"

　　"双手赞成。"赵杰暗暗佩服妻子虑事周密。

　　"你饿不饿？"

　　"有些。"

　　秀芬反问："你呢？"

　　"与你一样。"

　　"那你上街买些吃的东西，我在家简单收拾一下。"秀芬不顾奔

波的劳累，走进卧室，拿起抹布，把床上的灰尘揩净，铺开床垫，
叠齐被褥，把房间里的桌子、椅子、沙发、橱柜、锅碗瓢盆等生活
用具统一擦洗一遍，把地板拖得干干净净，累得腰都酸了，才肯坐
下来歇一会儿。

赵杰到街上买些油盐酱醋、瓜果蔬菜、面条小米及其他生活用
品，回到家打开火，煮了两碗面条，盛满，放到桌子上。两口子围
着桌子，端起面条，吃得异常香甜。

吃过饭，两个人躺在床上，开始谋划未来的工作。秀芬侧身问
赵杰："你准备干什么？"

"你看，咱俩又没有什么技术，干不了体面的技术活，干不了出
力少挣钱多的活儿。"

"你的意思？"

"只有靠出力气挣些辛苦钱。"

"我赞成。"秀芬嫣然一笑，问，"干装卸？"

"那倒不至于。"赵杰的脑海里一想起装卸水泥、瓷砖等笨重的
活儿，到最后累死累活，不挣多少钱，便浑身起了一层细密的冷汗。
即便如此，这些活儿也不是天天都有的，能够保证他的经济收入。

"我也不同意干这一行。"秀芬噘着小嘴说，"可咱不干这一行，
又能干什么呢？"

"干什么？"赵杰一笑，仿佛了然于胸，"到澡堂当一名搓澡工，
你看怎样？"

"搓澡工？"秀芬斟酌一番，轻轻地说，"虽然搓澡也是出力的
活儿，但每天能洗洗涮涮，身上干干净净，还行，须知你我可都是
爱干净的人哟。"她接着问："上哪家？"

"你说呢？"

"到新天地洗浴中心？"

"行,就到新天地洗浴中心。"

新天地洗浴中心是洹阳市最出名的洗浴中心之一,设施齐全,服务热情,消费较高。

赵杰自信地说:"凭着我们的年轻能干、细心周到,难道会有什么问题吗?"

秀芬看他如此自信,不愿意在他的兴头上泼冷水,于是鼓励他道:"我觉得一点问题也没有。"

此时的赵杰,对未来的城市生活充满美好的憧憬,认为洹阳这座城市俯仰皆是黄金。应该说,他只看到了存在大好机会能够一显身手的一面,而没有看到错综复杂扑朔迷离的另一面,不知道什么叫挫折,也不知道什么叫艰辛。他两眼盯着天花板,向秀芬描绘着未来的蓝图:"将来,通过我们的打拼,也会像城市人一样,拥有属于我们的房子、车子和事业。"

秀芬把头伏在丈夫宽厚的胸脯上,小声说:"多么盼望这一天的到来啊。"

这是他们两口子来到城市准备打拼的第一夜,对他们来说,具有极其重要的意义。他们钻在被窝里,柔情缱绻,知心的话儿说个没完。

翌晨,太阳还没有升起,他们夫妻就赶早起床,拾级而上,来到三楼,敲开梅香的门。

"梅书记,您好啊。"

梅香一看是赵杰,把他们让进房间,高兴地说:"怎么样了?"

"都安排妥了。"

"安排好就行。"梅香不经意间捋着一头秀发,耐心解释,"本来,我想回来后,到你们的住处看一看安顿好了没有,结果由于太累,回到家躺倒睡着,就忘了这件事,很抱歉。"

赵杰心中一热，连忙表达谢意："我们已经很感激梅书记了，没有您的帮助，我们不可能找到这么物美价廉的出租房。"

梅香永远像春天一样温暖，说道："不用客气，以后我们变成了上下邻居，有用得着我的地方，尽管说。"

"再次感谢。"秀芬觉得需要表达的话已经表达完，便给赵杰使个眼色。赵杰何等聪明，在口头上再次表达谢意之后，走出门外。

从梅香家出来后，他们回到自己的出租房，简单用完早餐，徒步来到新天地洗浴中心。见过大堂经理，说明来意，心说这是一件微不足道的小事，对大堂经理来说，只要嘴轻轻一撇，便可办成。

大堂经理仔细打量他们，略微沉吟，为难地说："可以看得出，你们都是很精明能干的人，新天地洗浴中心包括我本人在内，从内心讲，非常欢迎你们的到来，愿意成为合作伙伴。但十分抱歉的是，这段时间每个岗位都是满满的，实在挤不出空缺来，只好请你们到别的地方再寻找一下。"

这个回答对满怀希望的赵杰来说，不啻泼了一桶冷水，他端详一下大堂经理的脸色，看上去不像是说谎。想想也是，新天地洗浴中心是远近出名的洗浴中心，许多服务生拱破头皮来此求职，一时没有岗位也在情理中。他带着失望的心情，扭头对秀芬说："看来我们的运气不佳，只好另辟蹊径。"

"没什么，这很正常。"秀芬是个通情达理的女人，对眼前的情况表示能够理解。

"谢谢经理，我们再到别的地方去找。"赵杰对大堂经理表示感谢之后，领着秀芬，走出大堂之外。

他们刚走出门外，不料大堂经理拿着纸笔，紧跟着出来，对赵杰说："小伙子，对不起，我还有话要对你说。"

赵杰停下脚步，诧异地说："难道洗浴中心有空岗位了吗？"

"不是。"大堂经理面色平静地回答。

"那……"赵杰闻言，脸上露出失望之色。

大堂经理面带春风，好心好意地说："虽然我们不能为你们提供工作岗位，但在东边离我们大约三里的城乡接合部，有个大众洗浴中心，经理是我的朋友，前几天还说招聘搓澡工，我给他打个电话，请他录用你们。你们不妨到他那里试一试，你能不能把你的名字告诉我？"

"当然可以。"面对大堂经理的善意，赵杰喜出望外，赶紧把自己的名字和电话告诉对方。

大堂经理拨通大众洗浴中心经理的电话，竭力推荐："李经理，今天有一对年轻的夫妇来我处找工作，很能干，特意推荐到您那里，请您关照。"

电话中的李经理满口应诺："您推荐的人，肯定没错，我同意录用他们，让他们来我处报到。"

"好，好。"大堂经理挂断电话，笑着说，"一切搞定，你们可以去了。如果将来新天地洗浴中心有了空缺，我会给你打电话的。"

赵杰高兴地说："没想到您这么热心，我们发自内心感谢您。"

"不客气。"大堂经理微微一笑说，"现在社会盛行人人为我我为人人的理念，其实为别人考虑就是为自己考虑，为别人铺路就是为自己铺路，我们不是经常说与人方便自己方便吗？"

告别新天地洗浴中心，赵杰夫妇来到大众洗浴中心，由于大堂经理事先打过招呼，他们顺利上岗。尽管他们初次求职运气不佳，让他们有一种挫败感，但他们先难后易，及时调整情绪和思路，最终在大众洗浴中心找到岗位。这证明他们已经融入这座城市，开始新的征程。而等待他们的，将是什么呢？

六

赵杰是个勤快的小伙子，每天搓背按摩、拔罐走罐、捏足修脚、打盐打奶，包括清洁卫生，忙得不亦乐乎。尽管里里外外忙得团团转，难得片刻休闲，但由于来的时间较短，对业务不太熟悉，对顾客的脾性不甚了解，彼此之间难免碰撞出一些"火花"来，这让他感到很苦恼。

这天，他照常在洗浴中心服务，顾客们照常在水池里泡澡，一切显得安谧、和谐。一会儿，过来一个肥头大耳的中年男子，刚刚跳进水池，便大呼小叫："搓澡的，来一下。"

赵杰还以为发生了什么意外事故，赶忙走近他，问道："你需要帮助吗？"

男子拍打着水说："你看这水，是不是太凉了？"

赵杰把手伸进水里，感觉水温不凉不热，不由得眉头一皱，语气和缓地劝他："如果你嫌凉的话，可以到热水池。"

男子抽出肥嘟嘟的身子，哗啦一声，跳进另一个热水池，刚刚跳进去，便杀猪似的叫起来："热死啦，热死啦。"说着，跳出水池，瞪圆双眼，跟赵杰嚷嚷："我看你不安好心。"

一听男子的话，赵杰心中的火腾地冲上脑门，再也压制不住，爆发出来："我怎么不安好心？"

"热水池烫死我，凉水池冻死我，你不是不安好心，是什么？"男子看赵杰生气，火气更大了。

"热不热，凉不凉，又不是光你一个人，咱们问一下其他的顾客，不就明白了吗？"望着火气十足的男子，赵杰的直觉告诉他，遇到难缠之人了。他大声问其他人："你们感觉冷热如何？"

"感觉不冷不热，还可以。"其他人笑着回答。

得到大家的认可，赵杰顿时感觉腰板硬了。他看着男子，余怒未消地说："你还有什么可说的？"

男子不但不退让，反而火气更大了："他们觉得可以，我觉得不可以，你必须给凉水池加温，给热水池加凉水。"

"你还讲理不讲理？"

"今天就不讲理啦，你能把我怎样？"男子指着赵杰的鼻尖，挑衅地说。

赵杰横眉冷对男子，说道："惹不起你，我能躲起你，这总行了吧。"

"你这是什么服务态度？"

正当他们吵吵嚷嚷的时候，李经理迈着八字步，悠闲自若地走进来，并未吭声，便站在男子的身侧，冷不丁地骂道："张三，别人不认识你，我能不认识你？你他妈的，老子扒了你的皮，照样认识你的骨头。如果不想洗澡，到别的地方去，来老子的澡堂捣乱，你他妈的还不够格，给我滚！"一顿臭骂，把叫张三的男子震慑住，张三低下头，连一句话都不敢还。

李经理扭过身，对赵杰说："小赵，请你以后牢记，对他这样的赖皮，不必多费口舌！"

赵杰满腹委屈，看到李经理为他撑腰做主，心里得到很大的安慰："人家问我话，我不得不做解释。"

李经理鼻孔哼哧两声，威严地说："有的人给脸不要脸，你仅凭一腔善意，能解释清楚吗？"说罢，迈着八字步，从容退去，颇有经理风度。

一场风波被化解，赵杰的工作又步入正常的轨道。通过这件事，他充分意识到，一个人不论到什么地方，不论干什么，都会有一些欺生的人跳出来出难题，没有强有力的帮助，是不行的。

大众洗浴中心面对的对象是普通百姓，搓澡价格比较低，只有五元钱。别小看这五元钱，也不是一般人想挣就能挣的。搓澡是一门技术，如果搓澡工这门技术掌握得不好，手劲轻了重了，次数多了少了，顾客都会感到不舒服，都会产生意见。

刚刚化解张三的风波，赵杰便又遇到另一个难缠之人。这个人泡完澡，赤裸裸地躺在一头高一头低、一头宽一头窄的搓背床上，赵杰按照正常程序，给他搓身。

男子闭着眼，享受赵杰的优质服务，嘴里发出轻快的呻吟。突然，他睁开眼，盯着赵杰，说："你不能轻点？"

按照男子的要求，赵杰放轻双手的力度，孰料男子又发话了："你这个人怎么这样，轻得一点感觉都没有。"

赵杰轻也不是，重也不是，正当他不知所措的时候，这个男子扬起两道浓眉，愠怒地说："胳膊肘没有搓到，重新搓。"

赵杰尴尬至极，觉得眼前这个男子不好伺候，真想撒手不干了。正当他进退两难之际，慈眉善目的王师傅快步走到他的眼前，笑着说："小赵，你爱人找你，我来替你为这位先生服务。"

"谢谢。"赵杰知道王师傅有意替他解围，心中一片感激，放下手中的活儿，走到外间忙其他的了。

事后，王师傅善意地说："小赵啊，我一看这个人吹毛求疵，就知道你遇到麻烦了，干我们这一行，断不了遇到各种各样的人，我们只有一个办法，耐心，耐心，再耐心。多给他们搓洗几遍，直到人家满意为止。"

一席话让赵杰深受教育，他愧赧地说："今天不是王师傅的话，我又要遇到麻烦啦，谢谢您。"

"人不近行近，你今后多操心就是了，我刚开始干的时候，也是这样。"王师傅用自己的亲身经历，对赵杰悉心传教。

一天遇到两个人找茬，赵杰工作没了兴致，一直忙到晚上九点半，他怀着沉重的心情，返回家里。秀芬已经先他一步回来，看到他后，竟然坐在沙发上，一动也不想动，样子很疲惫。

"亲爱的，你这是怎么了？"赵杰坐到秀芬的身边，扳着她的肩头，不无爱抚地说。

秀芬仰起那张美丽的脸蛋，神情黯然地说："忙忙碌碌一整天，太累了。"

赵杰把秀芬抱到床上，轻轻放下，然后运用娴熟的指法，给她揉搓按摩，直到她闭上眼，发出轻匀的鼾声。他给妻子脱下衣服，盖上被褥，吻着她那张俏丽但又疲惫的脸，愧疚地说："都怨我无能，让你干这既出力又不挣钱的行业，原谅我吧，原谅我吧。"说罢，他拉过来一条被褥，钻进去，揿一下开关，顿时屋里一片漆黑。由于太累，他倒头沉入梦乡。

睡到下半夜，秀芬醒了，起床到卫生间小解，来回走动的声音把赵杰吵醒。赵杰揉着惺忪的睡眼，困惑地说："亲爱的，你不睡了？"

秀芬钻进被窝，面带笑容说："搓澡这个行业，出力不少，挣钱不多，如果有别的门路，真不想干了。"

"是啊。"赵杰深有感触地说，"如果谈起理想，我们每个人都能谈上三天三夜，但仅仅靠嘴上空谈，是难以实现理想的。"

"像我们这样的搓澡工，搓一个人五元钱，一天累死累活搓四十个人，才能挣二百元钱。照这样下去，我们何时才能在这座城市买一套房、一辆车呢？"

"上高中的时候，你难道没学过荀子的《劝学》吗？"

"学过。"秀芬眨着眼睛，猜着赵杰的心思，"你是不是想说'不积跬步，无以至千里'这句经典名言？"

"正是啊。"赵杰慨叹道，"路要一步一步地走，台阶要一个一个上，钱要一元一元地挣。像我们这样没有大本事的人，只能靠出力挣一个辛苦钱。"

"每天两只胳膊累得抬不起来，两条腿累得像灌了铅似的。"

"我理解你，都是我无能，才让我心爱的女人跟我一起遭受这个罪。如果埋怨的话，你就埋怨我吧。"

秀芬温柔地望着丈夫，体贴地说："埋怨管用吗？既然不管用，又何苦呢？"

"换上其他女人，说不定早跟着别的有本事的男人跑了。"

"呸！就会贫嘴。"秀芬嗔怪丈夫一句。

"累是累点，只要顺利，心里倒没什么，就怕碰到挑刺的人。女部还可以吗？"

"听你的口气，你那里出现挑刺的人啦？"

"可不是吗？"赵杰心说妻子太厉害了，一听自己的语气，就能猜出发生了什么，不由得夸奖她说，"我就待见你这点，听话听音，你真是一个聪明人。"言罢，便把白天发生的事全部告诉秀芬，秀芬听得很专注，频频点头："世界之大，无奇不有。只要咱们本着和气生财的理念，什么艰难险阻都能闯过去。"

"过段时间，咱们托个门路，把孩子接进城里，让他接受城里的良好教育。"

"好。"

赵杰看一下手机，催促秀芬："离天明还早，睡吧，养足精神，明天还要工作。"

"关灯睡觉。"秀芬撒娇地吻着丈夫的嘴唇，把身子缩进被子，扭过头，酣然入梦。

七

清晨，赵杰刚出门，便碰见楼上的住户陈博文，陈博文中等个儿，白净脸，鼻梁上架一副眼镜，整个人看上去斯斯文文。

"你好。"赵杰主动与对方打招呼。

楼下住户主动示好，陈博文没有理由不理睬人家，他矜持地笑着说："你好。"

"从今往后，咱们就是上下邻居，请你多关照。"

"很幸运与你成为上下邻居，请彼此关照。"

"听说你是个作家。"

"你怎么知道的？"

赵杰毫不掩饰地说："红旺介绍的，看上去他对你挺崇拜的。"

陈博文脸一红，不好意思地说："浪得虚名而已，难副其实。"

"今后请你多指点。"

"互相学习，互补长短。"初次见面，陈博文表现得很谦虚谨慎，完全没有文人的清高和傲慢。

两个人一前一后走下楼梯，看到郭大爷手牵着小狗，从外边晨练回来。小狗跑到陈博文的裤腿下，亲昵地舔着他的皮鞋。郭大爷是个退休干部，尽管七十多岁，满头白发，但身板结实，精神健旺，走起路来虎虎生风，根本不像七十多岁的样子。他看着陈博文，笑呵呵地说："作家，你看俺家的小快乐，见到你多亲，比我都亲。"

"天天见，天天逗它，有感情了。"陈博文笑着回答，回头问赵杰，"你认识郭大爷吗？"

"很抱歉，由于来得匆忙，还没来得及拜访郭大爷。"赵杰到大众洗浴中心后，天天忙忙碌碌，没有时间拜访邻居，说的倒是实情。

郭大爷豁达地说："没事，年轻人打拼事业，比较忙，不像我退休了，可以东游西转，颐养晚年。"

赵杰觉得小快乐很可爱，便用手对小快乐示好。小快乐对他比较陌生，瞪圆一双小小的眼睛，冲着他"汪汪汪"叫起来。

郭大爷见状，呵呵笑着，爽直地说："看来你们之间还陌生，以后会逐渐熟起来的。感情这东西，不培养不行啊，即使人与宠物之间，也是这样的。"

闲聊几句，他们分手，分赴各自的工作岗位。陈博文来到办公室，用抹布把桌子擦干净，用拖把拖净地板，然后打开吊扇，吹干湿漉漉的地板。之后，他非常有规律地要办的另一件事，就是到卫生间蹲便。七八分钟后，他从卫生间出来，洗净手，回到属于自己的办公室，而此时地板已被吹干。他拿起水杯，放进一撮信阳毛尖，冲上一杯开水，坐下来，开始静静地构思和创作。

陈博文在大学里学的专业并不是中文，而是畜牧专业，走上文学道路，完全是无心插柳柳成荫。他大学毕业后，从事行政工作，当时偏僻的乡里知识型人才奇缺，像他这样有知识有文化而且年轻有为的人才，成了乡领导抢手的香饽饽，加上他意气风发，勤快能干，为人随和，很快得到乡党委书记的赏识，不久便被提拔为副乡长。

可他在副乡长的岗位上干了整整十年，也没干出一个像样的名堂来。看到身边的副职高升的高升，他显得有些迷茫了。

面对陈博文的现状，好心的书记跟他开玩笑："博文呀，你不能静等上级组织封你的官啊，你得往上边走动一下啊。"书记的话等于已经挑明告诉陈博文，不是你陈博文干得不好，而是你的人脉关系不够啊。

　　在活动升迁的道路上，陈博文的确显得很幼稚，书生气十足。他也许对此不屑一顾，也许不精于此道，总而言之，他说了一句很不得体的话："组织上不是经常教育我们凭党性干工作，看政绩用干部吗？凭什么别人两年一个台阶，而我十年都得不到提拔呢？我哪点干得不好？到群众里打听一下。"

　　看陈博文的书生气上来了，书记心说好心被当作了驴肝肺，等于对牛弹琴，于是不断地摇头叹息："博文呀，让我怎么说你才好呢，说你是一介书生，你真是一介不开窍的书生。再说了，人家提拔有人家提拔的道理，你不提拔也有你不提拔的问题。你看那些被提拔的同志，哪个不是很优秀的同志？你说他们当中谁不优秀？还是多从你自身找问题吧。"

　　陈博文尽管心中不服气，但对书记的苦口婆心不能不领情，他想了想，对书记说："感谢书记对我无微不至的关怀，怎奈我是一个不堪造就的顽石，辜负了你的一片好意。"

　　两个人结束不愉快的谈话，在以后的岁月里，陈博文在仕途上依旧没有起色。每当他回到家里，护士出身的妻子马媛，虽然嘴上从来没有埋怨过他，但从她那哀怨的眼神中，陈博文可以看出妻子无声的责备。回到单位，原来与他朝夕相处的同事，也不再像从前那样尊重他，时不时讥笑他，甚至对他白眼相视。他给他们安排工作，他们不再百分之百听从他，能推就推，能拖就拖。

　　陈博文被动了，在工作上曾一度情绪低落，甚至背着人，偷偷哭泣，同时他清醒地认识到，在人际关系错综复杂的官场上，他不是一块左右逢源玲珑八面的料，既不愿意厚着脸皮跑官要官讨一杯羹，也不愿意阿谀逢迎领导，让上级领导见到他心花怒放，更不愿意通过甜言蜜语虚情假意的方式让部属甘于为他驱驰。

　　经过长时间的痛苦考虑，自尊心比较强的陈博文开始重新探寻自己未来的出路。他想来想去，觉得有必要把自己十年来从政的经历，用文学的形式归纳梳理。这难不倒他，毕竟从政十年，遇到许多人没有遇到的事情，这些事情有的惊心动魄、回肠荡气，有的跌宕起伏、曲折离奇，有的诙谐幽默让人忍俊不禁……就像一个万花筒，五花八门，种类繁多。

　　用文学的形式反映基层丰富的经历，说起来容易，做起来难。他在大学的时候学的是畜牧专业，而不是中文专业，好在文学这条道路不是只看专业的，许多没上过大学的人通过后天辛勤的努力，都成了驰誉中外的名家。

　　他有个嗜好，喜欢读书，尤其喜欢阅读古今中外的文学名著。只要有空余时间，他便会钻进书店，关注并购买名家的著作。别看他平时不舍得吃喝穿戴，但只要买文学名著，他花起钱来从不眨眼，从不皱眉，毫不犹豫，毫不悭吝，至于玩麻将、唱歌、跳舞和喝酒，他偶尔也会来一点，但从不像阅读名著那样上瘾。他对名著是那样痴爱，对名家是那样崇拜，几乎到了忘我的程度。在所有的作家中，他更喜欢托尔斯泰、肖洛霍夫、契诃夫、姚雪垠、二月河……在阅读的过程中，他很认真，遇到精彩的名句和段落，会用铅笔在其下方画下来，多看几遍，心中反复揣摩，理解作者当时真正的用意。等读完这部书，再摘抄到记录本，每天时不时看上几眼，忘情的时候会扯开喉咙大声吟诵几段。通过长时间的文学积累，他的文字功底与那些当初学中文专业的科班生相比，显得毫不逊色。一句话，他具备了到文学海洋里遨游的条件。

　　乡里有个特殊的规定，不到星期天，不让回家，这难倒了许多乡干部。晚上没事干，如何度过？大多数同事选择打麻将，玩纸牌，而陈博文则选择爬格子。爬格子是辛苦的，是孤独的，是枯燥的，但对他来说，好像打了鸡血，兴趣浓厚，浑身上下有使不完的劲。

同事们听说他要搞文学创作，有的困惑不解，有的嗤之以鼻，有的揶揄挖苦，纷纷投来各种各样的、说不清是什么意思的目光。有的干脆对他说："陈乡长，你是不是在发高烧啊？"

听了同事的发问，陈博文惊讶地说："什么，我发高烧？你从哪里看出的？"

同事讪讪地说："你不发高烧，搞什么文学创作？"

"搞文学创作就是发高烧，真是不可思议！真让我无言以对!!"每当遇到质疑，陈博文总感觉对方有些莫名其妙，心里边要多不自在，有多不自在。

有的同事则对他的创作能力表示怀疑，公开扬言："陈博文一个学畜牧的，搞文学作品，简直是天大的笑话，除非太阳从西边出来。"

陈博文听了这些带刺的话，本想反驳两句，但在作品诞生之前，反驳别人似乎显得苍白无力，因此他选择了缄默，决心用事实说话。

就这样，陈博文在同事们的眼中彻底变成了一个"另类"，同事们不理解他，不支持他，甚至嘲笑他，而对他肃然起敬的，则一个也没有。面对周围不太宽松的环境，陈博文没有畏葸退缩，没有改弦易辙，而是坚定不移地走文学创作之路。

陈博文当然明白，文学之路是一条充满诱惑力的路，在这条路上，许多人获得巨大成就，他们的名字像灿烂的星光一样璀璨夺目，同时他心里还明白，这条路每前进一步，都充满荆棘和艰难险阻，都要付出巨大代价。只有那些极有天赋、不畏艰难、坚韧深沉、能力超强的作家，才能披荆斩棘，才能攻克各种艰难险阻，勇攀文学高峰。像他这样名不经传的凡夫俗子，到头来极有可能落一个头破血流的结局，白白地惹别人耻笑。想到这些，他从心里是原谅了同事们不太友好的态度。

八

创作是充实的，通过创作，陈博文忘记忧愁，忘记烦恼。他白天忙于工作，晚上回到寝室，挑灯夜战，十二点之前没有睡过觉，熬到深夜两点是经常的事，有时候兴奋起来，会整整熬一个通宵。

精力旺盛是创作的重要保证，陈博文趁着自己年轻，白天工作，晚上创作。虽然劳累，但时日长了，也习惯了，并没有不适的感觉。

在几种文体中，他最喜欢的文体还是长篇小说，觉得长篇小说是文学中的航空母舰，篇幅宏大，内容丰富，最能展现一个作家的创作实力。为此，他下乡的时候，会在脑子里构思故事情节，回到宿舍，把一天的构思凝聚到笔下，创作出一段段精美的文字。不论寒来暑往，不论刮风下雨，每天他都坚持写作两千余字，速度惊人。就这样，他连续干了八九个月，居然写出了一部农村题材的长篇小说。

望着厚厚的草稿，陈博文觉得自己的能力得到充分的展示，心中充满失之东隅收之桑榆的自豪感。为了给小说起一个响亮的名字，他朝思暮想，就像唐朝诗人李贺一样，每逢得到佳句，便用笔记下来，反复比较、分析和斟酌，几乎到了废寝忘食、呕心沥血的地步。末了，总共起了六十多个名字。

在众多的名字中，他最相中《红脊梁》《黑脊梁》两个名字，但隐隐感觉《红脊梁》与张艺谋导演的《红高粱》相似，容易产生拾人牙慧的嫌疑，《黑脊梁》响亮且大气，倒没有这个嫌疑。因为是第一次创作，又是局中人，他吃不准。这难不倒他，他找到全市有名的作家叶君请教，叶君当即为他决断："《黑脊梁》好。"

"为什么《黑脊梁》好呢?"陈博文两眼一亮，流露出异样的光彩。

叶君用十分肯定的口气说："如果我没有说错的话，你一定是根据鲁迅关于脊梁的名论起的名字?"说完，非常流畅地背诵起这段名句，没有半句障碍，不愧是书读得好。

这说明叶君一句话说到了点子上，是一个很有造诣的作家，陈博文从内心油然产生敬意，而且这种敬意随着时间的流逝越来越浓。

在叶君的帮助下，陈博文与出版社达成出版意向。这让他感到欣喜。妻子马媛替他担心，笑着问他："陈乡长，你出版了书，假如将来卖不出去，怎么办?"

陈博文是个很要面子的人，信誓旦旦地对妻子说："把书堆起来，浇上一桶汽油，烧掉。"

多么豪迈的气魄，多么铿锵的誓言，陈博文为了出书，什么都豁出去了。贤惠的妻子理解他，二话没说。

陈博文望眼欲穿，没过多久，铁路运站通知他去拉书，他雇了一辆面包车，赶到火车站，整整八大麻袋书。他抑制不住兴奋的心情，把书拉回家里。

同事们知道后，纷纷要他赠书。他知道，向这些朝夕相处的同事们要钱是不合适的，于是，干脆慷慨相赠，签上名，请他们批评指正。

荣誉随之而来，这部小说参加了洹阳市精神文明"五个一工程"奖评选活动，在与评委素不相识的情况下，几个评委对小说给予高度评价，而且评语惊人地一致："逼真，让人有一种身临其境的感觉。"一时间，陈博文成为当地的名人，上理发店和裁缝店，店主出于对他的敬仰，不给他要钱。尽管他打架似的将钱给店主扔到桌上，店主则毫不犹豫地拿起钱，追上他，硬塞给他，他在连声感谢的同时，只好摇摇头离去。每当他走到路上，不论是干部职工，还是普通群众，都对他投以钦佩的目光，人们用一种特殊的方式，深深地爱着一位从他们中间产生出的作家。

陈博文的声名骏骏日上，引起一些同僚的嫉妒。他们对小说中的反面人物进行剖析，别有用心地对号入座，挑拨乡党委书记："陈博文对您心怀不满，在小说里抬高自己，对您含沙射影，指桑骂槐。"

"怎么可能呢？如果说博文干了多年，长期得不到提拔，心中有怨气，这是可以理解的；如果说他对我含沙射影，指桑骂槐，我绝不相信，他没这个想法，也没这个胆子。"乡党委书记本来对陈博文的创作并无恶感。

"书记您还蒙在鼓里，小说的结尾把书记描写成贪腐分子，不是针对您，那是针对谁呢？"看书记不相信，挑唆者脸上哂笑不已。

书记本来没仔细看过这本书，经过这些人的挑唆，还真的上心找到这本小说，仔细阅读，发现小说末尾把乡党委书记描写成贪腐分子，不由得触动一根敏感的神经，忍不住找陈博文谈话："博文，你写这部小说的动机和目的是什么？"

陈博文心底无私，坦然答道："反映基层干部的辛酸苦辣。"

"在小说中，你为什么把自己描写得高尚正义，把别人描写得卑鄙无耻？"

"此话从何而讲？"

"为什么把乡党委书记描写成贪腐分子？"

"呃，我初次写小说，没有创作经验。如果您觉得哪里不对，或者不合适，咱们可以商榷修改，毕竟是文学作品，纯属虚构，不存在针对谁的问题。再说了，为了吸引读者，小说必须勾勒出红与黑两条主线。至于正面人物，不一定就是我，那是全乡干部的优点汇集到一个人的身上，当然也包括您；至于反面人物，我真的无意写您，因为您并不坏。我与您之间无冤无仇，何必与您结怨。"

陈博文一番入情入理的话说得乡党委书记哑口无言，但挑唆者的话深深地影响着他。他心里堵得慌，一时想不开，生气地说："过去利用小说反对党的，不是没有，尽管你能言善辩，但你脱不净影射我的干系。"

"看来不管我怎么解释，您都不会相信我没有影射您。"到了最后，陈博文真有一种跳进黄河都洗不清的感觉。

"就你这样的态度，就你这样的作风，就你这样的做法，我真是不能理解。"

"反正我也没有过什么好时光，您觉得我是一块顽石，我也改变不了您的看法。"陈博文觉得自己在书记的心目中彻底完蛋，从头到脚凉透了。他站起身来，怏怏而去。

回到寝室，陈博文气不打一处来，没想到写一本小说会给自己带来这么大的麻烦。自己写小说的初衷，只不过为了证明个人的实力，并没有影射领导和同事的意思。如今倒好了，经过一些好事者的挑拨，这部小说成了他影射领导的最有力的材料，成了他对领导心怀不满的罪证，他浑身长嘴都说不清。他暗暗想：只要书记在这个乡一天，自己就会被压制一天，怎么办呢？

闲暇之余，陈博文把自己的苦衷告诉一名与自己关系不错的老干部，老干部鼓励他说："你还年轻，不能灰心，要继续写下去。最好不要写现实题材，不要写与本单位有关的事，免得一些人从中使坏。"

老干部的一番话提醒了陈博文，他决定矢志不移，将文学创作进行到底。于是，他无私无畏，挺直腰杆，以更加饱满的热情投入创作。一些人看他不仅不气馁，反而斗志更旺，纷纷给书记打小报告："陈博文疯了，他在这个乡一天，这个乡就不能安生，还是把他赶走好。"

书记气归气，毕竟接受了党的教育，冷静后还是有一定心胸的。他觉得陈博文写的小说在一定程度上不合自己的胃口，但陈博文是个难得的文学创作人才，可以说是凤毛麟角，把这样的人才赶走不是办法，可要留下来，让这样稀有的人才埋没在日常事务中，也不是办法。上一次与陈博文谈话，他承认心中带着气，不够冷静，说了许多气话，不如把陈博文推荐到相关部门，人尽其才。

思路理清后，书记多次找组织部部长，介绍陈博文的情况，希望尽快把他调到相关岗位。组织部经过研究，像发现地下宝藏似的，毅然把他调到文联任副职。

消息传出后，原来一部分别有用心的人大摆宴席，弹冠相庆，一个个眉飞色舞地说："我们总算把瘟神送走了，从此再也不用担心在历史上留恶名啦。"可见这些人多么在乎自己的名誉，为了留一个好名声，不惜排斥和陷害文人，因为文人的笔足以把他们钉在耻辱柱上，过去是，现在、将来仍然是。

当他们邀请书记参加时，书记皱着眉头，冷冷地拒绝："陈博文人才难得，到了一个能够充分发挥他才华的单位。你们这样以小人之心度君子之腹，未免太过分了。"

这个调动完全出乎陈博文的预料，他忍不住找了组织部部长，带着情绪问："组织上为什么把我调到文联？"

组织部部长幽默地回答："你不是热爱文学创作吗？文联是你的对口部门啊，你不进文联，谁进文联？组织部这样做，是人尽其才，物尽其用啊。"

谁知陈博文一点也不领情。

组织部部长脸色急遽变化，一会儿红一会儿白的，异常难看，心里暗暗想：哼，你太不自量了吧，你嫌文联不好，我看已经不错了。尽管心里很恼火，但他不愧是一个处变不惊经验丰富的领导，仍然和颜悦色地对陈博文说："我承认，文联是一个无人问津的清贫部门，一般人都不愿意去。但一个人在社会上是否有价值，不在于他当过什么官，而要看他为社会做过多大的贡献。我上次参加师院校庆，当主持人介绍到某个官员的时候，掌声稀落，当介绍到著名作家二月河的时候，掌声热烈。你天天写书，明白事理，自能掂量出二者孰轻孰重，不用我啰啰唆唆地说教。"

听了组织部部长的开导，陈博文一时语塞，但他怒气填胸，二话不说，走出组织部部长的办公室。

九

陈博文回到家里，把自己一个人关进屋内，整日闷闷不乐。他万万没想到，吃了不知多少苦的他，到最后居然是这个结局。如果他事先知道是这个结局的话，他还会为之奋斗那么多个不眠之夜吗？

细心的妻子马媛下班后，看陈博文面带忧悒，就关心地问他："老陈，看你的脸色，有些不对呀？"

陈博文知道瞒不过妻子，气愤地说："我熬了那么多夜晚，写了那么厚的书，组织上不重用就罢了，反而把我调到文联，一个谁也不愿意去的部门，我真是想不开啊。"

"论你的文采，我最了解，全市没几个人比得上你，你是一个文坛奇才。"马媛先恭维了陈博文几句，话锋一转，"你为人正直善良，恩怨分明，不会拍领导的马屁，不会看别人的眼色行事，有时候还与上级较真，这是从政大忌。"

"照你这么说，我的政治生命结束了。"

"上帝在给你关掉一扇门的同时，也会给你打开一扇明亮的窗，你何必留恋你不善于经营的官场呢？你何不在你最拿手的文学创作领域努力呢？人生在世，在于扬长避短。我们作为普通人，虽然经常把这句话挂到嘴上，但一轮到自己，就昏头了。"

"你说得有道理。"

"组织上这样做，尽管让你坐了冷板凳，但也是根据你的特长，把你安排到合适的岗位。我倒觉得组织上对你人尽其才，毕竟让你进了城，你可以多出一些空闲，多干一些自己喜欢的文字工作，多照看正在上学的女儿陈扬，你应该感恩才是。"

"我不甘心呀。"

"有什么不甘心的？"马媛说，"甭看当下有些人吃香喝辣，赚得盆满钵满，但在众人的眼里，他们只不过是一群品行低下的人。"

"唉!"

"请你放宽心，咱发愁病了，人家只能笑话咱，没有一个人同情咱，咱还是身体重要啊，身体垮了，就什么都垮了。"马媛不仅宽慰陈博文，同时鼓励他道，"你搞文学创作，我坚决支持你，相信在不久的将来，咱家一定会出一个著名的作家。到时候，我就是作家夫人。你如果还想从政，我劝你早些收心吧。甭看现在有些人上蹿下跳，八面威风，我相信未来的中国一定不会允许这样的人得志。"

"你真是我的知音，为我雪中送炭。我这一辈子，干得最漂亮的一件事，就是娶了你这样贤惠的媳妇。"其实，陈博文什么道理都懂，只是气昏了头而已，经过妻子点拨，顿时什么都想通了，心中为之释然，脸上露出一丝久违的笑意。

在以后的日子里，陈博文重振旗鼓，投入自己挚爱的文学创作中，至于别人怎么看他，怎么说他，他全不在乎，因为他是一个有主意的人。只不过他略微调整创作方向，把创作现代题材改为创作历史题材。现代人说现代事，有许多不便，不是这个人反对，就是那个人上火，一人难称百人意；写历史题材，早有历史定论，不用担心其他。

每当夜深人静的时候，他仍然瞪着一双布满血丝的眼睛，在电脑键盘上不停地敲击着枯燥的文字，在文学的沙漠中不停地探索和跋涉，灵感来的时候文思如清泉喷涌，洋洋洒洒，下笔有神；没有灵感的时候，对着电脑呆呆发愣，半天写不出一百字。为了修改一段文字，几易其稿，不厌其烦，有时候被书中人物感动，忍不住泪如泉涌，涕泗滂沱。在他孜孜不倦的努力下，六本厚重大气、具有很强可读性的长篇历史小说相继诞生，他成为这个城市获得精神文明"五个一工程"奖最多的作家。

政治上的失意打击了他，也成就了他，他成为这个城市一个颇有名气的作家。普通群众热爱、尊敬、欢迎他，贪官污吏嫉恨、害怕、躲避他。面对这种难以两全的尴尬局面，他也认了，坚持走自己的路，不看别人的眼色，活得心地坦荡，活得阳光灿烂、光明磊落、无私无畏。

每当他写作思路进入绝境的时候，他就跑到崔风琴的理发店，刮刮脸，做一个头部按摩，让大脑得到充分的休息，以保持大脑的清醒，保证创作思路的清晰。

这天，他写作感到困累，放下手中的键盘，站起来伸直腰，揉揉发涨的太阳穴，活动几下筋骨，然后对着镜子，看着自己黑白相间的髭须，喃喃自语："又该给崔风琴做贡献了。"

他拿起洗脸用品，走到楼下，骑上自行车，来到再也熟悉不过的崔风琴理发店。崔风琴的理发店只有三间房，里间摆着三张躺床，外间有三个座位、一个长沙发和几把椅子，雪白的墙壁上贴着各种流派发型的男女青年像。崔风琴正在给一个小男孩剃头，看他进来，笑着说："大作家，又累了。"

"是啊，老邻居。"他满脸倦意。

"我就知道，你陈博文不累，也看不上我的理发店，更不会光顾。"崔风琴个子不高，小巧玲珑，说话嘎嘣脆，一看就是一个干练的女人。

"嗯，嗯，你看你说的，好像我只有累了，才会到这里。"

"不是吗？"

"绝对不是。"

"还嘴硬，说谎话一套接一套，脸不红，心不虚。"

"是。"在崔风琴的铁齿铜牙面前，陈博文不得不变得老实。

"请你稍等片刻。"

"好。"陈博文看前边排着两个人，只好坐到一把椅子上，耐心等待。等了大约半个小时，崔风琴干完活。陈博文躺进能转动能放下的高背椅子里，闭目养神，崔风琴把一张热毛巾搭在他的嘴上，一股浓烈的热流侵入他嘴下的肌肉组织，憋得他透不过气来，他忍不住撩开毛巾的一角，发出强烈的咳嗽。

"怎么样？刺激吧！"

"闷得慌。"陈博文的嘴在热毛巾下嘟嘟囔囔。

崔风琴嘲讽道："你这个大作家啊，一点委屈都受不了。"

"可不是吗？经你这么一说，我还真是。不过呢，人不都是这样吗？只能看到别人的缺点，而看不到自己的缺点。"听了崔风琴的话，陈博文很不服气，心说我在你的眼里怎么是这个样子。

崔风琴似乎并不在意他的感受，大大咧咧地说："大作家，你天天在写什么？"

　　"写小说。"热毛巾从陈博文的嘴上被拿走，陈博文感到一阵轻松。

　　"我当然知道你在写小说，我在问你写哪方面的内容？"崔风琴扑哧一笑，口无遮拦地问。

　　"历史题材。"陈博文了解她的为人，觉得没有必要与她计较，再说了，与她计较，也计较不出什么名堂。

　　崔风琴以一个普通百姓的身份，直接截住他的话头："离我们太遥远了，看不见，摸不着啊，只有那些热爱历史题材的人，才会关注。"

　　陈博文想想也对，尽管作家有自己的坚持，也要取得一般百姓的理解，于是他不厌其烦地解释说："你说得对，但长篇历史小说是小说与历史相结合的一门科学，不是所有的作家都能写好的。迄今为止，能写好的，写成功的，就那么几位，像姚雪垠、徐兴业、熊召政、刘斯奋、凌力、二月河、孙皓晖、唐浩明、杨焕亭等，后几位写得那么好，都没有获得茅盾文学奖。"

　　崔风琴拿着剃刀，在陈博文的颌下、脸颊、额头轻轻地刮着，诚恳建议："还是写一些身边百姓喜闻乐见的题材吧。"

　　"你说得对，我将考虑调整创作思路。"陈博文感到脸部好像蜕了一层皮，一阵轻松，欣然接受崔风琴的建议。他想了想，说道："风琴，我有一件事不明白，你得给我一个明确答案。"

　　"什么事？"

　　"你家那口子玩大车，挣那么多的钱，你天天开着一辆价值二十万的小车，为什么还干理发这个行当？这个才能挣几个小钱？"

　　剃刀在陈博文的眼角、眼睑细心细意地刮过，崔风琴娴熟的技术让陈博文心中泛上一股惬意的感觉。她说出的一句话，更是让陈博文吃了一惊："大作家，这就是你的境界低了吧。"

因为剃刀刮得是脸部敏感的地方，陈博文不敢轻举妄动，嘴上淡淡地问道："呃，此言怎讲？"

"我现在尽管不愁吃、不愁穿、不愁住，但闲不着，一闲下来，就觉得很无聊。常言说，三百六十行，行行出状元，只要你喜欢哪一行，你就会觉得干哪一行有意义。"

陈博文嘴角露出一丝意味深长的笑意："风琴啊，我发现，你就是一个很好的题材，把你研究透了，足以写一部中篇小说。"

"还是作家脑子灵光，想象力丰富。"崔风琴在陈博文的脸上刮完最后一刀，放下剃刀，盖上热毛巾，热敷片刻，拿起来放到一边，又用大宝护肤霜揩一遍，"大作家，你看我的手艺如何？"

陈博文挺直身子，对着镜子照，发现镜子里他的一张脸大放异彩，忍不住夸奖道："你的手艺如何我还不清楚？这一片不管住得近的，住得远的，都来你的店理发，难道还不足以说明你的手艺顶呱呱吗？让我说，你都称得上是著名的美容家啦。"

"躺下。"崔风琴用近乎命令的口气说。

每当这个时候，陈博文就乖乖地把头斜靠到高背椅上，闭上眼睛。崔风琴两只手在陈博文的头上捏、抓、挠、捶，时轻时重，时快时慢，把陈博文整得舒舒服服，以至于服务项目结束之后，陈博文仍然余兴未尽。

等一切进行完毕，崔风琴去掉围在陈博文身上的围布，说一声："好了。"

陈博文从衣袋中掏出十元钱，高兴地递给崔风琴，说："经你这么收拾后，我像换了个人似的，别提多舒服了。"

崔风琴笑着说："大作家，什么时候累了，尽管来，我保证让你的大脑得到充分休整。"

陈博文走出来，头也不回，朝大众洗浴中心走去，他要洗掉身上的污垢和疲劳，以便于轻装上阵。

十

　　陈博文在浴池里泡了足有五六分钟，穿着拖鞋，走到赵杰的身边，笑着说："赵弟，给哥搓下澡。"

　　"哟，作家哥来了。"一看是陈博文，赵杰立即换上笑脸，把他让到搓背床上，尽心尽力搓起来。

　　陈博文大约一星期没洗澡，黑黢黢的泥团在搓澡巾的带动下，神奇地从他的身上剥离，簌簌滚落在身体的两侧。搓完肢体的正面，赵杰紧接着给他搓背面。他感到赵杰的搓澡几乎就是一次完美的行动，让他有一种如登仙境的享受。当他的意识仍然停留在这种美妙的感觉上时，只听背上啪的一声，赵杰已把套搓澡巾的那只手从他的背上挪离，问一声："作家哥，感觉还可以吧？"

　　"太好了。"陈博文用欣赏的眼光看着赵杰，由衷地叹赏："你的搓澡技术越来越精湛了，让哥佩服不已，干脆再来一个二十元的全身按摩。"

　　"好咧。"

　　"躺哪张床上？"

　　"躺边上的那张床。"

　　陈博文躺在赵杰指定的那张床上，赵杰给他盖上毛巾，按照从上至下的顺序，沿着身体每个部位，依次展开，非重点部位一掠而过，重点部位多按几次，多给几次力。他顿时有一种舒坦的感受，嘴里不住地啧啧赞叹。

　　"舒服吧？"

"舒服。"陈博文兴奋地说,"再使点劲儿。"

赵杰加大力度,在他的穴位上用力揉搓,汗珠子顺着眼角、鼻尖、脸颊滚下。他非常满意赵杰的服务,认为赵杰够卖力的,问他道:"赵弟,你搬来不久,有什么事需要哥帮忙吗?"

"作家哥,你不说,我还真没想到,经你一说,我还真想起一件不好办的事。"赵杰面露难色。

"啥事?"

"孩子进城上学的事,你想啊,孩子一直在老家上学,与我们长期不在一起,也不是个事。"

"孩子上学的事有何难处?对外地的孩子来说,不就是进城务工、就近入学这两条吗?"

"入学政策虽是这两条,但我初到此地,与学校的校长又不认识,谁会让咱的孩子上学呢?"

陈博文正在兴头上,大包大揽:"我认识此处的小学校长,随后给他打个招呼。"

"那敢情好。"本来困扰赵杰多天的问题,没想到遇到热心肠的陈博文,竟然不费吹灰之力,顺利解决。赵杰的心中能不高兴吗?只见他一张脸笑成一朵花,兴冲冲地问陈博文:"咱什么时候请校长的客?"

陈博文嗔怪道:"都什么年代了,还请客不离嘴。"

"太感谢了。"

"邻家壁舍应该做的。"

按摩结束,陈博文走到衣柜前,取出衣服,从衣兜里掏出二十五元钱给赵杰。赵杰说什么也不要,他激动地说:"你帮我这么大的忙,不图一分钱的好处,我心里太过意不去。这次服务费就免了,下一次再拿。"

"那怎么能行？"陈博文不管赵杰怎么说，坚决把钱扔到他的床上，知冷知热地说，"赵弟，你挣的是辛苦钱，又不是大风刮来的，我不给从道理上说不过去。你不要为难我，如果你不要的话，我就不管你这个事了。"

"真不要。"

"必须得要。"

两个人像打架似的，你推我搡，到最后陈博文执意把钱塞给赵杰，好不容易才挣脱出来。

陈博文从大众洗浴中心回到家里，感到浑身轻松。他坐到书房，从书架上取出二月河的《雍正皇帝》，潜心研读。他已经不是第一次看这部名著了，从这部名著中，他学习了许多写作技巧和风格。

正当他尽情享受书香给他带来的快乐时，马媛回来了。马媛轻手轻脚走进书房，坐到他的身旁。由于过度专注，他竟然没有发现妻子的到来。

"书虫。"看他如此痴迷，马媛此时的心中说不出是何种味道，也许有甜的，也许有苦的，她终于忍不住，喊了一声。

一个大活人无声无息地坐在陈博文的身边，他竟然没有丝毫察觉，不由得吓了一跳，放下书，埋怨说："你什么时候回来的？也不出声，把我吓了一跳。"

听了陈博文的埋怨，马媛没好气地说："你天天除了读书，除了写作，别的事你管过吗？"

"读书人不读书，作家不写作，那叫什么读书人？那叫什么作家？"

"人家不读书，不写作，不照样过得滋润嘛。"

"你今天是怎么了？你平时可不是这个样子。"陈博文暗暗惊诧，妻子马媛一向是一个通情达理的贤惠淑女，今天好像吃了火药。他仔细观察妻子，发现她一张鹅蛋脸变得青一块、紫一块，樱桃似的小嘴噘得老高，一副很生气的样子。他站起身，抚摸着妻子瘦削的肩头，柔和地说："你是不是在外边受气了？"

看丈夫如此温柔体贴，马媛的气消了许多。她端起水杯，呷一口茶水，缓缓地给丈夫讲了她在单位的遭遇。

马媛今天上班，需要给一个病人扎针。这个病人患高血压、心脏病等多种疾病，接连几天病情不见好转，心里憋着一肚子火。她前来给他扎针，等于给了他一个发泄的机会。马媛像往常一样，用酒精棉球擦洗病人的手背，让他手背上青色的静脉凸现出来。她屏息敛气，准备把针头扎进脉管，针头快挨着病人的脉管时，病人神经过敏，大喊大叫："有你这样的护士吗？"

马媛一愣，心说针头还没挨着你，你叫喊什么，便用不解的目光看着他，纳闷地问："你怎么了？"

"你把我扎疼了。"

"我还没挨着你，哪能把你扎疼呢？"

"就是你，就是你。"病人扯着嗓子，冲马媛大声吼叫。

病人的吼叫招来一群人围观，尽管他们没说什么，但从他们不理解的目光中，马媛感到他们都在责怪她。一会儿，科室主任来了，不问青红皂白，先把她训一顿："不管怨你不怨，先给病人赔礼道歉。"

马媛迫于主任的压力，眼中噙着一汪泪水，给病人道歉："都是我不对，请不要与我一般见识。"

病人出了气，心满意足地说："这还差不多，以后注意点。"

提起这档子倒霉事，马媛的气就不打一处来，无处倾诉，只好回到家里，给丈夫身上撒气，丈夫成了她的出气筒。

幸好陈博文理解马媛，给她说了一番宽心话："让我说呀，你对病人应该有爱心，应该同情、理解他们。"

"可我也不能眼睁睁看着他们不讲理啊。"

"病人与常人不一样，他们得了病，难免心气不顺，你不能与他们说一般多的话啊。组织上经常教育咱要不厌其烦，要苦口婆心，你平时也是这么说的，怎么一遇到实际情况，就不能这么做了呢？亲爱的，你说我说得有道理吗？"

"你说得有道理，我回去之后，一定不急不躁，给病人做好解释工作。"听了丈夫的解劝，马媛的气顿时飞到九霄云外。

陈博文与马媛在生活上互相关心体贴，在工作上互相理解支持，谁在外边受了气，思想上想不开，回到家里经过对方的宽慰，总能立即化解。

果不其然，马媛第二天下班后，哼着小曲回到家里，与昨天的她判若两人。在散着墨香的书房，她搂着陈博文的脖子，撒娇说："今天我按照你的说法，主动与病人沟通。病人红着脸，说他做错了，不该向我发脾气，一再道歉。我与他之间不存在任何障碍了。"

"好，祝贺你成功，我亲爱的妻子。"陈博文掰开妻子纤细的手，笑着说，"我也告诉你一个好消息，赵杰的女儿上学一事，校长二话没说，明天就让他去报名。"

"太好了，我们的生活充满阳光，充满善良。"马媛咯咯笑着，非常满意丈夫的做法。

…………

十一

陈博文的姑娘陈扬秉承爸妈的优点，聪慧又漂亮。她上初中时，同班一些同学在闲暇之余，总是比谁吃香喝辣、比谁穿金戴银、比谁坐名车住别墅，每当这个时候，她的心中总感到比不上别人，一个人躲在一边缄默不语。回到家里，爸妈发现她闷闷不乐，问她原因，她把这一切都如实地告诉爸妈。

作为工薪阶层，由于经济条件的限制，做妈妈的不能为女儿提供锦衣玉食和名车宝马，马媛从心里感到无限惭愧。她也是从学生这个时期过来的，深深知道家境贫寒的学生会招来别人的讥笑，会在同学们面前抬不起头来。她没有责怪女儿，而是好言抚慰："女儿呀，等将来咱家条件变好了，名车会有的，别墅会有的，一切都会有的。"

"那到什么时候了？"陈扬仰脸问妈妈。

这是一个不好回答的问题，马媛迟疑片刻，嘴里喃喃道："这……"

陈扬从妈妈迟疑的回答中，知道实现这一切是很遥远的事情。

换上陈博文，他没有心疼女儿，而是板着脸，冷冷地说："小孩子上学，比吃、比穿、比住、比用名牌，这很不正常。"

"那你说应该比什么？"

"什么也不比，就比学习。"陈博文回答干脆，没有任何通融的余地。

"爸爸，我记住了。"陈扬从爸爸这里，学会了"奋斗"二字。

奋斗的时间是漫长的，奋斗的过程是艰苦的。陈扬从此树立远大志向，一门心思沉浸在学习的海洋里。她不比吃，不比穿，不比住，上课专心听讲，下课锻炼休息，触类旁通，举一反三，劳逸结合，寻找出一套适合自己的学习方法。不论是平时小考，还是期中期末考试，她总是第一名或第二名，从来没有当过第三名。在中考的时候，她以全市第十八名的成绩被录入全市重点高中奥赛班。

记得刚进入奥赛班，她深夜返回家里，偷偷地哭鼻子。陈博文问她何故，她泪眼汪汪地诉说："奥赛班的同学脑子都比我聪明，我感到压力很大。"

听了女儿的哭诉，陈博文先是一怔，然后开怀大笑。

陈扬不解其意，问道："爸，你笑什么?"

"我笑你说对了一半。"

"哦?"

"你想啊，全市最聪明的孩子才进奥赛班，他们不聪明，谁还聪明啊? 你觉得他们聪明，他们又何尝不觉得你聪明呢?"

陈扬听了陈博文自信有底气的话，哭声戛然而止，说："对呀，爸，我怎么就没想到另一层呢?"

"女儿你要记住，年轻的时候，要有舍我其谁、傲视群雄的志向。只有这样，你才能激扬青春，所向披靡。"

"我一定铭记爸爸的嘱托。"望着陈博文充满期待的目光，陈扬暗暗下定决心：重振雄风，再创辉煌。

没过多久，她根据自己的特长选择了文科。每当晨曦初露，她开始起床到学校，晚上学到十点，才能回家，一直熬到十二点，才上床睡觉，养成起早贪黑、披星戴月的习惯，全身心用于学习。由于天资聪颖，方法得当，她的成绩始终稳定在前十名。现如今，又在为高考进行最后冲刺，天天忙得昏天黑地。

陈博文夫妻俩明白，他们在学习上帮不上女儿什么，唯一能帮女儿的，就是当好后勤部部长，让女儿吃好喝好，不生杂病，不发生意外事故。

到了高考那两天，马媛提前请假，陪着女儿前去高考，紧紧张张，忙忙碌碌……到了6月25日，女儿的成绩单出来，全省第七名，全市第一名，北大清华争相录取，全家沉浸在一片喜悦中。

最后，经过他们反复商量，决定报考清华大学。

在一个阳光灿烂的日子，邮局给陈扬送来清华大学的录取通知书。一进小区，送通知书的人便点燃鞭炮，噼里啪啦的鞭炮声惊动小区所有的人，他们纷纷走出来，看小区发生什么喜事。当他们看到烫金醒目的通知书时，无不投来羡慕的目光，竖起大拇指夸赞："咱小区也出高考状元了，陈扬真是好样的。"

郭大爷、李大爷、梅香、赵杰、崔风琴先后来到陈家，祝贺陈扬："陈扬上了中国顶尖大学，可喜可贺。"

"这都是陈扬平时学习下功夫的结果。"

"还是父母遗传的基因好。"

"陈扬也没上什么出名的小学和初中，不照样考上重点高中和顶尖大学了？看来这都是陈家的家风好。"

"这不仅是陈家的喜事，也是翠竹苑小区的喜事。"

各种各样的祝贺话说了许多，说得陈博文、马媛和陈扬心里暖融融的。陈博文心里暗暗说："女儿能力挫群雄，脱颖而出，完全是天道酬勤的结果。没想到我一个长期失意的人，居然在众人面前风光无限，真是苍天开眼，祖宗显灵。"他是这样想的，却不敢这样说，只听他谦虚地说："这有什么？还不是瞎猫逮住一个死老鼠？如果有下一次高考，不一定就能考这么好。"

"你就谦虚吧。"

"谦虚过分就是虚伪。"

"一定让我们喝喜酒。"

面对邻居真诚的祝贺,马媛掩饰不住内心的喜悦,神采飞扬地说:"喝,一定喝。等这件事尘埃落定,我们一定摆上两桌,请大家喝个痛快。"

送走贺喜的人们,马媛对女儿陈扬说:"接到通知书,心里才踏实了,今天中午多炒几个菜,全家人好好庆贺。"

"我理解妈妈的好心。"陈扬腼腆地说,"不过呢,我一向奉行低调做人、踏实做事的原则,主张不声张,不张扬。"

"看看我们的女儿,比你成熟多了。"陈博文看着妻子,眉梢眼角都是笑。

尽管全家人不愿意多宣传,不愿意在报纸、电视上露面,但在洹阳这座有 500 万人口的城市,陈扬一时间成了人们心中的学霸,成了青年学生学习的榜样,成了美好形象的化身。

十二

对陈扬的成功,不同的人有不同的感受,但他们有一点是相同的,就是回到家里,教育儿女向人家学习。

梅香除了鼓励女儿玉玲,同时也鼓励那位在特殊教育学校学习的哑女齐望。齐望了解陈扬的奋斗历史,重塑自尊、自信、自立、自强的信念,决心付出超过常人数倍的努力,去为梦想拼搏。

她在写给梅香的电子信件中这样写道:"梅妈妈,请允许我用这样的尊称称呼你,在我人生最低落的时候,你用保尔等人的事迹鼓励我要正确面对人生,如今又用陈扬的成功鼓励我奋发向上。我即使是一个冷血动物,也应该被感化了。我决心用自己真实、立体、全面的生活，重树一个折翼少女的形象。梅妈妈，请看我的表现吧。"

看了齐望的来信，梅香心中荡起希望的浪花。她仿佛看到，一朵含苞待放的蓓蕾即将把鲜艳的一面呈现给这个世界。

在特殊教育学校的日子里，齐望看到许多有着各种残障的同学，他们有的看不见，有的听不到声音……有的来到世间或许只有十几年甚至短短的几年光阴，但他们一个个拼搏不止，奋斗不息。这常常让她热血沸腾，产生不向命运低头的想法："我的命运或许不如人，但我的每个生命音符不能不如人。"有了雄壮的追求，她的生活从此变得斑斓多彩。

梁丽不仅是一个长得很漂亮的女教师，而且是一个对学生关怀备至的大姐。对于每个学生的想法，她都了如指掌。对于齐望，她没少倾注心血，两个人像师生，更像姐妹。当学校成立"启彩星"艺术团时，齐望犹犹豫豫，不敢报名。梁丽鼓励她积极报名："有我在，妹子你怕什么？"

"我行吗？"

"你行，你肯定能行。"

在梁丽的鼓励下，齐望报名参加"启彩星"艺术团。2016 年暑假，央视要求"启彩星"艺术团编排一个专业的芭蕾舞，刚开始时候，梁丽给齐望买来漂亮的芭蕾舞鞋，齐望想都没想，抢着穿在脚上，可是没过几天，她找到梁丽，准备归还芭蕾舞鞋。

梁丽惊问何故，齐望比画着手势，坦直地回答："芭蕾舞鞋前面太硬，硌得脚趾疼。"

"开始都这样。"

"如果仅仅是这样，还能忍受。"齐望两眼含泪，委屈地说，"只是训练强度太大，把脚都磨破了。"

"你脱下鞋。"

齐望磨磨蹭蹭，不想脱鞋，梁丽不容分说，帮她脱下鞋，只见她的脚肿得像馒头，鞋连着脚两侧的皮都被撕了下来。顿时，泪水像清泉一样，顺着梁丽的鼻翼流下。良久，梁丽非常心疼地说："齐望，咱不练了，放弃吧！"

齐望看到梁丽流泪，跟着流泪。当她听到梁丽劝她放弃，她咬着牙略微思索，毅然回答说："不，梁老师，我能坚持！"

"我的好齐望。"梁丽紧紧搂着齐望，在梁丽的怀抱中，齐望感到特别温暖，特别幸福。

最终齐望通过刻苦的训练，像一只美丽的小天鹅，与其他的二十二个小姐妹站在电视台的舞台上进行汇报演出，演出非常精彩，非常成功，台下所有的观众全体起立，高高举起大拇指。那一刻，齐望是那么美丽！

"一群特别的孩子，过早地遭遇风雨，别人来了又走，她却欲走又回，别人收获的时候，她还在默默地辛勤耕耘，她播下的是孩子们希望的种子，放飞的是孩子们沉甸甸的梦想。"这是 2016 年全国最美教师评委会授予二十三个小姐妹的颁奖词。

齐望和她的"启彩星"艺术团成功了，她们在易园、万达、洹阳市的十四所中小学等地巡回演出，每次演出都给观众留下深刻印象，观众对她们报以热烈的、经久不息的、雷鸣般的掌声。每当这个时候，齐望的嘴角都会流露出一丝自豪的微笑：天生我材必有用！

现在的齐望不再是从前的齐望，她已经成为一个自食其力的劳动者。每当她演出之后，都有一笔收入，除了自己消费之外，还有一部分结余。望着自己辛苦挣来的钱，她首先想到的，就是含辛茹苦把她拉扯大的奶奶和对她关心备至的梅香妈妈。她为她们每人买了一件上衣，以表达她的报答之心。奶奶欣然接受了，笑得合不上嘴:"俺孙女能挣钱了。"可送给梅香时,梅香无论如何不肯接受。

齐望双眼流泪,比画着手势,情绪很激动:"梅妈妈,没有你的关怀和激励,就没有我的今天。这一件上衣是女儿的一番心意。"

"你的心意我领了,但你的礼物太贵重,我不能接受。再说了,我所做的一切,都是一个党员应该做的,要感谢的话,你就感谢党吧。"

"梅妈妈,你太伟大了,以后我将继续努力,决不辜负你的希望。"齐望知道梅香不会收她的礼物,再用华丽的名词都是徒劳无用的,于是揩干眼泪,说了一句令梅香振奋的话。

梅香要听的就是这句话,她无比高兴地说:"只要你能对社会有所贡献,比你给我送什么都强,我多么希望你能像正常人一样工作学习,像正常人一样结婚生子。"

"梅妈妈,你放心吧。"不是母女,胜过母女,齐望紧紧拥抱着梅香,梅香感到肩膀头落下一片湿漉漉的泪渍,"我相信,像你这样的好人,一定有好报。"

没多久,梅香由于工作突出,多次荣获国家、省、市先进个人称号,从一般职工转为事业在编的干部,而享受这个待遇的,全区只有三个人。这说明组织对梅香的工作是肯定的,对她的待遇是关心的。

梅香工作更加积极了,早上第一个到单位,晚上最晚离开单位,像春蚕一样,吐尽芳丝;像蜡烛一样,点燃自己,照亮别人。

在创建文明城市的过程中,梅香带着社区干部,发动群众,对社区的每个角落进行统一整治,该刷墙的刷墙,该铺路的铺路,没日没夜拼命干,让希望社区的面貌焕然一新。就在这项工作接近尾声时,她骑着自行车路过一个十字路口,被一辆飞驰而来的黑色小车撞飞十几米,彻底失去知觉。

　　她在重症监护室躺了整整两天两夜，才睁开眼睛。她看着周围雪白的墙壁，问护士："我这是在什么地方？"

　　护士看她苏醒过来，长长松了一口气，俯下身子告诉她："梅书记，你终于醒过来了，你被汽车撞倒后，被人送到医院，昏迷整整两天两夜，一粒米没进，一滴水未沾，不省人事，把大家吓坏了。"

　　"汽车撞我？"她竭力回忆往事，只记得路过十字路口时，一辆黑色的小车对着她的车头撞来，两耳边砰的一声响，她便失去知觉，"在我的记忆中，好像有这么一回事。"

　　"经过检查，你的胯骨骨折，需要静养。"

　　"真倒霉，我什么时候才能痊愈？我手边还有许多工作等着去做。"

　　"常言道，伤筋动骨一百天，你就静养吧。"

　　"这怎么能行呢？这怎么能行呢？……"梅香一听护士的话，气不打一处来，暗暗恨自己当时没有躲过车祸，造成眼下不得不卧床养病的不幸。

　　听说梅香苏醒，办事处的领导、社区的同事、翠竹苑的邻居无不感到庆幸，捏着一把汗的丈夫田新民脸上也有了一丝血色，暗暗祈祷："梅香，你如果有个三长两短，让我和女儿怎么办？你千万不能走，因为需要你干的事还很多，很多。"由于梅香在重症监护室，他们仍然见不到她的面。

　　又过了三天，梅香的病情逐渐稳定，人从重症监护室转到一般病房，这无疑是一个利好的信号，大家可以来病房探视她了。

　　办事处的领导、社区的同事来了，他们买来鲜花、水果和牛奶，让梅香安心养伤。梅香愧疚地说："都怨我，没做多少工作，净给大家添麻烦。"

　　邻居郭大爷、李大爷、赵杰、崔凤琴、陈博文也来了，他们买了一大堆营养品，祝梅香早日康复。一声声祝福，就像一股股甘洌的清泉，注入梅香的心田。

希望社区的居民，有的提着鸡蛋篮子，有的提着盛有苹果、香蕉的袋子，来了一拨又一拨。尤其是邓大娘、齐望，更是不离梅香的病床，日夜照料她的饮食起居。

梅香看到来探望她的人络绎不绝，心中感到很不安。她愧疚地对副主任鲁丽说："我没有给群众出过多大力，没有给群众办过多少事，他们却买东西来看我，我心里真是过意不去，回头转告他们，请不要来了。"

鲁丽摇着头，无奈地说："这个事我劝过他们，可不管我怎么劝，他们就是不听我的劝告。"

"你是不是没有尽全力，连这点事都办不成？"梅香生气地说。

"梅书记，我真的劝不了他们，你批评我吧。"鲁丽知道社区群众对梅香感情深厚，劝他们只能适得其反，会遭到他们的强烈反对。想到这里，她左右为难，禁不住眼里噙满泪花。

这么多人来看望梅香，连护士也深受感动。看副主任鲁丽挨批评，护士看不下去了，动情地对梅香说："种瓜得瓜，种豆得豆。梅书记平时对群众好，群众平时都记着呢，现在你遇到事，群众怎会忘记呢？"

护士的一席话说得梅香无话可说，她只有在心里默默念叨："将来回到社区，一定更好地服务群众……"

经过三个月的静养，梅香痊愈了。她像从前一样，继续在翠竹苑正常生活，在希望社区为群众服务。她惊喜地发现，赵杰通过自己的努力，正准备买房；陈博文的长篇历史小说得到专家认可，获得省级文学大奖；郭大爷、李大爷每天到健身广场，踢毽子，练单杠；崔凤琴的服务态度越来越好，理发手艺变得炉火纯青；齐望在演出方面取得新突破，到各地演出的次数越来越多，场场爆满，被认可度越来越高……她平时所接触的人，活得越来越出彩。

看来，人的一生不在于做多大的官，不在于发多大的财，而在于是否活得有意义，是否精彩。

小区那些事

一

在翠竹苑小区门口的铁杆上，斜挂着一个长约一米、宽约半米的黑板，黑板上写着三行歪歪扭扭的粉笔字：由于我们年老多病，不能再胜任小区物业管理工作，计划到月底辞去该份工作，请大家多多原谅，另请他人。落款人：老秦、老宋。

这则公告就像一石激起千层浪，在小区引起强烈反响。小区居民只要路过此处，都会停下来，屏气敛息，细看黑板上的每个字，唯恐漏掉其中的内容。当他们看完后，一个个很纳闷，这老秦、老宋看上去挺和气的两个老头，平时看看门，打扫打扫卫生，与小区的居民相处得很融洽。特别是他们会水电技术，哪家遇到这方面的问题，他们总是乐呵呵地上门帮忙，分文不取，怎么就突然病了，以至于要辞去小区物业管理这项工作呢？这中间究竟发生了什么不愉快的事呢？

人们想弄清楚老秦、老宋离去的真正原因，同时对他们的即将离去有些依依不舍。三天后，有三个五十多岁的女人终于忍不住了，聚到一起，开始议论此事。一个留着剪发头、小巧玲珑的女人说：
"这老秦、老宋要走了，小区可怎么办？"

"桂花的担忧不是多余的。"邱敏个子高挑，一向办事利索，可
今天涉及小区的事，不禁蹙着眉尖说，"老秦、老宋两个人平时表现
不错，大家比较认可。如果换了他们，新换的人员未必比他们强，
未必比他们好啊。"

戴着一副近视眼镜，看上去比较沉稳的田霞微微一笑，嘴角裂
出两道干涸的细纹："咱小区物业管理费在附近一带是最低的，一平
方米收一毛四，听说附近的小区一平方米收一块多。"

叫桂花的女子看了田霞一眼，笑着说："按照国家物业管理要
求，收费标准确实不低于你所说的那个数字，咱小区的人是身在福
中不知福啊。"

"两个老头收费标准不高，干的活儿又不少，咱们必须想方设法
留住他们。"

"咱们找他们谈一谈，看看他们到底在想什么。"

三个女人立说立行，朝大门口快步走来，径奔门房。在狭小的
不足十平方米的门房里，老宋正在看小区监控。他看到三个女人来
找他，从床上慢悠悠起来，问她们："你们有什么事吗？"

桂花心直口快地说："没什么大事，只是想找你聊一聊。"

老宋六十七八岁，大高个子，头发斑白，听了桂花的话，低头
迈过门槛，来到大门口，不好意思地说："门房太小，容不下你们
几个。"

"老宋，我们都理解你和老秦。"邱敏在问候老宋的基础上，直
截了当地问他，"你们想走的真正原因是什么？"

"黑板上不是写得清清楚楚吗？"

田霞看老宋不愿意说出真正原因，便知冷知热地说："说年老多

病，我们相信，人嘛，不论是谁，只要吃了五谷杂粮，还能没有个头疼脑热？"

"唉！"老宋仰天长叹一声，欲言又止。

桂花看老宋有为难之处，关切地说："你有什么为难之处，就给我们说一下，看我们能不能想些办法？"

老宋要听的，其实就是桂花这句话。他喝了一口水，润了润嗓子，不紧不慢地说："说心里话，我与老秦在咱小区干了十多年，风里来雨里去，苦没有少吃，钱没有多挣，但与小区居民之间建立了深厚的感情。人们见到我们，总是先打招呼，有的做了好吃的，先给门房送些，我们记着小区居民的好。"

"那……"三个女人互相看一眼，耐心听老宋接着讲。

只见老宋不慌不忙，娓娓道来他与老秦为什么要辞去小区物业管理工作："前业主委员会因为安装热力管道，颇有争议，一个个搬家了。他们倒清净了，可我与老秦呢，事多了。"说到此处，老宋皱起眉头说："这几年，每家每户都买了汽车，有的甚至买了两到三辆，停车位顿时紧张起来。素质高的，按顺序排位；素质差的，乱摆乱放。其中市城建局副局长欧阳杰见了我们两个人，多次要求我们画车位。我们商量一下，觉得这个事超出我们的权限和能力。更有甚者，有的人一喝酒回来，就冲着我们两个人发火，说我们愿意干就干，不愿意干趁早滚蛋，不要占着茅坑不拉屎。"

"所以，你们就……"

"是啊。"老宋痛苦地说，"我们挣得不多，再受着欧阳局长和别人的闲气，不如一走了之。"

"欧阳局长刀子嘴，豆腐心，你又不是不知道。至于别人喝了酒，给你们喊了几句，我们随后找他们，劝他们不要闹事。"田霞嫣然一笑。

老宋摆着一只手，赌气地说："气受够了，坚决不干了。"

"那怎样才干呢？"邱敏试探着问。

老宋余怒未消地说："说什么也不干了！"

桂花劝解道："老宋就不要耍小孩子脾气了，到底怎样你们才干呢？"

老宋沉着一张方脸，想了好久，才说道："除非小区重新成立业主委员会，给我们撑腰做主，我们才能安安稳稳干下去。如果还像现在这样群龙无首，谁想给我们一肚子气就给一肚子气，我们干得还有什么意思？"

"老秦也是这个意思吗？"

"是的。"

"好，谢谢你给我们吐露你和老秦的心声，谢谢你对我们的信任。"桂花心说，到底老宋老实，对自己的想法没有做过多的隐瞒。

三个女人问清老宋内心的想法，走到小区广场，开始商量下一步怎么办。

二

桂花指着锈迹斑斑的管道，气愤地说："在安装热力管道这个问题上，前业主委员会收了那么多钱，也不知道从哪里找了一班根本没有资质的施工队，安装的都是劣质管道，这才几年，已变得不能正常运行，太不像话。"

邱敏深有同感地说："这么好的一个小区，布满一根根黑乎乎的管道，占据大量的空间，多么不美观啊。"

田霞意味深长地说："何止这些……"

关于前业主委员会的传说多了，有的说业主委员会成员在安装暖气设施时，没有像其他户一样掏安装费，有的说业主委员会成员每个人得了几万元的回扣……众说纷纭，谁跟谁说的都不一样，而且有鼻子有眼。但有一点是不争的事实，那就是小区花了那么多的钱，市热力公司却不承认小区热力管道的合法地位，等于小区的管网没有正式并入市热力网，而且今冬有可能不能正常运行，停止供暖。同时，小区冬天取暖的温度达不到国家规定，为了升温，修了个泵房，每家每户要多掏一百元电费。

居民该掏的钱掏了，不该掏的钱也掏了，却没有得到相应的服务，一时间大家意见很大。修养好的，只是在背后嘀咕；性格直爽的，当着业主委员会成员的面，说话很刺耳。没过多久，业主委员会成员纷纷乔迁到别的小区，他们的步调如此一致，是偶然巧合，还是心中有鬼呢？目前，业主委员会空无一人，小区的事务无人问津，个别人喝了酒到门岗上大喊小叫，吓得两个看门的老头胆战心惊，也就不足为奇。

桂花知道再说前业主委员会成员的坏话，也解决不了当前的问题，便说："说一千，道一万，都不管用，小区当务之急是必须选出新的业主委员会，选出业主委员会主任，找一班人来主事。"

"这是一个出力不讨好的差使，叫谁干谁都不愿意干。"邱敏皱紧眉头，面带忧惬。

"前业主委员会干砸了，这一届业主委员会不能像前业主委员会那样再胡闹了。"田霞沉吟片刻，忧愁地说，"面对眼下这个乱摊子，谁干呢？谁又能干好呢？"

…………

一阵沉默，三个女人在为翠竹苑无人管理的现状而担忧。蓦然，桂花挺身而出，郑重其事地说："其实，小区各项工作并不复杂，并不需要高深的文化，只要人立得直，站得正，公道正派，一心为公，没有私心杂念，就能赢得小区居民的拥护和支持。"

邱敏笑着刺了她一句："看你这副跃跃欲试的样子，想干了?"

"假如大家都不干的话，我试一试又何妨呢?"桂花不甘示弱，"这是一项给大家服务的工作，又没有偷谁的，抢谁的。"说了这番话，她凝视着前方，只见一片翠竹亭亭玉立，葱葱郁郁，微风吹来，发出沙沙的声音。

"我看桂花行，举双手拥护。"田霞觉得桂花勇气可嘉，对这种勇气只能鼓励，不能泄气。

"我也支持桂花。"邱敏与桂花平时相处甚欢，知道她没有坑人的坏心眼，别人不用提防她。

"一个好汉三个帮，一个篱笆三个桩。"桂花看两位好友支持自己，便想拉她们一块进来，到关键时刻好有个帮手，"你们干，我才干，否则的话，即使八抬大轿抬我，我也不干。"

"你看你，你干就行了吧，还非拉我们不可，真能烦人。"邱敏心里暗暗想：桂花干什么都要攀我作伴。

"想通了吗?"

"这……"田霞难为情地说。

邱敏眼睛一瞪，赌气说："要干你干，我不干。"

"真不干?"

"真不干。"

"真不干，我也不干。"桂花说话嘎巴脆，反将邱敏一军。

田霞沉静地说："我们都干也可以，但不能当主任。"

看田霞同意，邱敏松口了："既然田霞答应，我也只好勉为其难，不过呢，只能当一个跑龙套的人。"

"你们觉得谁当主任合适?"

田霞试探着说："文章如何？"

"他？你怎么会想起他？"桂花和邱敏异口同声，互相看了一眼。

"怎么不能是他？长相文文绉绉，为人和和气气。"田霞解释说。

邱敏果断地说："文气有余，果断不足。在没有理想人选之前，先作为一个备选。"

桂花歪头想了想，说："原来在铁东区教育局当书记的陈玉凤也是一个不错的候选人。"

邱敏眼睛一亮，兴奋地说："她无疑是一个合适的人选，咱们为什么不找她呢？"

说起陈玉凤，田霞对她比较了解，知道她早年当过铁东区教育局党组书记，是一个组织协调能力非常突出的女性，再加上她的爱人华同德刚刚从市信访局局长的岗位上退下来，儿子华杰在本区德隆办事处任书记，具有较强的政治优势和广泛的社会资源。

三个女人很快达成共识，一起来到一座三层（其中一层是地下室）别墅前，连拍几下门鼻。一会儿，从院子里传来一串轻快的脚步声，吱扭一声，铁门开了，走出一个脸盘长得四方端正、皮肤保养得光滑润泽的女人，正是她们要找的陈玉凤。陈玉凤一看是她们，惊讶地说："你们怎么来了？好稀罕哟，请进。"

桂花、邱敏、田霞走进别墅的院子，这是一个面积几十平方米、地面的瓷砖被擦得异常洁净、四个角落摆满盆栽君子兰的院子，在寸土寸金的城市能有这样金贵的院子，可见主人的身份、能力和情怀。陈玉凤把她们让进客厅，围着精致的大理石茶几依次落座。她笑着对她们说："诸位有什么事吗？"

"用不着绕弯子，还是直说吧。"桂花瞟了邱敏一眼。

邱敏会意，说："想必你也知道老宋、老秦要走的消息。"

"知道。"

"有何感想？"

"两个老头干得不错，能挽留还是挽留吧。"

"持有这种想法的人比较普遍，我们三个刚才与老宋交流思想，知道了他们要走的原因，原来是个别人喝了酒让他们干这干那。"

"这是在为难两个老头。"

"现在老宋说了，让他们留下，必须有业主委员会为他们撑腰，不能谁喝酒就到门岗吵他们。"

"业主委员会？"陈玉凤呷呷厚厚的嘴唇，笑着说，"以前咱小区的业主委员会在小区还能提吗？"

"是啊，威信扫地，怨声载道。"邱敏看着陈玉凤的脸说，"刚才我们商量，必须另起灶火，重新选举业主委员会。"

陈玉凤觉得她们说到了点子上，当即赞成说："这个主意好啊。"

桂花知道陈玉凤是一个厚道人，对她没有必要藏着掖着自己的想法，便直言无隐："好是好，我们三个本着为小区服务的思想，准备竞选业主委员会委员，只是没有主任人选，想来想去，觉得你最合适。"

"我？"陈玉凤指着自己的鼻尖，不相信地问。

"你。"三个女人异口同声。

"你们别开玩笑了。"

"我们是认真的，没有开玩笑。"

"不行，不行，坚决不行。"陈玉凤倒不是看不起业主委员会主任这个不挂品位的"官"，而是没有任何思想准备，连连摇头。

"在我们的心中，你就是最棒的。"

"我坚决不同意。"陈玉凤始终不吐口。

三个人对陈玉凤不依不饶，紧追不舍。陈玉凤灵机一动说："难道就没有别的人选吗？"

　　三个女人就提出文章，陈玉凤连忙说好，并退而求其次："如果实在想让我干的话，我可以当一个委员，紧紧围绕文章这杆大旗，做一些力所能及的工作。"

　　未来的业主委员会没有一点经费不说，而且面临众多棘手的问题，主任这个角色干好了，是应该的，干不好，净惹别人笑话，是个烫手山芋，难怪陈玉凤不干，换上别人，也肯定不干。她们经过推荐、推辞、再推荐、再推辞的多轮拉锯战，硬是没把陈玉凤推上位。没办法，她们最后达成妥协：主任这个重要而又烫手的角色，还是文章适合干。

　　至于文章愿不愿意干，那就不得而知了，她们决定登门求贤，用最大的诚意去说服文章。

三

　　进入文章家，家里的陈设如其名一样，客厅的正前方悬挂一幅名人山水画，隔扇架子上整齐罗列二月河的"落霞三部曲"，完全是浓郁的书香家庭。

　　文章中等个儿，白净脸，现任市作协副主席，看她们来拜访，赶紧笑着让座。当她们坐下来说明来意，文章心中怦然一动，真想愉快地答应对方的要求，甩开膀子干一场，来证明自己的实力。可没等他答应人家，他的爱人徐娟便一口回绝："俺家文章笔杆子绰绰有余，家长里短不足，不是业主委员会那块料。"

　　"怎么不是?"

　　"你看你，光你就把文章说得什么都不是。"

　　"门缝看人，把文章看扁了。"

"我觉得文章行，为人态度和蔼，这是做好各项工作的前提。"

四个女人你一言，我一语，反驳徐娟，可徐娟最了解自己的丈夫，不管她们怎么说，决不改变自己的主意。在五个女人争吵的过程中，文章趁机开动脑筋想了想，觉得爱人徐娟的话还是有道理的，业主委员会主任尽管不是什么级别的官，但它涉及小区每家每户的利益，没有一套处理日常事务的经验是不行的，而自己整日沉迷于文学创作，对小区的人情世故根本不了解，也不擅长，怎能担当业主委员会主任？别说主任，委员也够呛。想到这里，他不由得暗暗为自己刚才的冲动感到可笑。他冷静下来，仔细思考七八分钟，便指着陈玉凤说："其实，从你们开始谈业主委员会这个问题，我就觉得，大姐你是业主委员会主任最合适的人选。"

"现在是推荐你，怎么反而来推荐我？"陈玉凤嚷道。

"大姐，请你不要着急。"文章用事实说话，有根有据，"首先，从给咱小区办实事说起，当初小区周围的群众硬说出路是他们的，讹诈咱们几十万元，谁都没办法，还是华局长出头露面，多方协调，花了不足两万元，把这个事搞定。在此基础上，华局长协调市公路局，没花咱小区一分钱，铺上柏油路。你说，华局长在咱小区是不是德高望重，人心所向？"

除了陈玉凤，其他四个女人不住地点头："文章说得有道理。"

"其次，论官当得大，人脉关系广泛，活动能量巨大，又有谁超得过华局长？更何况华杰将门虎子，长江后浪推前浪，在咱区德隆办事处任书记，也是一股不可忽视的力量。最后，大姐在铁东区教育局多年担任主要领导，经历多少大大小小的事，积累了丰富的工作经验，小区业主委员会主任对你来说，只是小菜一碟。"文章说到高潮，扬起两道浓眉，直抒胸中的块垒，"综上所述，咱小区业主委员会主任非陈大姐莫属。"

陈玉凤急忙截住文章的话头："这都是过去的事，算不得什么……你就不要乱推。"

"文章平时说话颠三倒四，今天却说得很准确，很精彩。"徐娟把头扭向田霞、邱敏和桂花，有些得意地说，"你们说是不是呀？"

文章说的这两件事，都是小区居民亲身经历的事，无可争辩，她们不禁点头称是。文章接着说："既然你们来找我，我也不让你们失望。我给你们推荐一位非常合适的副手人选，他就是原来与我在乡下一起共事的李主任。"

邱敏忍不住插嘴道："你说的李主任，莫非就是俺家对面的李如海？"

"正是。"文章耐心介绍说，"李主任曾先后当过村支书、乡政府办主任、乡长助理，处理过许多棘手的事情，经验丰富，被称为扑火队长。什么事经他处理，便会迎刃而解。"

"我天天与他见面，也没发现他有你说的这么好。"

"那是你们尽管是对面邻居，但没有共过事，彼此没有深入了解。"

陈玉凤笑着说："既然有这么好的人选，咱们何不把他推到主任的位置上呢？"

"就是嘛。"

"走，找李主任去。"陈玉凤瞥一眼文章，"你推荐的人选，你得跟着去。"

"这个自然。"文章端起茶杯，啜饮几小口，拉上徐娟，与四个女人去找李如海。

叫开李如海的家门，李如海赶紧给他们让座，只见他身材高大、一表人才，当他明白大家的来意，立即瞪大一双大眼睛，声音洪亮地说："在咱这个小区，论当官大数不着咱，论富有也数不着咱，我一头不占，凭什么当主任？"

面对像一堵高墙似的李如海，田霞细声细语地说："凭什么叫你当主任？凭你非凡的工作能力。"

没想到李如海并不认可田霞的话，直接给她顶了回去："咱小区成分复杂，谁有谁的想法，不好管理啊，我才不干这个出力不讨好的差使。"

"那就让老宋、老秦走，小区发展成什么算什么，任由盗贼出没，不管小区居民死活。"桂花沉下脸，冲李如海说。

文章深知李如海吃软不吃硬的秉性和脾气，便奉承他说："谁不知李主任主意多，计谋高，有魄力，有手段，有水平，被尊称为扑火队长，深受大家的爱戴和尊敬。"

"文章，你别给我戴高帽子，我可不吃你这一套。"

"我没给你戴高帽子，我说的都是事实啊。"文章脸上仍然挂着笑容，一副不急不恼的样子，"再说了，我也没说让你当主任，我觉得你当副主任更合适。"

文章把话说到这个份上，李如海再推辞，便是不给文章面子。大家把目光集中到他身上的一瞬间，老谋深算的他不失时机地提了一个条件："让我干也行，只是文章也得干，不然的话，你们爱找谁找谁。"

"我干……"文章为了发挥李如海的作用，只好言不由衷地答应，其实他并不想干，即使干，也只是为了体验生活，收集文学素材，增强创作灵感。

做通李如海的思想工作，大家长松一口气，觉得新一届业主委员会的雏形已经具备。

四

就在他们感觉差不多的时候，年龄八十、身体矍铄的戴逵在大门口贴了一张大字报，声称自己要竞选业主委员会，选上要干，选不上也要干。

戴逵何许人也，竟然打破常规毛遂自荐，他的底气来自哪里呢？说起戴逵，他是市纺纱厂的一名工人，在"文革"时期因造反而出名，平时不在小区住，却爱以大字报的形式给小区提建议，有的人说他正直，有的人则说他是个神经病，褒贬不一，毁誉参半。因为不在小区住，小区的房子便空着没人住，自然也就长年累月不交物业管理费。

这样一个人要参选业主委员会，而且声称自己选上要干，选不上也要干，够奇葩的了。面对这种情况，陈玉凤、李如海、邱敏、桂花、田霞、文章六个人不能不认真对待，他们连夜聚集，商量对策。

田霞平静地说："按照规定，业主委员会不能是双数，加上戴逵，共七个人，正好单数。"

"戴逵是'造反派'出身，不合群，很难共事，不在业主委员会还捣乱，把他选到业主委员会，他捣乱的劲头会更大。"李如海凭着多年从政经验，直接给戴逵下了定语。

邱敏双手一摊，显得很无奈："可我们没有理由不让他竞选啊。"

桂花却不以为然地说："在座的各位，谁还没有仨亲俩厚，活动一下，到时候把他选下去，不就得了。"

"说的倒也是，不过居民未必都听我们的，更何况戴逵在一号小区有一定的群众基础，恐怕事情不像我们想象的那么简单。"看大家如此在意戴逵，文章迅速转动大脑，客观分析。

陈玉凤汇集大家的意见，总结说："关于戴逵竞选这个事，我看顺其自然，他选上配合大家工作更好，即使不配合，也掀不起狂风巨浪。"

既然陈玉凤定了基调，在座的几位也不好说什么。再说了，他们也没有把戴逵当回事，多他一个人少他一个人无所谓，矛盾的焦点并没有聚在他身上。抓大放小，他们不再谈戴逵，而是把注意力集中在小区选举上。小区的选举用不用给社区书记、主任汇报？届时能不能把小区居民召集起来？召集起来后，候选人能不能过半数当选？这才是他们最关心的问题。

李如海提醒陈玉凤："首先，赢得社区支持是关键。"

"你说得对。"陈玉凤立刻安排道，"邱敏和桂花去找社区领导，想法把这个事情做实。"

"好。"邱敏和桂花连忙回答。

"其次，我觉得小区没有规矩，不成方圆。"李如海补充说，"小区居民素质参差不齐，自我约束能力较差，物品乱摆乱放，停车横七竖八，没有一个院规民约是不行的。"

陈玉凤看着文章，满怀期待地说："玩笔杆子是你的强项，你到网上查一查，结合小区实际，制定一个切实可行的院规民约。"

"没问题。"听说要起草小区院规民约，文章深深知道它在小区的重要作用，非常乐意效力。

路得一步一步走，饭得一口一口吃，事得一件一件办。翌晨，邱敏和桂花找到社区张书记和付主任，说明来意，社区张书记和付主任正为翠竹苑无人管理的现状发愁，听到她们不要一分钱的工资，积极主动为小区服务，脸上顿时绽出灿烂的笑容，连忙表示支持，并定于3月7日下午5点，趁着辖区居民下班的时间，把他们召集起来，直接进行民主选举。两个人得到了满意的答复，回来向陈玉凤做了汇报。

有了明确答复，陈玉凤心里有了数。他们商定：选举的时候让德高望重、性格耿直的郭大爷当主持人。

恰好，文章起草好《翠竹苑小区院规民约》，拿给她看。她接过草稿，笑着说："兄弟写得好快呀，是不是熬夜了？"

文章闪烁着一双布满红血丝的眼睛，长叹一声："写文章的人，哪有不熬夜的？"

"辛苦了。"

"应该的。"

陈玉凤把目光聚集到纸上，认真浏览，只见上边写道：

为打造一个文明、和谐、安定、宜居和美丽的小区，维护全体居民的利益，特制定本小区院规民约十六条，望各位居民自觉遵守，并互相监督。

1. 遵纪守法，恪守公民基本道德规范。争做爱国守法、明礼诚信、团结友善、勤俭自强、敬业奉献的公民。

　　…………

3. 居民之间要遵循平等自愿、互惠互利、互尊互爱、互助互谅的原则，和睦相处，不搞宗派活动，不搞拉帮结派，不搞家族主义，建立良好的人际关系。遇到邻里纠纷，要本着团结友爱的精神协商解决，协商不成的可申请业主委员会调解，努力做到小事不出院。

　　…………

10. 汽车、电动车摆放要有序，主干道上不得停车，不得设置任何障碍物，不得在院内快速行驶，不得乱鸣喇叭，外来车辆原则上不准长时间停在小区，不准在小区内停车过夜。

11. 不随地吐痰，不乱扔垃圾，不乱搭乱建，不说脏话粗话，不得高空抛物，不得高声喧哗，不得大呼小叫，不得打架斗殴，不得酗酒，不得撒野，不得损害四邻利益，不得影响邻居正常生活。遛宠物时要带好链带，不要让宠物乱跑，避免咬伤、惊吓小孩和路人，要随时清理宠物粪便。

…………

以上十六条，希望大家认真执行，对于违犯上述规定的，要给予批评教育，情节较轻的要写出检讨，情节严重的由业主委员会交上级有关部门处理。

我们同处一个小区，没有比我们更亲更近的了。让我们携起手来，同心同德，共同创造一个属于我们的美好家园。

"框架搭得不错。"陈玉凤一口气看完，略微沉吟说，"把大家召集起来，集思广益，可能会更好。"

"好啊。"

陈玉凤拨通几个人的电话没多久，几个人很快赶来。陈玉凤等他们坐好，说："文章起草的院规民约，动了一番脑筋，下边请文章念，大家认真听，念一条，议一条。"说罢，朝着文章点下头。

文章口齿伶俐，声音清晰，大家结合小区实际，念一条，议一条，到底人多智广，又有许多合理化建议充实到他起草的十六条中。

陈玉凤双眼含笑，说："文章你再修改，再润色，再辛苦。"

"没问题。"文章慨然允诺。

当他把修改稿递到陈玉凤的手上时，陈玉凤看了一遍，啧啧叹道："文如其名，写得不错。"

文章脸色通红，谦虚地说："承蒙夸奖，不胜惭愧。"

准备工作就绪，选举公告赫然张贴在大门口，把选举时间和每个参选人的基本情况做了说明，让来往的群众一目了然。几个候选人只等选举日来临，至于小区的业主能参加多少，选举的时候候选人票数能不能过半数，谁心里也没有数。

五

转眼到了 7 日下午 5 时，会场除了社区的张书记、付主任和几个参选的人外，只有三四个上岁数的老人，坐在围着广场转了一周的贴着瓷砖的水泥座上。

看着逐渐偏移的太阳，看着三四个上岁数的老人，张书记、付主任和几个参选的人心里泛起嘀咕，难道翠竹苑小区的居民真的对这次选举漠不关心？

倒是年近七旬、身体硬朗的郭大爷戴着老花镜，坐在桌子后的椅子上，非常热心地通读选举办法，逐字逐句，一丝不苟。

过了十几分钟，稀稀拉拉来了几户代表，又过了十几分钟，人们从四面八方陆续会聚到广场。到了下午 5 点半，广场上已挤满男男女女。他们按照会议要求，在表格上签了名字，领了选票，经过工作人员的清点，最后签了八十五个名字，领了八十五张选票，除了长期在外的住户，人基本全部到齐了。

户数超过一半以上，按照相关规定，可以开选。这说明什么？这说明张书记、付主任和几个参选人原来的担心是多余的，说明翠竹苑小区的居民对小区的事务是关心的。

面对居民的高涨情绪，张书记笑着对郭大爷说："郭大爷，开始吧。"

郭大爷爽快地答道："好咧。"他拿起话筒，声音洪亮地说："老少爷们儿，大家都知道，前业主委员会的人都迁到别的小区了，至于什么原因，我就不多说了。根据大家的要求，今天准备选举新的业主委员会，我受大家委托，暂时来做主持人。"然后，他照着稿子，把选举办法、参选人的情况念了一遍，并征求选民的意见。

选举办法公平公正，大家没什么意见。至于被选举人，甭看小区不大，但是平时彼此间很少走动，见了面很少打招呼，更谈不上相互了解。这不仅是翠竹苑小区存在的问题，也是其他小区共同存在的问题，有的尽管是对面邻居，往往也存在老死不相往来的问题。如今让他们投某个人的票，心中难免拿不准，他们纷纷小声议论：谁谁谁是干什么的？某某某是干什么的？把他们选上去，他们会不会像前业主委员会那样干许多有损小区的事，如果是走了王八来了鳖的话，还不如不选。

正当他们疑惑不定的时候，他们当中也有一部分人与参选人平时来往亲密，不失时机地向他们推荐某某某参选人："某某某为人平和，选上去，肯定错不了。"

也有的人想，前业主委员会能捞的好处都捞了，连物业办公室都卖了，什么都没剩，即使把这一班人全选上去，随他们的便，他们还能干多少坏事！瘸子里边挑将军，选吧，选出一班人，总得给居民办些事吧。

还有的人与参选人中的某某某有过节，心中暗暗想：正好借此机会，不选某某某。

八十五户代表，八十五颗脑袋，八十五种想法，都要在未来的几十分钟内爆发。

满头白发的郭大爷环顾四周，连说两遍："谁有意见？请提。"

　　碍于郭大爷的面子，大家纷纷都说："没意见。"其实大家也没有多大的意见。

　　"没意见，就开始画选票，画完后投到票箱。"听到大家的回声，郭大爷挺热心的，嗓子挺亮的。

　　大家没用几分钟，就画好票，折叠好投进票箱。监票人、唱票人、计票人各就各位，唱票人清亮的声音开始回荡在小广场上："陈玉凤、李如海、邱敏、田霞、桂花、文章、戴逵……"

　　…………

　　名字彼此交叉，此起彼伏。参选人有的心里忐忑不安，怕过不了半数，落选丢人；有的无所谓，选上就干，选不上就不干，反正也没有人给开工资，全部是义务劳动。

　　大约用了四十分钟，选举结果出来了，全部过了半数，全部当选。令人惊讶的是，文章的票数最高。陈玉凤的票数居中，戴逵的票数最低。

　　下边该由新当选的业主委员会委员选举主任、副主任，陈玉凤觉得自己的票数不是最高的，产生了不愿意担任主任的想法："我的票数不是最高的，这说明我在小区居民心中的威信不是最高的，应该让威信最高的当主任。"

　　而文章根本没有当主任的想法，他也没想到他的票数会超过别人，为了消除大家心中的不愉快，他赶紧截住陈玉凤的话头："大家都知道我是个老好人，才投我的票，其实我的工作能力并不强，还是按照原来商量的，让玉凤当主任。"

　　李如海看他们两个人不停地打嘴，笑着劝解陈玉凤："小区成分比较复杂，一时半会难以改变仇富仇官的局面。只要选举过了半数，就有资格当主任，按票数高低来定职务是不科学的，现在由全体委员表决，看谁当主任和副主任。"

"还是这样好。"新当选的业主委员会委员都赞同这个意见。

大家一致举手选举陈玉凤为主任，李如海、邱敏为副主任。陈玉凤还想推辞："这样不好。"

"这样最好。"别的委员坚决不同意陈玉凤的说法，陈玉凤没有再推辞的借口。

"不要再推辞了。"社区张书记不容陈玉凤再往下说什么，扭过身子，朝着大家，毅然宣布主任、副主任和委员名单。

主任、副主任产生，陈玉凤开始发表"施政演说"，此时夜幕已经降临，而参选的居民代表非常关心未来小区的走向，仍然聚在一起未散，老秦根据事先的安排，早早送上电，陈玉凤在明亮的灯光下，把提前准备好的《翠竹苑小区院规民约》非常流畅地念了一遍。

大家听得很细，听得很认真，一致认为，翠竹苑小区真是太需要正规管理，不能像从前那样折腾了。最后，在张书记的主持下，翠竹苑小区业主委员会正式成立。

六

两天后，为了安抚小区的民心，陈玉凤自己掏腰包二百多元，把《翠竹苑小区院规民约》印了一百多份，让副主任、委员分发到每户。每份《翠竹苑小区院规民约》都由一张粉红色 A5 纸，中间折叠而成，无论排版，还是印刷，都规范精致，让居民两眼一亮。

居民认真阅读每条规定，觉得院规民约十六条道出了他们的心声，是集体智慧的结晶。他们纷纷以不同的形式，表示拥护和支持。

办完这件事，业主委员会开始考虑与门岗签合同事宜，这是李如海的强项，陈玉凤把这件事托付给李如海。李如海找到文章说：

"上网搜几个小区物业管理合同，参考一下，然后形成咱小区委托物业管理合同书，准备与门岗签合同。"

"马上照办。"文章打开网页，搜索相关内容，参考几份后，心中有了数，两个人针对小区实际，反复商量，起草了《翠竹苑小区委托物业管理合同书》，共制定六条二十款，大略如下：

> 委托方（以下简称甲方）：翠竹苑业主委员会
> 受委托方（以下简称乙方）：宋××，秦××
> 根据有关法律法规，在自愿平等、协商一致的基础上，甲方将翠竹苑小区委托于乙方实行物业管理，特订立本合同。
> ············

在制定过程中，他们征求了在别的小区从事物业管理的人员意见，文章对面的住户就是其中的一位，对方反复嘱咐一点：门岗年龄偏大，在上下班途中及工作期间如果发生突发事故，其家属、亲朋好友自负后果，不得以任何理由向小区提出任何要求，小区概不负责。因为在别的小区发生了物业管理人员突然病故，停尸小区门口的事，弄得整个小区晦气万分，不得安宁。

当文章给李如海谈及这个意见，李如海兴奋地说："这个意见很宝贵，老宋、老秦都是快七十的人了，老宋又长期患高血压，万一在上班途中和值班期间有个三长两短，谁来包赔他们，小区居民吗？不可能。业主委员会吗？一分钱没有。"

"咱制定合同不能给小区留后遗症，让小区居民将来唾骂我们俩，到那时候，咱哥俩岂不成了小区的千古罪人？"

"是啊，如果不是人家干这一行，遇到过这类不该发生却发生的意外死亡事故，咱还真没想到这一点，必须加上这一条，这是最重要的一条。"

文章略微沉吟片刻说："万一老宋、老秦不同意签字呢？"

李如海胸有成竹地说："兄弟你不用怕，后边等着干的人多着呢。"

他们字斟句酌，反复修改，花了半晌的时间，终于把合同弄好了。李如海把合同拿到业主委员会会上，大家又把了一次关，觉得考虑细致周密，无懈可击，然后一致推荐李如海、邱敏两个人去找老宋、老秦签合同。

果不其然，老宋、老秦在接到合同后，认真读了一遍，除了对不包赔这一条有意见外，其他条款均表同意。

一提出了事小区不管包赔，老宋的眼睛充满血丝："我们在翠竹苑服务，我们就是翠竹苑小区的人，出了事小区不管，这个说什么也不行。"

老秦说话更直接："按照《劳动法》规定，我在你们这个小区上班，万一在途中或岗位上出了事，你们小区应该全包。"

李如海瞪着对方说："越说你们脚小，你们越沿着墙根走，还《劳动法》呢，你们多大了？我明确告诉你们，我今天与文章研究《劳动法》半天，对《劳动法》每条都了如指掌。"

"《劳动法》说出了事不赔钱了？"

"按照规定，你在退休后，另谋临时职业，这已经不适用《劳动法》了。"

其实，两个人对《劳动法》都是一知半解，断章取义，李如海的"高论"也是自己的发明，还真的在两个门岗的心中引起地震级反应。当两个比较本分的门岗低声嘟囔的时候，李如海斩钉截铁地说："别看把门的挣钱不多，但在后边想干的不乏其人，你们好好想一想，愿意干，就签合同，不愿意干，两天之后就请离职。"

邱敏在一旁起到拾遗补阙的作用，她用女人独有的温柔说："你们不妨换位思考，假如你们是业主委员会成员，你们愿意为小区找一个麻烦吗？再说了，业主委员会有一分钱经费吗？你们难道不知道吗？小区的居民收钱容易吗？别说你们出了事收钱，即使平时的物业管理费，你们收得多艰难啊，收齐过吗？"

李如海、邱敏一软一硬，说得老宋、老秦一时语塞。他们涨红着脸，对两位业主委员会成员说："让我们商量一下。"

"两天时间。"

"好吧。"

李如海、邱敏走后，老宋、老秦前思后想，觉得怎么也跳不出李如海所画的圈子。可眼前的事实是，如果他们不干，后边想干的人多了，许多无事可干的人等着呢。就这样，两天之后，两位老人迫于对方的压力，在合同上极不情愿地签了字。

小区居民获悉消息后，一个个暗暗赞叹李如海、邱敏、文章，感谢他们为小区排了一颗定时炸弹。

七

业主委员会全体成员没有因此沾沾自喜，而是打出一套组合拳。

首先，陈玉凤根据每个人的特长，对业主委员会成员进行分工。陈玉凤主持全面工作，李如海协助陈玉凤抓好全面工作，陈玉凤不在的情况下，主持全面工作。至于邱敏、田霞、桂花、戴逵和文章，分别主抓卫生、财物、治安、公共设施、民事调解和宣传，彼此间既有分工，又有合作。在业主委员会明确分工的基础上，让每一座楼选一个人担任楼长，这个人必须品德优良、干活踏实，具有一定的号召力，全小区一共选了八个楼长。

其次，清缴物业管理费。老宋、老秦签合同后，就开始正常收物业管理费，收了一星期后，基本收齐，但仍有几户拖着不交。按道理说，翠竹苑物业管理费一个月每平方米才收一角四分钱，非常低，住户应该不折不扣交齐。面对拖欠不交者，业主委员会没有采取简单粗暴的办法，而是坐下来，对拖欠未交的住户，认真查找原因。有常年不在家的，觉得自己不该交；有在空闲地种黄瓜的，因为黄瓜秧不知被谁拔掉，穷气横生，把责任归到门岗的身上；还有一些鸡毛蒜皮的事，诸如此类。对第一种情况，大家在制定院规民约的时候，就考虑到了，照章办事即可。对第二种情况，李如海主动请缨。他找到业主，先问业主为什么不交，业主是个女的，她就把自己的情况重复一遍。李如海没有简单地指责她，而是站在她的立场说："拔掉黄瓜秧的人对别人辛辛苦苦的劳动成果也太不尊重了，换成我，心中也会生气。"

女业主听了李如海的话，顿时感觉一股暖流涌进心里："感谢李主任，还没有人像您这样说句公道话，看来当初选您没有选错。"

"人与人之间需要相互理解。"

"您说得太对了。"

李如海看他与女业主之间没有隔阂，话锋轻轻一转，说："不过呢，咱也有错，空闲地是公共绿化用地，不能种菜，如果都在绿化地种菜，小区不就乱套了吗？"

"您说的倒也是。"此时李如海不管说什么，女业主都异常相信，因为她觉得李如海理解她。

"再说了，因为这个事而一直拖欠物业管理费，在小区影响多不好，即使咱不考虑影响，也要考虑对下一代的影响。"

"您说得对。"

"怎么办？"

"我马上去交物业管理费。"心里顺畅许多的女业主嘴里说着，拿起钱，来到门岗，主动把自己拖欠的物业管理费交清。

剩下的几户，陈玉凤、李如海等人纷纷采取一把钥匙开一把锁的办法，全部收齐。没有在家的，通过微信、支付宝等形式交齐，全力支持业主委员会的工作。

第三，为了赢得民心，业主委员会计划按照小区院规民约规定，组织辖区居民进行一次义务劳动。与上一次选举一样，能不能把居民组织起来，谁心中也没有把握。到了劳动的这一天，太阳露出金灿灿的笑脸，温煦的春风微微吹来，翠绿的竹子发出音节和谐的声音。广场上呼啦啦来了三四十个人，大多是穿着花花绿绿衣服的中年妇女，体格结实、健壮有力的男青年虽不多，也有五六个，更令人惊喜的是，头发花白的郭大爷以及几个上了岁数的老太太也来了。唉，只有落后的干部，没有落后的群众。

干吧，没什么好商量的。先拆广场上的乒乓球案，一说到拆乒乓球案，大家都没意见。小区打乒乓球的人不多，却先后有十几个儿童把额头撞破了，球案成为儿童活动的隐患，家长平时反应很强烈。乒乓球案是水泥做成的，一个男人搬不动，但六七个男人共同抬，绰绰有余。甫看李如海年近七十，干活的精气神不输于年轻人。只见他指着乒乓球案，喊一声："男同志上，把它抬到南边的空闲地。"六七个男人把手伸到一块乒乓球案下，"一、二、三"，一起发力，抬起乒乓球案，放到南边的空闲地，然后抬起另一块，放到第一块上边，上下摞齐。

紧接着李如海、戴逵等几个男同志，轮番抡起大铁锤，把三座水泥墩球案砸成一块块或大或小的水泥块。妇女、老人、小孩纷纷把这些水泥块搬上三轮车，运到小区门口，卸到右侧平时存放垃圾的地方。

清理完乒乓球案，大家又开始清理四季青之间的编织袋、杂草和枯枝，有的用抓钩，有的用铁耙，有的用手拔，干得热火朝天，一直干到中午十二点，垃圾堆成小山一样。人们住到小区十几年，从来没进行过集体劳动，这是第一次，大家积极性蛮高的。

新业主委员会没有一分钱的经费，怎么把大家清理的垃圾运走呢？大家看着陈玉凤，只见陈玉凤意气风发地说："千人走路，一人领头，这个钱我掏了，谁让我是主任？谁让我发起这场劳动？"多么朴实的几句话，让在场的人心里热乎乎的。

经过与三轮车司机讨价还价，最终司机同意以七百五十元的价格，把门前的垃圾运到它们应该去的地方。

像这样有益的活动，前后共搞了五次，小区变得干净了，人们的心情与从前相比，也不一样了，各种服务队纷至沓来。西南角住别墅的朱医生领着五六位大夫，来到小区广场，为大家量血压、听心脏、测血糖、把脉搏，讲解卫生健康知识，发放宣传单。一时间，小区老老少少围着医生，问这问那。医生们坐在排成一溜长桌子的后边，面带微笑，有问必答。郭大爷捋着胳膊，乐呵呵地说："朱医生，给我量一量，看我的身体怎么样？"

朱医生给他做了四项指标检查，竖起大拇指夸道："甭看您年纪大，四项指标都正常，这都是您平时注意锻炼的结果。"

"生命在于运动。"

"祝您长命百岁。"朱医生真诚祝福。

"郭大爷，您真行啊。"周围的人群纷纷投来歆羡的目光。

有几个身体有毛病的，围着大夫们详细咨询，大夫们针对每个人的情况，做出了令对方满意的答复。不知不觉，时间从他们的指尖滑过，当太阳运行到正头顶的时候，送健康服务队与小区居民恋恋不舍地挥手告别，陈玉凤、李如海等几个委员，急忙赶来搬桌子。

　　没过几天，陈玉凤邀请国银律师事务所律师邓艳春，对小区居民进行普法教育。邓艳春面皮白净，戴着一副宽边眼镜，给人一种文绉绉的感觉。她坐在桌子后边，讲授离婚财产分割方面的知识，就什么是婚前财产、什么是夫妻婚后共同财产、将来离婚时如何认定，讲理论，举事例，深入浅出，通俗易懂。听课的居民都支着耳朵，认真听讲，连电视台录像的工作人员都来了，录了像，做了报道，极大地增强了小区居民的法律意识和凝聚力。

　　欧阳杰是个爱憎分明的"顺毛驴"，是个受党教育多年、觉悟比较高、素质比较强的领导干部，看到大家争先为小区做贡献，就自己掏腰包，把坏了多年的门灯修好，让"翠竹苑"三个字在漆黑的夜晚熠熠生辉。

　　头几脚踢得不错，业主委员会在小区居民心中的威信得到较大的提高，这是把各项事业干成功的前提和基础。陈玉凤觉得，可以向小区居民露宝了。

八

　　在翠竹苑小区居民的记忆中，自从入住小区后，化粪池就从来没有清理过。池中的大粪不但长年淤积，而且凝滞成臭味熏天的块状，常常堵塞下水道。这是一个困扰小区的问题，必须抓紧解决。

　　清理化粪池需要一定的费用，而业主委员会没有一分钱的经费，怎么办？陈玉凤把业主委员会成员和八个楼长叫到家里，商量解决办法。

　　办法就一个，全小区居民每家每户集资，说集资，其实也没有

多少钱，不过，集资在现下社会是一个敏感的话题，也是一个不受
法律保护、不受群众欢迎的话题。

陈玉凤深知这其中的利弊，事前曾私下笑着对老伴华同德商量：
"清理化粪池，花不了多少钱，要不咱给小区垫上算了，省得他们提
意见。"

"即使再多一些，咱家也掏得起，我同意你的想法，省得从小区
居民腰包中掏，你长我短，意见不一。"只要一说小区的事，华同德
总是支持陈玉凤的工作。

"谢谢你的理解和支持。"两个相濡以沫、荣辱与共的夫妻紧紧
依偎在一起……

当业主委员会成员和八个楼长到齐后，陈玉凤把这个话题抛了
出来，当她提到准备自己重掏腰包时，大家不愿意了。

李如海按说已过了遇事容易激动的年龄，听了陈玉凤的话，忍
不住激动地说："陈主任，为了小区的事，您已经掏了两次腰包了，
再让您像从前那样掏腰包，我心里实在过意不去。"

邱敏的心里也是热乎乎的，她鼻子一酸，眼睛潮润，声音颤抖
地说："您的想法不能说不好，您的情操不能说不高尚，永远值得我
们在座的各位学习。"

"小区的事不是您一家子的事，小区这副担子也不能让您一个人
担。"轻易不动感情的文章略微沉思。

"就是，就是，一直让您掏腰包，把我们在座的各位置于何地，
把小区居民置于何地，难道我们在座的各位和小区的居民觉悟就这
么低……"桂花、田霞和八个楼长纷纷表态，一致拒绝陈玉凤的
善意。

"这……"陈玉凤面露难色。

"我们每家每户分摊。"在座的大多数人表现得很干脆。

"首先，感谢大家的一番好意，感谢大家对小区工作的支持，在此我给大家鞠躬了。"陈玉凤站起来，诚心诚意给大家鞠躬。鞠躬后，她坐下来，诚恳地说："其次，我想说明的是，我没有大家说的那么高尚，也不存在哗众取宠的心理，我只不过觉得这样更简单一些。既然大家非要坚持群众的事情群众办，我也只能尊重大家的意见。既然大家想分摊，分摊多少？"说着，她迅即环视了一遍在座的各位。

"这要看都干哪些事。"李如海很老练地说。

陈玉凤觉得他说得有道理，启发大家说："除了清理化粪池，大家都开动脑筋想一想，还有什么事急需办理？"

李如海挥着一只大手说："大门是我们小区的门面，十几年了，两扇大门锈迹斑斑，是不是打磨一遍，油漆一遍，让它焕然一新，给外边来的人和小区的居民一种全新的印象？"

朱医生的爱人郭玲说："群众反映，汽车进到小区后，车速不减，鸣鸣照常开，这对没有安全防护意识、没有能力保护自己的儿童是一个极大的威胁。"

田霞把眼镜框往上边推一推，不慌不忙地说："听说市体育局每年都给符合条件的小区配备健身器材，我们能不能争取一下，如果需要地面硬化，需要配套设施，我们是不是也可以配上一部分钱？"

"还有什么？"

大家一时想不起来还有别的事，一阵子沉默了。

陈玉凤见状，把大家的意见归纳一下，笑着说："常言说，三个臭皮匠，赛过诸葛亮。还是大家考虑得周到，经过大家充分议论，油漆大门、安装健身器材和减速带这些事，就成为小区目前急需办理的几件事。"看大多数人没有意见，她趁热打铁说："大家算一算，每家每户需要分摊多少钱？"

　　几个楼长也没多想，纷纷建议："不管住单元楼的，还是住别墅的，一律拿一百元。"

　　陈玉凤觉得这个建议不错，想尽快形成会议决议，但多年的政治经验告诉她，一定要沉稳，说不定谁会蹦出来，提出反对意见。于是，她笑着问道："对于每家每户拿一百元钱这个提议，谁有什么意见？"

　　一听说让小区居民拿钱，戴逵心中不乐意了。他霍地站起，大声说："我有意见。"

九

　　大家循着反对的声音望去，看见戴逵额头上的青筋突突跳动，不禁一个个面带惊愕之色，心说不管谁反对，他不该反对呀，因为他不仅是这班人当中最年长的一个，而且是这次选举刚刚产生的业主委员会成员之一。

　　正当大家想不通的时候，戴逵却毫不客气地说："只要让小区居民拿钱，我就坚决反对。"

　　这句话看似倾向小区居民，其实没有道理，这世上只要办事，哪有不花钱的？桂花觉得戴逵说话过于绝对，一拧眉头，驳斥说："凡事不能一概而论，你说得不对。"

　　李如海了解戴逵，知道他爱钻牛角尖，忍不住讥讽一句："如果不让小区居民凑点钱，你说大家商议的四件事怎么办？难道靠天上掉馅饼吗？"

　　郭玲也忍不住喊一句："老戴说得没道理。"

　　甫看田霞戴着一副眼镜，平时慢条斯理，此时说起话来毫不含糊，旗帜鲜明："就是。"

面对几个人的反对，戴逵丝毫不怯，摇头晃脑地说："首先，现在不是雨季，粪便难以软化，抽起来麻烦较多，我的意见还是等一等，等下了大雨，蛆虫从井盖的孔洞爬出来，再抽不迟。"

"我看你是老糊涂啦。"桂花生气地说，"还等蛆虫从井盖的孔洞爬出来，爬到你家你愿意吗?!"

"莫名其妙。"

"荒谬透顶。"

各种难听的话劈头盖脸砸向戴逵，再看戴逵，对眼前几个人强烈的指责根本没放在心上，他冷冷一笑说："就这件事，是你们说得对，还是我说得对，咱不妨把集资这件事公示与众，让小区居民评论一下，看他们拥护你们，还是拥护我。"

"胡闹。"

"还嫌乱得不够。"

陈玉凤觉得这样吵下去不行，摆摆手，断然制止说："大家别乱了。"

会场刹那间静下来，众人把目光汇聚到陈玉凤的身上。陈玉凤笑着说："遇到事情有争议有分歧，那是再正常不过了。下面呢，请大家举手表决。同意拿一百元钱的请举手。"

除了戴逵之外，大家都把手举起来。

"不同意者请举手。"

除了大家之外，戴逵一个人傲然举起右手。

"好，原则上通过拿一百元钱这个意见。"陈玉凤喜怒不形于色，看着戴逵，淡然说道，"老戴，根据少数服从多数的原则，看来你得保留意见喽。"

"我决不保留意见。"面对自己成为孤家寡人的局面，戴逵很不服气，"同时我要正告你们，不要凭着人多，就觉得真理掌握在你们的手里，真理往往掌握在少数人手里，我要同你们的错误决定做坚决的斗争，咱们骑驴看唱本——走着瞧。"说着，戴逵一甩袖子，悻悻然离开会场，而在他的身后，传来一阵哄然笑声。

大家以为戴逵只是一时赌气而已，没想到第二天上午在小区门口，赫然贴出一张黄色的大字报，这张大字报正是戴逵写的。小区居民不知真相，纷纷驻足观看，有的甚至大声阅读：

> 小区广大业主们：新业主委员会以清理化粪池、油漆大门、安装体育健身器材和减速带为由，让每家每户集资一百元，我坚决反对。首先，清理化粪池不是最好的时节，现在清理不仅不必要，而且所需成本较大。其次，每家每户集资一百元，不论别墅，还是单元房；不论大面积，还是小面积；不论经济条件宽裕，还是经济条件困难，我认为不合理，不合情，也不合法。希望小区广大业主们团结起来，用实际行动坚决抵制业主委员会的错误决定。

大字报最后署名戴逵。

公开叫战，不应战是懦弱。陈玉凤心中说不出有多着急，赶紧召集全体业主委员会成员，气咻咻地说："戴逵也真是差劲，关键时刻炮蹶子。"

"陈主任，当初我就说这个人不合群，不能共事，现在相信了吧？"李如海对戴逵本来就没有好感，经戴逵闹这一出，不由得怒火万丈。

听了李如海的话，大家都后悔当初的选择，可无论说什么都没有用，还得面对现实，大家陷入深深的沉默。

文章挺身而出，向陈玉凤要求："我去找戴逵，与他好好谈一谈，劝他回心转意。"

田霞不以为然地说："文章，你太幼稚，戴逵不是你一番话就能回心转意的人，你去找他，只能自取其辱。"

"先礼后兵，戴逵毕竟是业主委员会成员之一。"文章信心满满。

"那你就试一试。"陈玉凤虽然对文章不抱任何希望，但他也不愿意打击他的积极性。

离开大家，文章找到戴逵，轻声劝他说："你看，在业主委员会成员和楼长大会上，大家都主张醵金募捐，只有你不同意。你作为一个老同志，我对你很尊重，但对你到小区门口贴大字报的做法非常不理解。"

"有什么不能理解的？群众的事交给群众讨论，一切依靠群众嘛。"戴逵根本不领文章的情，一说话火气十足。

文章耐心地说："不论什么团体，不论什么单位，遇到分歧，要少数服从多数，不能各吹各的号，各唱各的调，各行其是。更何况国家明确规定，大字报是一种不受法律保护的方式，我觉得你采取这种方式，只能让小区居民看我们的笑话。"

文章不说法律规矩还好，一说法律规矩，戴逵火了，从椅子上离开，在客厅里来回踱步，提高嗓门说："你少拿官方那一套来压我，我活了八十年，什么是对的，什么是错的，我还能分得清，不用你来教训我。"

眼看着戴逵情绪失控，文章表现得很有涵养，压低嗓门说："有理不在声高，你低声说话，我照样尊重你，不是你说话声音大了，别人就害怕你了。"

遇到文章这样没有脾气的书生，戴逵只好坐到椅子上，气哼哼地说："又比如每家每户集资一百元，不论别墅，还是单元房；不论大面积，还是小面积；不论经济条件宽裕，还是经济条件困难，我认为不合理，不合情，也不合法。"

文章想了想，说："应该承认，我们工作上还存在漏洞，考虑问题还有不成熟的地方。但是，大家的出发点绝对是好的。再说了，统共一百元钱，也没多少钱，沾光最多能沾二十元光，吃亏最多能吃二十元的亏。"

"你这是为陈玉凤狡辩。"戴逵再次提高嗓门，从椅子上离开，瞪圆双眼，揎臂捋袖，朝着文章发起火来。

文章看戴逵情绪暴躁，非言辞所能打动，为了避免情况愈发不可收拾，他只好耐着性子说了几句客气话，沮丧地离开戴逵的小别墅。他及时把工作情况向陈玉凤做了汇报，羞赧地说："由于我水平不高，能力有限，没有完成任务。"

陈玉凤劝文章不要介意："戴逵这样的人，谁也拿他没办法，别与他一般见识。"

十

戴逵如此不懂规矩，贸然行事，给业主委员会出了一道难题。

怎么办？业主委员会难道因为工作中有噪音就低头认输吗？面对噪音制造者戴逵，陈玉凤决定用群体的力量和智慧，知难而上，打好这非常关键的一仗。她吩咐文章："这一仗能不能打赢，关键在于小区居民是不是拥护。为了赢得小区居民的支持，你把前些日子业主委员会的工作以及当前急需办理的四件事，给他们做一个简要汇报。"

文章慨然应诺，回到家里，就前一段工作做了一下梳理，挥笔立就。

工作汇报及倡议

翠竹苑小区曾是一个卫生脏、乱、差小区，谁提谁头疼。3月7日，根据小区全体居民的意志，选举产生新一届业主委员会。新一届业主委员会上任后，针对小区存在的问题，不推不拖，不等不靠，积极做了以下七项工作：一是制定院规民约，对小区内长期存在的问题，制定了十六条规章制度；二是签订委托合同，与门岗签订合同，彻底解决了困扰小区的门岗问题；三是明确职责分工，对每个业主委员会成员进行分工，明确每个成员的职责，做到每件事都有专人管理；四是组织小区居民，开展义务劳动，使小区面貌焕然一新……

在此过程中，出现了许多感人的事迹，如欧阳杰主动掏腰包修理门灯，陈玉凤垫资七百五十元垃圾清理费和一百多元院规民约打印费，许多居民参加劳动不怕苦，不怕累，有钱的出钱，有力的出力，表现出极大的热情，都值得表扬和提倡。下一步将戒骄戒躁，再接再厉，更好地做好各项工作。

当前，有四项工作迫在眉睫，需要赢得广大居民的全力支持：一是清理化粪池，雨季即将来临，化粪池淤积太多，急需清理；二是建设健身器材广场，在争取上级支持的基础上，要搞一些相应的地面配套；三是大门油漆，努力把小区的门面装扮得更亮丽；四是减速带的安装，确保车辆在小区内行驶安全。经过征求广大居民的意见，大家同意每户捐赠一百元，作为以上建设资金，等这四项工作完成之后，将公布各项支出明细，剩余部分全部退还业主。

希望大家同心同德，群策群力，有利于鼓劲提气的话多说，有利于团结务实的事多做，力争把我们的小区建设得更美好。

翠竹苑业主委员会

陈玉凤略做修改，让桂花打印出来，张贴到门口。门口这下热闹了，小区居民纷纷围观，各种议论都有，有的向潘，有的向杨，莫衷一是。

有的说："业主委员会一心为民，应该支持。"

有的说："戴逵说得有一定道理。"

一张大字报，一张工作汇报及倡议，两种观点，针锋相对，究竟哪一方能占上风？那就看谁在小区居民中影响大了。

八个楼长开始上门做工作了，他们利用邻居平时友善的关系，找那些好说话的、经济条件比较好的人家，先易后难，循序渐进。每天碰头，每天总结，每天有条不紊地开展工作。

与此同时，陈玉凤让李如海打听清理化粪池所需的费用，李如海来到环卫处，通过一个亲戚问出清理一车大粪所需的费用。他找到陈玉凤汇报："陈主任，我找到环卫处一个亲戚，说清理一车大粪需要一百元。"

陈玉凤问："你觉得价格便宜吗？"

"听别人说，戴逵联系了一家专门清理粪便的公司，一车大粪费用一百五十元。"李如海回答，"相比较而言，咱算便宜的了。"

"能不能再托熟人，再便宜一点？"

"看文章有没有熟人？"李如海边说边掏出手机，跟文章联系，说明陈玉凤的意思。

文章脑子一转，猛然想到小区内区发改委主任陈赟与环卫处陆主任曾在一个单位共过事，关系相处得不错，不由得咯咯一笑说："陈赟与环卫处的一把手关系不错，你不妨给他打一声招呼。"

李如海拨通陈赟的电话说："陈主任，听说你与环卫处陆主任关系不错。"

"有这层关系吧，你有啥事需要我出力，请吩咐。"陈赟在手机里蛮客气，满口答应帮忙。

没多长时间，陆主任回话："你说的事情，已经妥善安排。"

陈赟得到陆主任的答复，觉得挺有面子，没有多想，给李如海回了话。李如海把这个消息告诉陈玉凤，陈玉凤高兴地说："看来小区有本事的人不少啊。"

他们满怀喜悦地静待运管站来给清理粪便，可等了两天，根本没见运管站的人影。心眼较多的李如海心里犯了嘀咕："运管站是不是出了问题？"他拨通陈赟的电话，询问原因。陈赟觉得也挺没面子，打通陆主任的手机："陆主任，怎么这两天不见运管站师傅的人影？"

陆主任为难地说："现在运管站都承包了，要求他们免费清理，我还得给他们垫钱。不过，张站长答应不挣你们的钱。"

"那把张站长的手机号码给我吧。"

陆主任把运管站张站长的手机号码给了陈赟，陈赟又给了李如海，交代道："文章经常给环卫处上课，张站长比较熟悉他，让他联系更为合适。"

李如海找到文章，把陈赟的话学了一遍，文章笑着说："我想不起张站长长什么样了。不过陈赟这么相信我，我试一试。"他掏出手机，给张站长打过去，张站长听说是文章，非常客气："文主席，这不是你家的事，如果是你家的事，我们就不要钱了。"

"虽说不是我家的事，可是胜过我家的事。"

"文主席，我听过你的课，知道你是一个读书人，必须给你面子。"

"谢谢。"文章心说这下有转机了，一分钱不用掏也未可知。

不承想张站长委婉地说出他们的为难之处："目前运管站实行承包责任制，工人的工资自负盈亏，一分钱不掏说不过去，能不能给师傅一个运费？"

文章觉得张站长的要求不高，顺着他的话问："运费是多少？"

"每车五十元。"张站长给了文章一个天大的面子。

文章喜出望外，但他没有外露，沉住气说："感谢张站长，我给李主任请示一下。"文章问下身边的李如海，李如海唯恐错失良机，竖起大拇指夸赞："顶呱呱，成交。"

于是，文章与张站长敲定此事。当天下午，张站长派出两名工人，来到翠竹苑，打开窨井盖，他们看到粪便已经淤积成块，几乎把下水道堵住了，一个个忍不住咂舌道："再不清理，下水道真的就不能用了。"他们先把拉来的水冲进粪池，然后抽到车罐内拉走，共拉了二十六车，花了一千三百元。

小区居民目睹运输粪便的车辆来回往返，听了李如海的叙述，知道业主委员会真的在为小区居民办事，捐款的积极性更高了。

郭大爷主动把钱交给文章："小伙子，业主委员会干得不错，我把钱交了。"

文章心情愉悦地说："大爷，不慌，不慌。"

其他业主看郭大爷尚且这么积极，纷纷跟上，只有几户受戴逵唆使的业主没交，陈玉凤采取一把钥匙开一把锁的办法，对这几户分化瓦解，只剩下戴逵一户，任谁说也不交。

一场争论到此结束，业主委员会基本获得胜利。在陈玉凤的领导下，一班人高歌猛奏：化粪池清理了，大门口油漆一新，减速带安装四条，争取体育健身器材的报告也打了上去，可以说是顺风顺水，圆满收官。办完事后，业主委员会把他们收了多少户、收了多少钱、办了什么事、花了多少钱全部公示与众。

小区居民看了公示，纷纷称赞业主委员会一心为公，为小区办实事办好事，只讲奉献不求索取。戴逵看了公示，哼哼冷笑几声，拿出笔，在上边写道：最后一户未交钱的，他的名字叫戴逵。写完，把笔插进上衣兜，扬长而去，一副油盐不进、四六不挺的样子。

天下事往往就是这样：有人赞成，就有人反对，即使反对者只剩下最后一个人，也要刷刷存在感。

十一

业主委员会的工作尽管遇到戴逵的阻挠，但受到小区绝大部分居民的支持和拥护。面对小区居民充满无比信任的目光，陈玉凤和她的团队战友备受鼓舞。

体育健身器材审批需要一个比较长的过程，陈玉凤与团队战友、小区居民的心情是一样的，耐着性子等待。当然，她深深明白，申报的小区比较多，而审批下来的器材比较少，是一种僧多粥少的情况。为了能审批下来，她利用亲戚在市体育局的关系，打了不少电话，天天开着她的私家车，到市、区两级体育局，费尽口舌给相关负责同志详细介绍小区的情况，恳请他们垂青照顾。

市体育局领导开始不为所动，沉着脸对陈玉凤说："这是你家的事吗？"

"不是。"

"不是你家的事，你干吗这么上心？"

"不上心不行啊，小区原来是个烂摊子，情况堪忧，现在经过小区上下共同努力，好不容易有了一个良好的局面，如果能再给小区配上体育健身器材，无疑会满足小区居民一桩多年的心愿。"

市体育局领导指着办公桌上一堆申请报告，皱着眉头说："明年行不行？在这些申请的报告中，有的小区打报告已经好多次了，再不给人家批说不过去。"

不料陈玉凤不依不饶，死缠硬磨："俺小区的居民目前踮着脚，伸长脖子，翘首以待这件事，假如领导今年不照顾俺小区，我回去后无法向小区居民交代。今年务必把这件事办了。"

"陈主任，真拿你没办法。"市体育局的领导被陈玉凤一心为小区办事的情怀感动了，无可奈何地摇着头。

陈玉凤看市体育局的领导口气有所松动，连忙说："谢谢领导。"

到了9月，市体育局办公室通知陈玉凤，让她带人带车，到指定地点领取体育器材。

陈玉凤带着李如海、邱敏、桂花、田霞，雇了两辆三轮车，一刻不敢耽误，来到市体育局指定地点。指定地点为临时设立的仓库，他们进到仓库，发现分给他们的体育器材，形状不同，样式各异，静静地躺在地上，有扭腰按摩器、腿部按摩器、太空漫步机、骑马机、腕关节训练器、曲臂训练器、膝关节训练器、三位扭腰器、环形天梯、上肢牵引器、仰卧起坐板等十一件器材。

邱敏看着横躺竖卧的器材，喜上眉梢："群众的凤愿终于实现了，这下给咱小区解决了大问题。"

"往车上抬吧，没什么好说的。"李如海一看包着塑料薄膜的器材，同邱敏一样，心里说不出有多高兴。

他们和开三轮车的两位司机一起往车上搬器材，轻一点的需要两个人抬，重一点的需要五六个人抬，他们干得很起劲。装完车，他们直接开回小区，找了一块空地，满头大汗地把器材卸下来。此时，太阳移到天空的正中央，中午吃饭的时间到了，两位司机心里巴望着，按照常理他们帮着业主委员会干了一晌活儿，无论如何该领着他们下馆子，美美地吃上一顿。他们万万没想到陈玉凤会笑着说："两位师傅辛苦啦，开饭的时间到了，本来我应该领着你们和业主委员会一班人去下馆子，撮上一顿，我想小区居民都能理解。只是……"

一位三轮车司机惊奇地问："只是什么?"

陈玉凤笑容可掬地说："只是我的良心说不过去。"

"有什么说不过去的?"

"因为小区居民凑钱很不容易，我们要把它们用在刀刃上。"

这位三轮车司机心说陈玉凤真抠门，不高兴地说："我明白陈主任的意思，给我们算清运费，我们走人。"

"甭看我们忙了一晌，连装带卸，我们不给你们添麻烦。"另一位三轮车司机脸色骤变，很不好看。

陈玉凤脸上仍然挂着笑，说："两位师傅误会了，我们虽然不下馆子，但饭还得管，否则的话，你们出去一宣传我，我岂不成了远近闻名的吝啬鬼?以后谁还会给小区办事?"

这也不行，那也不行，两位三轮司机茫然地看着陈玉凤，不知她心里装的什么闷葫芦。

陈玉凤绕了半天，终于说出自己的打算："委屈两位师傅，请你们到我家，我自己掏腰包，让李主任陪着你们，搞四个小菜，喝半斤小酒，然后每人吃碗面条，可好吗?"

事情大大出乎两位师傅的预料，他们感动地说："让陈主任掏腰包，真不好意思。"

"就这么定了。"

"恭敬不如从命。"

"其他人各自回家。"

"好咧。"邱敏、桂花、田霞早已习惯了自吃自这一套做法，听了陈玉凤的话，并不感到惊奇。两位三马车司机在陈玉凤家受到简朴的招待，一盘花生米、一盘炒鸡蛋、一盘牛肉、一盘蒜薹炒肉，一瓶价值三十多元的白酒，比上不足比下有余。两位司机考虑到驾驶机动车辆不宜饮酒，只是在李如海的陪伴下，抄起筷子，把盘子里的东西风扫残云，但没敢饮一杯酒。最后陈玉凤端上煮熟的面条和打好的卤子，两位司机是那种出力的人，饭量比较大，一个人吃了一大碗。吃完饭后，李如海付给两位司机一百二十元运费，他们抹着油光光的嘴唇，心满意足地离开陈玉凤家。

在路上，两位司机感慨良多："老兄，你觉得陈主任怎么样？"

"老弟，现在像她这样的人太少了，花着个人的钱，办着大家的事，她是不是傻了？"

"像她这样的'傻子'，社会上越多越好，小区里越多越好，我算彻底服了。"

"是啊，如果这个社会这个小区都不当大公无私、乐于奉献的'傻子'，都当斤斤计较、患得患失的'聪明人'，那这个社会这个小区是没有希望的，对陈主任这号'傻子'，我也彻底服了。"

"为了小区居民的利益，不惜牺牲个人的利益，没有博大的胸襟不行，没有高尚的人格不行。"

"翠竹苑小区有陈玉凤这样的领导，是这个小区的福气。"

十二

送走两位三轮车司机，陈玉凤顾不上休息，立即打电话召集八个楼长，商量安装体育器材。没用多长时间，八个楼长先后赶到广场，他们看到拉来的器材，都异常高兴。

有的说："可批下来了，这下好喽，小区居民锻炼身体不用到别的地方去了，多方便啊。"

有的说："看，十一样器材，花样真不少呢。"

有的说："谁想锻炼哪个部位，就锻炼哪个部位。"

李如海趁着他们正在高兴头上，朗声说道："大家不议论了，陈主任不管费多大劲，体育器材总算争取到手。上午，陈主任、我、邱敏、桂花和田霞雇了两辆三轮车，把这些铁疙瘩运回小区。说实话，我年纪大了，陈主任、邱敏、桂花和田霞都是女同志，力气又小，可我们不信邪，硬是连装带卸，把这些铁疙瘩拉回来，不容易啊，真不容易啊！"

陈玉凤抿嘴一笑，说："甭看李主任年近七十，干起活儿生龙活虎。"

邱敏深有感触地说："除了运费从大家捐款中出外，陈主任自己掏腰包，在自己家管了两位司机一顿便饭，我们都干了一晌活儿，饿着肚子各自回家。"

"陈主任辛苦了。"

"各位业主委员会成员辛苦了。"

"即使你们吃一顿，饭费从捐款中出，大家也说不出什么，你们太较真了，太耿直了，我们要学习你们这种公而忘私的精神。"

　　楼长们听了他们的介绍，一个个怀着崇敬的心情，向他们表示崇高的敬意。陈玉凤心想一切都是理所应当的事，轻松地说："请大家商量一下，下面怎么安装？"

　　不料一个叫刘梓的楼长跳出来说："安装器材的时候，离俺家近的地方不能安装。"

　　陈玉凤不解地问："为什么？"

　　大家也感到不解，跟着问："为什么？"

　　刘梓是个性格要强的中年妇女，有个早晨爱睡懒觉的习惯，遇到风吹草动，听到再轻微的声响，也难以入眠。她完全站在个人角度说："晨练的老人小孩多了，这个说一句，那个喊一声，搅得我睡不着觉。"

　　刘梓住在三楼，与陈玉凤、田霞、桂花三家比，还算远的，陈玉凤、田霞、桂花没有提，而她提出这个要求，让各位在座的楼长感到她简直有些不可理喻。

　　李如海听了刘梓的话，怒气冲冲地说："我不相信，安装器材的地方离你家那么远，能影响你睡觉。都像你这样不顾大局，我看什么事都办不成。"

　　桂花驳斥说："我离安装器材的地方比你近，我不说什么，你就不要说什么了。"

　　田霞说话更直接："你这是没事找事，无理取闹。"

　　"牵强附会，强词夺理。"几个楼长也是义愤填膺，纷纷站出来怒斥刘梓。

　　面对众人的反对，刘梓丝毫没有退步的意思，固执己见地说："反正你们不能占那一块让我睡不着觉的地方，如果你们非要强占的话，那别怪我泼水给你们弄难看。"

　　"太不像话了。"李如海两眼喷火，愤怒使他的呼吸骤然加快。

陈玉凤面对这突如其来的变故，冷静地对刘梓说："这事不能停，咱先从我家的窗后开始，我不怕乱，至于你一时想不开，慢慢想。"

文章尽管没有参加上午的劳动，但他是一个明白事理的人，看刘梓胡搅蛮缠，笑着说："陈主任说得对，这个事不能停，咱先拣没有争议的地方干着。"

文章的这句话提醒大家，楼长们一个个跑回家里，拿出镢头，开始清理四季青后边的杂草、紫薇花和说不出名字的小树。刘梓看拗不过大局，也拿着镢头，跟在别人的屁股后清理杂物，即使是她说的那块地方，也被清理干净。当然了，陈玉凤、李如海经过商量，适当照顾刘梓提出的要求，把体育器材中的环形天梯安装到刘梓所说的那块地方，因为用环形天梯锻炼的人较少，不会影响刘梓的休息。

就这样，矛盾顺利解决，一块大约二百四十平方米的空地被平整出来，十一件体育器材安装到位。

硬化多厚经久耐用？这得征求内行的意见，李如海经得多见得广，陈玉凤自然得征求他的意见。

李如海沉吟少顷说："这要摸着兜里的钱办事，钱少的话，五厘米也行，钱多的话，最好十厘米。"

说到钱，陈玉凤为难地说："全小区捐资八千多元，已花了三千多元，剩下的钱全花了，也不够硬化地面五公分的水泥石料钱呀，这可如何是好？"

"能不能让欧阳杰想想办法？毕竟人家在市城建局副局长的岗位上，人脉广泛，门路较多。"

"这是一个不错的主意。"陈玉凤点下头，表示赞同。

到了夕阳衔山鸟倦归巢的时候，欧阳杰开车回家了，被陈玉凤拦住。陈玉凤对欧阳杰说："欧阳局长，请您下车，看一看我们的健身广场。"

欧阳杰走下车，被眼前安装的健身器材震惊了。他惊叹道："没想到业主委员会手笔这么大，在这么短的时间内就把体育器材安装到位了，佩服呀，佩服！"他在赞叹的同时，意识到什么，慷慨地说："你们缺什么，需要我帮忙，尽管吩咐。"

"不好意思，听说您与建筑工头关系比较密切，能不能用一下这个关系，至于钱嘛，小区可以掏一部分。"

欧阳杰看着场地，歪着头说："我看健身广场面积不小，水泥石料下不来十八立方米。"

陈玉凤满脸愁容："是啊，小区捐资的钱寥寥无几，全花了也不够啊。"

欧阳杰考虑一会儿，狠狠心说："我让包工头给解决十五立方米的水泥石料，剩余的三立方米水泥石料，由小区负责拿钱，你看这样行不行？"

欧阳杰一句话说得陈玉凤心花怒放，她喜滋滋地说："全小区居民都会记着你的好处。"

两天后，十八立方米水泥石料如期送来，不仅如此，欧阳杰联系的包工头派来两个泥瓦工，把地面整得平平展展。

无论太阳升起，还是夜色降临，总能见到健身广场熙熙攘攘的人群在尽情地锻炼，在尽情地享受美好生活给他们带来的欢乐。

十三

随着小区居民对业主委员会认可度的提高，业主委员会全体成员觉得处理小区遗留的最大问题的时机正在成熟。这个遗留的最大问题就是小区居民反映最强烈的冬天取暖问题。

说起小区取暖问题，有的说前任业主委员会全体成员没有掏安装费，到冬天不用掏取暖费；有的说不仅他们不用掏，与他们关系密切的一部分住户也没有交齐钱……各种说法都有，各种猜测都有，尽管大家没有任何凭据证明前业主委员会在安装热力管道时在中间做大手脚，但据市热力公司负责该小区的董主任说，翠竹苑小区热力管道是彻彻底底、地地道道的劣质产品。

小区居民不管前业主委员会在安装中间是否做了手脚，也不管热力管道是否达标，只要让他们正常取暖即可，但眼下泵房机器失修，管道锈迹斑斑，外表包装脱落，却是有目共睹的事实。

市热力公司曾提前通知前业主委员会，说正常维修供暖设施需要三十九万元，前业主委员会在小广场给大家开会，让大家进行分摊，大家当场就炸窝了，没有一户同意的。前业主委员会触动众怒，实在做不下去工作，寻思百般，无计可施，只好把开会的结果反馈给市热力公司。市热力公司说既然如此，那只有给小区停止供暖，至于带来什么后果，市热力公司概不负责。

前业主委员会玩不转了，全体成员竟然全部迁到别的小区，扔给翠竹苑小区一个烂摊子撒手不管。

新业主委员会产生后，采取不回避的态度，积极与市热力公司负责翠竹苑小区的董主任多次协商。董主任站在公司的立场，毫不客气地说：“前业主委员会找社会上没有任何资质的小公司，安装的管道、机器及外包装，都是不合格产品，下一步维修这些设施，需要一大笔资金，因为当初承包工程的不是我们市热力公司，故而我们公司不能负这个责，不能承担这笔费用。”

李如海据理力争：“当初小区居民为了安装取暖设施，可是一分钱没少掏，如今让小区居民重新掏钱，这从道理上说不通啊。"

董主任耸着双肩说："这怨谁？"

"怨就怨前业主委员会。"桂花双眉一扬，语气里夹带着无限的怨恨。

"那你们去告前业主委员会，与我们市热力公司无关。"

陈玉凤一看双方要谈崩，赶紧补台："董主任，不是李主任辩驳，也不是桂花委员埋怨。新的业主委员会成立后，没有一分钱的经费，但大家本着为小区办好事的思想，竭诚服务。不是我们几位不想掏钱，而是小区居民抵触的思想比较激烈，如果我们做不通小区居民的思想工作，我们的谈话也好，谈判也好，都没有任何意义。"

田霞的身段放得比较低，用恳请的语气说："请董主任明鉴，我们的处境艰难，希望能给小区豁免一些费用。"

大家把目光集中到董主任身上，董主任想了很长时间，为难地说："我经过深思熟虑，说一个最低数字，如果你们仍然不同意，仍然凑不起来，就只好免谈。"

邱敏急问："多少？"

"二十四万。"

对于董主任说的二十四万，陈玉凤知道，董主任做了很大让步，她强压心头的不愉快，言不由衷地说："谢谢董主任，你给了我们很大的面子，比原来三十九万少了十五万。"

在大家的心目中，二十四万也不少，每家每户平均起来，有两千多元，可这是董主任说出的最低数，再要求他降低，有些不现实。大家带着满肚子心事惆怅地离开市热力公司。当他们在广场把协商的结果告诉小区居民时，小区居民的愤怒情绪立即被点燃。

有的喊道："我们原来按照要求掏过钱，怎么能让我们掏第二次钱？岂有此理！"

有的吵嚷："让我们重掏安装费没有钱，让我们告前业主委员会的状有钱，不能便宜前业主委员会这群龟孙。"

有的骂道："前业主委员会与安装公司、市热力公司之间的猫腻，干我们什么屁事，他们违法乱纪，伤天害理。"

有的则冷静分析说："市热力公司是监管部门，安装公司使用伪劣产品，市热力公司尽的什么责任？"

正当大家吵吵嚷嚷的时候，欧阳杰来了。他站在一边，抱着膀子，一言不发，良久，黑着脸说："以我之见，咱们没有必要告前业主委员会的状。"

众人惊愕地问："为什么？你是不是被前业主委员会收买了，从中得了好处？"

欧阳杰恶声恶气地反击道："你才得了前业主委员会的好处，说我得好处有什么依据？"

"那你为什么不让大家告前业主委员会的状？"

"两条理由：一是一旦打起官司，所用时间较长，一时半会儿难有结果；二是即使官司打赢了，染缸倒不出白布，前业主委员会成员倒不出多少钱，对于解决目前存在的问题无济于事。"

欧阳杰一番话把大家说得哑口无言，大家觉得他说得有一定道理，一时陷入沉默。停了一会儿，他们极不甘心地问欧阳杰："照你这么说，我们只能任由别人宰割啦？"

"也不是。"欧阳杰摆摆手，"其实有一条非常好的路子。"

"什么非常好的路子？"

"把文章叫来。"欧阳杰高深莫测，故弄玄虚。

一个人飞跑到文章家，把文章叫来。文章一头雾水来到欧阳杰的眼前，纳闷地问："欧阳局长有何指示？请吩咐。"

欧阳杰用毋庸置疑的口吻说："你连夜写一篇市热力公司玩忽职守、失职渎职的诉状，语气要恳切，措辞要严厉，要把市热力公司屁股下的火烧起来，烧得旺旺的，让他们低下高傲的头颅。"

"原来如此。"说到这里，众人好像明白了欧阳杰的深刻用意，文章也明白了欧阳杰的良苦用心，愉快地接受了这个特殊任务。

十四

不告个人告公司，这是欧阳杰别出心裁的发明，至于这个发明是否实用，文章心里也没底，不过他知道欧阳杰是一个一心为小区办实事的人，而且内心颇有韬略，因而他对欧阳杰格外尊重。

为了写诉状，文章坐在电脑前，绞尽脑汁，字斟句酌，花了两个小时，才写出来。全文如下：

关于市热力公司玩忽职守、失职渎职的上访

尊敬的上级领导：

2011 年，翠竹苑小区开始由益民市热力公司供暖，小区居民一直按规定要求缴费至今。在市热力公司供暖期间，经常发生时冷时暖的现象，小区居民的供暖质量得不到充分的保证，居民对此颇有微词，怨声载道。目前，小区泵房机器多年失修，管道老旧生锈，外装脱落裸露，将严重影响今冬供热。为了让小区度过漫长的寒季，业主委员会多次与益民市热力公司协商此事，希望得到妥善解决。市热力公司对此反映冷漠，不检修机器，不保养管道，推诿扯皮，漫天要价，寻找各种理由不履

行职责。面对即将不能供暖的状况，小区居民群情激愤，怒不可遏。

小区居民一致反映，当初安装费、取暖费一分钱没少掏，凭什么我们不能享用供暖？至于市热力公司与安装公司之间有什么勾当和猫腻，那是他们的事，凭什么他们从中牟利，却要由小区居民买单？既然安装公司安装伪劣设施，市热力公司当初为什么不制止呢？市热力公司当初供暖，就说明事实上接管，包括后来由市热力公司收了几家的安装费，更能有力地说明这个问题。现在市热力公司居然以没有入网为由，对小区供暖机器、管道设置撒手不管，提出天价检修费，完全构成玩忽职守、失职渎职的罪行。

小区居民强烈要求上级领导迅速成立专案组，督促市热力公司彻底处理此事，以平民愤，把群访案件消灭于萌芽状态。

翠竹苑小区业主委员会

文章连看两遍，觉得没有明显的问题，交给陈玉凤。陈玉凤看了之后，也没有看出明显问题，便征求丈夫华同德的意见。华同德毕竟当过市信访局局长，见过各种诉状，拿着文章写的诉状，从头至尾认真看了一遍，笑着说："火药味很浓嘛。"

"老华，没有火药味不行啊。你不知道，这几天我有多难，这也是逼上梁山，没有办法的办法。"

华同德拿起笔，对诉状里的个别词句略作修改，深有感触地说："是啊，都是给出难题的，前业主委员会给出了一个难题，市热力公司给出了一个难题，小区居民也给出了一个难题。"

"你估计，这个事能走到哪一步？"

　　"如果把小区居民发动好了，效果可能会更好，虽然不能说一分钱不掏，但像市热力公司那样狮子大张口，恐怕也是异想天开。"

　　"不知市热力公司领导是个什么性格的人，是个吃硬不吃软的人，还是个吃软不吃硬的人？或许是个软硬不吃的人。"

　　华同德鼓励妻子说："不管他是个什么性格的人，我们这方面一定要扮演好不同的角色，该唱黑脸唱黑脸，该唱红脸唱红脸，该唱白脸唱白脸。"

　　"这心里没底，只恐怕搞僵了。"陈玉凤心中忐忑不安。

　　华同德老成持重，有把握地说："不用这样看似过激的方法，市热力公司是不会让步的。"到底是久经沙场的老信访局局长，打蛇能打到七寸上，为妻子支了高明的一招。

　　有了丈夫的支持，陈玉凤开始行动了。根据她的安排，邱敏、桂花拿着诉状，站在大门口，让每家每户签字摁手印，除了在外地的居民外，全都签字摁手印。

　　然后，陈玉凤、李如海拿着状子，来到市热力公司见董主任。董主任看了状子，心里大吃一惊，用怀疑的目光看着他们，良久才说："该不是你们组织的吧？"

　　"董主任，你多心了。"李如海嘴上抹蜜似的说，"我们是一家人，凑钱的工作都做不下去，怎能再做让自己掉进火坑的工作呢？"

　　再看陈玉凤，说话好像漫不经心，又好像在提醒什么："董主任，请您想个办法，把小区居民稳定下来，不然的话……"

　　董主任一张脸由红色变成紫色，再由紫色变成红色，不停地变化，表面强装镇定，心里却像大海的波涛汹涌澎湃："我会向郝书记汇报。"

　　送走陈玉凤、李如海，董主任拿着状子，大步来到郝书记的门口，笃笃敲门，听到"请进"的声音，推门而入。

郝书记军人出身，身材笔挺，目光炯然，一看就是一个十分精明干练的人。让董主任坐下后，郝书记问："还是翠竹苑小区取暖的事吧？"

"正是。"董主任把状子双手递给郝书记，焦虑地说，"没想到小区居民意见这么大。"

郝书记接过状子，看得很仔细，末了，感慨万千地说："小区居民说得有一定道理，上一任杨经理与翠竹苑小区前业主委员会、安装公司之间到底有什么猫腻，我们不得而知。"

"是啊。"议论前任杨经理，董主任心中吃不准，"没有依据的事，我们不便于猜测。"

郝书记犹豫不决："这真是给公司出了一道难题，我们不能不顾群众的利益，也不能不顾公司的利益，二者是矛盾的，又是统一的。如何才能掌握好这个度，的确让我伤脑筋。"

迎着郝书记的目光，董主任鼓足勇气说："不同的处理方案，将会产生不同的社会效果。"

"呃，说说看。"

"一是二十四万元这个钱不能少，结果是翠竹苑小区的居民将群体上访；二是豁免二十四万元钱，彻底把群众上访的苗头消灭在萌芽状态；三是在中间取个双方都能接受的数额，折中处理，既照顾群众利益，又照顾公司利益。"

对于董主任的周密思虑，郝书记不吝褒奖之词："想法不错嘛。"

董主任很能摆正自己的位置，谦虚地说："我听从郝书记的裁断。"

郝书记没有急于表态，而是想把翠竹苑小区的情况吃透，然后再决策："你先到翠竹苑小区，摸透群众的情况，再相机而定。"

"这样最好。"董主任摸清领导意图，从沙发上站起身来。

　　郝书记在董主任临行时叮嘱:"不管你用什么办法,但有一点你必须明确,维稳是头等大事,是重中之重的大事,切记,切记啊。"

　　"我明白。"董主任答应着,从郝书记的办公室走出来。

十五

　　就在董主任来的前夕,李如海和文章在小区门口的小路上,做了一次长谈。

　　时值9月末,夜空中星光灿烂,风儿柔和,空气清爽。两个人在青砖墁地的人行道上,悠闲地徜徉。李如海比文章高出半头,弯下腰对文章说:"明天董主任就要来了。"

　　"这说明我们的信访文件触动了他那根敏感神经。"

　　李如海长叹一声:"二十四万元太多了,工作不好做,如果一家平均一千多元,工作或许能做下去。"

　　"困难也不小。"文章摇着头说,"你不要把小区的居民估计高了。"

　　"没有红脸汉跟市热力公司闹,想让市热力公司让步,比登天还难。"

　　"是啊。"文章同意李如海的想法,但同时又担心跟董主任闹崩了,使小区与市热力公司的谈判陷入僵局,"如果闹得狠的话,董主任跟咱翻脸,咱岂不是好心办了坏事?"

　　"他软咱就硬,他硬咱就软,斗而不破,弄得对方没脾气。"

　　"这倒不失为一个好主意。"

　　李如海用充满期待的目光看着文章说:"明天你最好参加,到时候看我的眼色,该软的时候态度温和点说好话,该硬的时候态度激烈点说难听话，总而言之，不能弄僵了。"

文章为难地说："明天有个研讨会，可能散会时间比较迟，不过我尽量往回赶，我还真想会一会董主任，看看他吃几个包子，喝几碗汤。"

两个人边商量，边散步，不知不觉来到小区门口，分手告别。

翌晨，董主任如约而至，陈玉凤、李如海、邱敏、桂花和田霞参加了会谈。董主任简单说明来意，强调说："不论什么原因，不掏钱不行。为了照顾翠竹苑小区，我们公司做了最大的让步，维修费已从三十九万元降到二十四万元，难道这还不足以说明我们的诚意吗？"

陈玉凤呷一小口茶水，润一润嗓子说："董主任非常体察民情，小区的居民非常感谢。不过呢，即使是二十四万元，对我们小区居民来说，仍然是一个天文数字。"

李如海心情复杂地说："再说这二十四万元是小区居民掏的……冤枉钱，小区居民一百个不情愿，我们做不下去工作啊。"

邱敏看着董主任的脸，试探着说："我们也知道不掏钱不行，但能不能减免一部分。"

董主任不动声色地问："减免多少？"

李如海、邱敏、桂花和田霞你看我，我看你，最后把目光集中在陈玉凤身上，陈玉凤干脆地说："二十万元，如何？"

董主任脸色十分难看，果断打断陈玉凤的话头说："太离谱了，这不可能。"

大家陷入一阵沉默，谈判陷入僵局。李如海见势不妙，赶紧打圆场说："董主任，陈主任这样做，也是迫不得已啊。"

为了各自的利益，他们唇枪舌剑，你来我去，一时间吵得天昏地暗，到最后谁也不服谁，谁也没说服谁。正当他们僵持不下的时候，文章开会回来，路过业主委员会办公室时听到里边一片吵吵嚷嚷的声音，忍不住支起电动车架，走了进去。

李如海最先看到文章，心中大喜过望，忙不迭地给董主任介绍说："这也是我们的业主委员会成员，现任市作家协会副主席。"他扭头介绍董主任，文章出于客气，上前与董主任握手，寒暄道："久仰，久仰。"

董主任眨一眨眼睛说："你来得正好，我们正在探讨解决你们小区暖气供应的问题。"

"我能不能发言？"文章喝一口茶水说。

"当然可以。"

文章不说话则已，一说话激烈的程度让在座的各位大开眼界："董主任，这封告状信不是别人写的，正是我写的。"

董主任笑着说："你倒是个明人不做暗事的性格。"

"我为什么要写这封告状信？"

"为什么？"

文章稍微平抑一下自己的情绪，激昂地说："因为我对中间牵涉的腐败现象深恶痛绝，对一些人不要脸的做法忍无可忍，下一步我不仅要告状，而且要组织小区居民告状，到市政府，到省政府，到国家信访局，找个评理的地方。"

董主任心说遇到硬茬了，两眼盯着文章，一眨不眨地说："请讲。"

文章瞥了一眼李如海，只见李如海微微颔首，示意他讲下去。于是，文章放开思想的闸门，像渠水一样倾泻而下："首先，小区居民没少交一分安装费和取暖费，至于安装公司与前业主委员会之间、安装公司与市热力公司之间、前业主委员会与市热力公司之间有什么猫腻，干小区居民什么屁事？现在出了问题，让小区居民埋单，没道理。"

董主任冷冷地反问道："小区居民不埋单，难道让市热力公司埋单吗？"

面对董主任的反问，文章的谈吐更加犀利，直指问题的核心："如果说安装公司安装的机器、管道及包装是伪劣产品，那市热力公司当时为什么不监管，为什么不打假，市热力公司是不是已经构成玩忽职守、失职渎职之罪？既然市热力公司给小区送暖，这难道不是事实上承认小区入网了吗？据小区居民反映，前一段时间，市热力公司又收了几户居民的安装费和取暖费，这属于什么性质？市热力公司有利的事情就干，无利的事情就推。"

文章的滔滔宏论让董主任倒吸一口凉气，一时间无话可说。陈玉凤知道文章说中了要害，怕董主任下不来台，急忙从中间进行调和："说到底，都是前任给留下的后遗症，他们吃了肉，让我们替他们擦屁股。"

李如海敲着桌子，一唱一和地说："文章，你作为市作协副主席，把这些事情好好写写，往电视、报纸上报道。"

文章看李如海朝他挤眼睛，心知肚明地说："我这一段时间正在创作一篇中篇小说《小区那些事》，正好遇到小区用暖气这个遗留问题，其中涉及市热力公司这一块，不知道市热力公司的领导究竟想当为民排忧解难的好官呢，还是想当见钱眼开、唯利是图，甚至刁难群众的坏官呢？是想流芳千古呢，还是想遗臭万年呢？"

小说的传播力有多大，董主任作为一个受过高等教育的人，不能说不清楚，他当然不愿意为几个钱遗臭万年，在金钱与名声二者之间，他更看重后者。有了这个想法，他心里暗暗说："这个小说家无论如何不能得罪，得罪了小说家，自己的名声是要付出惨重代价的。"

想到这里，他的态度温和多了，脸上也有了笑容。只听他心平气和地说："今天我来，其实就是为了摸清小区居民的真正想法，只要我们心往一处想，就能够战胜一切困难。黄瓜打驴——干脆，你们说，小区到底能拿多少钱？"

"五万。"

"少。"

"最多十万，每家平均一千多元，再多的话，我们真做不动群众的工作。"

"看来你们的能力也就这么大了。"

"是啊。"

"我回去之后，给郝书记汇报一下。"董主任站起身，走到门外。大家把他送到大门口。出人意料的是，董主任特意转过身来，紧紧握住文章的手，用力晃动了两下。

十六

董主任回到市热力公司，把今天在翠竹苑小区遇到的情况，给郝书记做了详细汇报。郝书记在椅子上沉默了很长时间，从烟盒抽出一支烟，擦着火柴点上，大口吸到肺里，然后从两个鼻孔喷出两股浓浓的白烟。

郝书记一句话不吭，董主任知道他正在考虑，也不好说什么。过了很长时间，郝书记终于开口了："看来翠竹苑小区群体上访的劲头不小啊。"

董主任忧心忡忡地说："何止这些呢，我最担心的还是那个正在写中篇小说《小区那些事》的小说家，他多次声称要将我们钉在历史的耻辱柱上，让我们遗臭万年。"

"一方面是群情汹汹的集体上访，一方面是口诛笔伐的小说，对你对我对市热力公司都是一场严峻的考验。"

"的确是一场严峻的考验。"

"你与业主委员会谈得如何？"

"业主委员会说得不错，不能让市热力公司单独承受损失，同意承担十万元。"

郝书记夸奖董主任说："在这种情况下，你能把工作做到这个地步，真不容易啊。"

董主任心有不甘地说："我们在替前任擦屁股。"

郝书记深以为是地说："翠竹苑小区业主委员会又何尝不是这样的！"

他们正在为翠竹苑小区供暖的事闹心，郝书记的手机突然响了。郝书记按通接听键，里边传来欧阳杰的声音："郝书记，你好。"

"欧阳局长，你好。"郝书记与欧阳杰因为工作关系，两人并不陌生。

欧阳杰在手机里客气地说："好长时间没在一起吃饭了，今天晚上想请你吃顿饭。"

"吃饭是托词，一定还是为了翠竹苑的供暖问题。"

"既然老朋友猜到我的这点小心思，那我也就不弯弯绕了。今天晚上，市信访局原局长华同德拜托我，让我邀请你一起吃个饭，顺便把供暖问题妥善解决了。"

"华局长那么大的官，请我吃饭，我享用不起。"郝书记一听说吃饭，立即提高警惕，他知道这顿饭暗藏玄机，酒无好酒，宴无好宴，不过，他没有让欧阳杰下不来台，"虽说不吃饭，但事该办还得办，你只管吩咐。"

郝书记把话说到这个份上，欧阳杰的面子够宽了，他很领情，爽快地说："我会想办法给市热力公司弥补一部分损失，贵公司既不受太大的损失，又为俺小区办了事，岂不是两全其美？"

郝书记了解欧阳杰的为人和工作能力，知道他说话不是随便乱说的，如果是这样的话，公司的利益将来会得到一定的补偿。退一步讲，即使欧阳杰哄骗他，将来公司的利益得不到补偿，二十多万对公司来说，也是微不足道的，何必为了这笔小钱弄得鸡飞狗跳？郝书记觉得欧阳杰的话是处理翠竹苑小区供暖的最好方案，便不再犹豫，满口应允："你真是一个深藏不露的高人，我举双手赞成，尽快安排工作人员，保证把小区的热力管道、机器及外包装修理到位，保证小区的居民过一个暖冬。"

欧阳杰诚挚邀请郝书记："事该办的办，饭该吃的吃。今夜我与华局长恭候你的光临。"

郝书记调侃道："我再重复一遍，饭局我就不去了，省得小区群体上访，省得小说家败坏我败坏董主任败坏市热力公司的名声，我担待不起呀。"

"我用人格和党性保证，绝对不会发生你所说的那种事。"

"即使如此，我也不赴，须知我也是一名心中有党心中有民心中有责心中有戒的领导干部。此事到此为止，不再赘述，祝你晚安。"郝书记洞微烛幽，果断挂断手机。

为了公司的长远利益，郝书记经过方方面面的权衡，给翠竹苑小区做出重大让步，对于这种让步，他认为必不可少，很有意义。他笑着对董主任说："作为一个公司领导，不能单单算经济账，还必须算政治账。假如我们处理这件事一切向钱看，不替小区居民着想，造成群体上访事件，你和我岂不成了大笨蛋吗？再说了，那个戴着眼镜的小说家也不是吃素的，他万一在小说里竭力丑化本来很忠于职守的我们，让我们成为流行小说中的大坏蛋呢？我们才不留这个骂名呢。"

事情到此总算有了一个好的结果，本来十分头疼的问题，郝书记以其敢于承担风险的巨大勇气、一心为民着想的高尚情怀及睿智多谋的领导艺术，快刀斩乱麻，让利于小区居民。几天后，市热力公司领导来到小区，与业主委员会签订入网合同，工作人员换上一台新的机器，用铝皮把管道裹得严严实实。

当雪花飘飘、周天寒彻的时候，裹着铝皮的管道银光闪闪，分外耀眼，过冬的人们待在家里，享受着热腾腾的暖气，每个人的脸上都荡漾着开心幸福的笑容。

取暖问题的解决让陈玉凤和她的团队在小区享有崇高的威信，小区居民都把他们当成贴心人，有心里话向他们倾诉，有问题找他们解决，有的献计献策，有的出力出钱，有的要求他们彻底改造老旧小区，每家每户办理不动产证。

面对小区居民的殷切期望，陈玉凤和她的团队头脑非常清醒，决心以每个人微薄的力量，把小区建设得花团锦簇。

咱百姓的贴心人

一、公园占地

　　洹河像一条游龙，日夜奔腾不息。当它游至龙兴区洹阳镇杨村时，突然向南拐了一个大弯，把村子恰好圈在里边。

　　有人说杨村风水好，说这个弯好比一把椅子，整个村子好像一个人，舒舒服服地坐在椅子里。

　　事实上，杨村有五百多户人家，地处城镇接合部，其中康庄大道像一把刀子，横贯东西，把村子一分两半，是一个地理优势非常明显的村落。一些脑筋灵活的人分别在路边盖起大大小小的门面，如酒店、餐饮店、凉皮店、面包店、理发店、澡堂、棋牌室、手机店和电器专卖店，也有经营钢筋、水泥、瓷砖等生意的。

　　到了夏秋收获季节，出外打零工、做生意的村民拿着他们在外边辛辛苦苦赚的钱，纷纷返回来，到地里忙碌十几天，把小麦、玉米收回家。由于耕地不多，打的粮食仅仅够他们的口粮。也许习惯了，他们心甘情愿过着这种有钱花有粮吃的波澜不惊的日子，并怡然自得。

这种恬静的日子没过多久，便被一股来自外部的强大冲击力改变。这个冲击力主要来自市政府，市政府基于发展理念，近几年一直在不停地拉大城市框架，想把杨村南坡四百多亩地建成一座花团锦簇的公园，以供人们憩息、观赏和游乐。这本来是一件好事，群众应该大力支持才是。

南坡地处向阳区和龙兴区两个区交界的地方，南边是富裕的向阳区常庄村，北边是财政相对紧张的龙兴区杨村。根据市政规划，南坡地要建公园，南坡地的南边要建小区。

土地是群众的命根子，想要占用，就得合理赔偿，群众才没有多大意见。问题是向阳区财大气粗，以每亩地十二万元一次性买断，而龙兴区财力紧张，与向阳区不能同日而语，只好采取分步走的办法：每年每亩地一千元租金，先给三年。按道理讲，龙兴区这样做无可厚非，随着时间的推移，土地的价格只会上涨不会降落，可杨村人不这么想，同样是土地，怎么向阳区能一次性买断结清，龙兴区却别出心裁，搞什么租地？三年之后，万一区政府财政依旧吃紧，言而无信，到时候不给群众兑现，群众岂不是一头脱一头抹，干抓瞎？年龄较大、户口外迁的农户则站在自己的角度，怕将来产生变故，自己得不到补偿，从心里不赞成区政府的做法。

农户土地面积越大，需要接触的农户越少，工作量越小，反之，则需要接触较多的农户，工作量越大。杨村与常庄土地特点不一样，常庄地块少，一般农户两块地，面积较大；而杨村地块多，五到六块，是一块块零碎地，面积相对较小。每家每户占地不多，但一户不漏，这就意味着公园在杨村占地需要做每家每户的群众工作。

这项工作从一开始就不顺利，甚至引起大规模群体上访，一则波澜壮阔、曲折离奇的故事将拉开序幕……

清晨，一轮红日从遥远的黑黝黝的山谷冉冉升起，挂在说蓝不蓝、说灰不灰的天空。支书杨绍吃罢早饭，撂下饭碗，按往常惯例，不紧不慢地来到村支部。只见他五短身材，方脸广额，浓眉下一双大眼睛射出两道精明的光。

他打开房间，推开窗扇，然后到走廊拧开水龙头，接一壶水，返回桌前，揿下电钮，顿时水在电壶里发出嗞嗞的响声。须臾，水烧开了，他把一撮新茶放进洗干净的水杯，倒满开水，坐进沙发，看着绿色的茶叶在水杯里不停地翻滚，变成一根根竖立挺直的叶芽，散发出一股浓郁的清香，直扑他灵敏的鼻孔。他不由得把头斜靠在沙发背椅上，喟然长叹一声："也不知道村干部做通了多少户群众的思想工作？"随之，昨天镇党委书记石秋生朝他发火给他警告的一幕重新浮现于他的脑海……

自从公园占地这项工作开展以来，杨绍作为一村之主，嘴都磨破了，腿快跑断了，天天在喇叭上反复宣传政策，见到人就满脸带笑，动员对方签字领款。此举不但没得到多数人的理解、支持和拥护，反而被他们指着脊梁骨骂，骂他甘做镇政府的吠犬，致使工作进展不大。迄今为止，全村五百多占地户，村干部通过各种关系，使尽吃奶的劲，做通一百八十多户签字，只完成了三分之一多一点。

这个结果让镇党委书记石秋生非常不满意，每当见到杨绍，石秋生总是板着一张长脸，指着他的鼻尖，毫不客气地大声训斥："区政府把公园占地任务交给杨村，无疑是一件好事。你村本应迅速完成，可纵观村'两委'一个月以来的工作表现，战斗力不强，工作进展缓慢，仅仅完成了三分之一多一点的任务，连一半都不到，请问，村'两委'的工作效率何在？影响力何在？说句难听刺耳的话，即使像乌龟爬，也爬到头了。"

"石书记，你能不能听我解释一下？"

石秋生一摆手，不耐烦地打断他："面对如此差的工作业绩，各种解释都是苍白无力的。"

面对生气的石秋生，杨绍不愠不火地说："尽管石书记听不进去，我仍然要解释。同样是占地，两个区两个政策，邻区邻村常庄一亩地十二万元，而杨村一亩地三年三千元。现在的群众最看重眼前利益，哪顾得那么长远？你说将来土地价格上涨，将来他们能得大钱，他们能信你的话吗？他们一定认为，你在要手段，在欺骗他们，今天把地占了，明天一拍屁股，一走了之。"

"我不管群众怎么想，我只要进度，只要进度，杨村'两委'如果在规定时间内完不成区委、镇党委交给的任务，就集体辞职，甫滥竽充数，站着茅坑不拉屎！"石秋生一张长脸阴沉沉的，丝毫不听杨绍解释，毫无通融之地。

"可是……"

"在我的工作字典里，只有高歌猛进，没有什么可是！"

一想起石秋生那张由于激愤而拉得长长的异常难看的脸，杨绍的嘴角不禁流露出一丝苦笑："现在的领导太不体贴基层干部，让他来干这个活儿，不一定比谁尿得高。"正当他胡思乱想时，村委主任杨涛走进他的办公室，告诉他："'两委'成员都到齐了，开例会吗？"他毫不迟疑地站起来，说："开。"然后与杨涛走到大办公室，坐到他每天都必须要坐的那把不新不旧的椅子上。

他欠一欠身子，用一双精明的眼睛环视在座的"两委"成员，用清亮的嗓音说："老伙计们，在公园占地方面，我们在座的各位遇到了一道难以解开的难题，咱们集思广益，看能不能找到解决这道难题的金钥匙？"

不谈公园占地，"两委"成员尚且谈笑风生；一谈公园占地，一个个愁眉苦脸。村主任杨涛是一个有着丰富工作经验的农村干部，高高的个头，一张圆脸看上去纯朴厚道。他润一润嗓子，不满地说：

"一将无能，累死三军。干部在群众中威信高不高，遇到实际工作就知道了，由于自己在群众中威信不高，致使群众在这项工作上始终不配合。除了我的几个叔叔大爷、堂兄堂弟，实在磨不开情面，签字同意外，其他的群众谁见谁躲，不签字也就罢了，还净说一些刺耳的风凉话，说你们当干部的都是区政府、镇政府的一条狗，区政府、镇政府叫你们干什么，你们就干什么，根本不管群众的死活。"

"区政府、镇政府现在是典型的没有麦子开面坊。"说话的是副支书杨红，宽宽的肩膀，厚厚的胸膛，壮壮实实。他拧着两道又粗又黑的眉毛说："你有实力，你就干有实力的活儿；你没有实力，你就干没有实力的活儿。向阳区常庄一亩地十二万元，一次性说清，群众断了念想。凭什么咱村一亩地三年三千元，三年后再说下一轮的租金，时间跨度大不说，上年纪的人都怕活不到那时，等真正到三年头，租金没有着落，也还是水中月、镜中花。"

会计杨林微微谢顶，谢顶的中央闪闪发亮，只听他心事重重地说："对于现行上级政策，群众不理解，不支持，不配合，甚至一些聪明的农户为了多赚一些附着物赔偿款，居然搭建塑料棚，栽满桃树、核桃树树桩，机井打得满地都是。一句话，群众对经济的追求欲望从来没有像今天这样强烈。"

"上有政策，下有对策。"

"假若龙兴区的政策像向阳区那样，群众也没那么多的意见。"

"更有甚者，一些只愿意得钱却不愿投资的农户，看着别人搭棚、种树和打井发了大财，心里很不平衡，不仅不签字，还扬言要到省里到北京去集体上访。"

"公园占地这块骨头真不好啃，真啃不下去。"

大家你一言，我一句，议论纷纷，气氛热烈。杨绍看这样议论下去，到晚上也议论不出个子丑寅卯，于是皱起两道浓眉，咳咳两声，制止大家的议论。他红着脸说："不管千条理由，万条原因，都不是杨村完不成任务的借口。目前，邻村常庄征地任务顺利完成，而我村则迟迟打不开局面，说明'两委'战斗力不行，石书记昨天说了，谁完不成任务谁辞职，我完不成任务我辞职，你们完不成任务你们辞职，说话很难听。作为堂堂七尺男儿，让镇党委书记指着鼻子痛骂，我感到脸红，感到羞耻。"

村委杨东脑门尖尖的，下颏与之成反比，对杨绍的话不以为然："不是我说石书记的坏话，他太不体谅下属，说话未免过头，真要是让他来做这项工作，他不一定就比我们强多少，他也没长三头六臂。再说了，区、镇干部即使做工作惹人，都是飞鸽牌干部，做完工作，一拍屁股走人，而村干部则是永久牌干部，做完工作仍留在村里，走也走不了。"

"杨东你少说两句，你不说话，我没把你当哑巴。"杨绍瞪一眼杨东，心说我在这里口干舌燥给大家鼓劲打气，而你却说风凉话打横炮，你想干什么。他气不打一处来，沉下脸训斥杨东："你当着大家的面，还这么说话，你在下边做工作的时候，也不知道胡说些什么。你不要觉得工作做不下去，镇党委仅仅把我的支书抹了就万事大吉，他们会一查到底，在座的各位无疑都会遭殃。关于这一点，大家心里像镜子一样明白，不用我提醒！"

看杨绍真动火，大家缄默不语。事实上，不是大家工作不努力，而是下边阻力太大。每个人心里非常清楚，现在的情势犹如大家坐上一艘破船，如果沉没的话，大家一起沉没，没有幸免者，不存在当头的沉没，自己在凉快地方看笑话的可能。

这种沉默没持续多长时间，很快被一种不服输的思想替代。他们决定对剩余的没有签字的农户逐一进行认真研究，把他们的想法吃透，准备对症下药，采取一把钥匙开一把锁的办法。散会后，他们各自领了任务，深入到户，去做群众工作。

二、关山难越

然而，正当"两委"成员寻找解决问题的突破口的时候，六十多户没有签字的群众在街里开始串联，计划组织群众，到市里到省里到北京去上访，准备在公园占地方面制造较大的事端。

凡事必须推选头儿，为了更好地表达上访的意志，他们推选了五名代表，分别是杨大生、杨云志、杨新军、杨大海和陈秀萍。

杨大生、杨大海两个都剃了光头，加上他们自身高大的身板，活像电视剧《乌龙山剿匪记》里的钻山豹，给人一种凶悍不可冒犯的印象。杨云志、杨新军则是中等个头，站在人群中似乎不太显眼，其中杨云志长着一双金鱼眼，平时言语不多，杨新军一张不黑不白的脸，与杨云志的性格恰恰相反，见人便呱呱说个没完。陈秀萍是退休工人，由于早年丧夫，生活经历许多艰辛，额头上早早地刻下几道深深的皱纹，尽管如此，她遇事爱较真的习惯却始终未改。

"龙兴区政府租地不征地，这是典型的空手套白狼。"杨大生捋起袖子，大声说。

杨大海气哼哼地说："他不仁，甭怪我不义。"

杨云志沉吟片刻，冷静地说："根据《基本农田保护条例》规定，中央三令五申，严禁以租代征。而龙兴区政府竟敢在上级没有批准的情况下，租地四百多亩，这不是违法又是什么？"

一提起占地赔偿，陈秀萍的心中一百个不服气："我家的地与邻居郝桂香的地一样多，都是三分多地，我家只得了一千多元，而她家栽了满地桃树桩，一棵赔二百八十元，多赚了十几万，这哪儿跟哪儿啊！"

杨新军挖苦道："谁叫你与支书没有那一腿子关系？你要是与支书有那一腿子关系，支书也会给你出栽满地桃树桩的主意，那样的话，你不也发大财了？"

"呸，我宁可不发财，也不当被别人看不起的小三，也不让别人在后背指指点点，说三道四。"陈秀萍朝地上啐一口唾沫说。

杨新军笑嘻嘻地说："既然这样，那你就不要埋怨这个，埋怨那个！"

"可我咽不下这口气。"陈秀萍满腔怒火。

…………

他们讨论一阵，把各自的想法写成上访信，决定到市、省、中央信访部门，去讨个公理。

翌晨吃罢早饭，六十多户一家一个代表，在杨大生带领下，骑着电动车，齐刷刷来到市信访局大门口，吵吵嚷嚷，要集体上访。

面对群体上访，市信访局的韩局长不敢有丝毫的大意，他瘦高个头，长着一双很特别的眼睛，目光所到之处，霍霍有神。他吩咐接待科陈科长："让他们推选五名代表，我要亲自接待他们。另外，立即通知龙兴区主管信访的领导、洹阳镇党委书记、杨村党支部书记，让他们一起来做上访群众的思想工作。"

"我立即照办。"面对杨村六十多位情绪激动的上访群众，对于接待群体上访有着丰富经验的陈科长来说，是一件再简单不过的事情，因为这是他经常面对的工作，司空见惯，不足为奇。只见他走到上访的人群前，面带笑容，用毋庸置疑的口吻说："请大家不要乱嚷嚷，为了更好地解决问题，你们抓紧推选五名代表，到接待室反映情况。"

"这样好。"这句话正中上访群众的下怀，他们闪开走道，看着

　　早被推选好的五名代表杨大生、杨云志、杨新军、杨大海和陈秀萍。五名代表是见过大世面的，不胆怯，不推辞，大大方方跟在陈科长的屁股后，进入信访接待室。

　　在信访接待室，韩局长简单做了自我介绍，然后与五名代表各自坐定。五名代表自报姓名后，杨云志从衣袋里掏出写好的上诉材料，递给韩局长。韩局长戴上眼镜，拿着材料，仔细阅读，对所反映的问题进行认真梳理。

　　在韩局长看材料的过程中，陈科长打电话通知龙兴区群工部部长陆辉，让他通知洇阳镇党委书记、杨村党支部书记，让他们到市信访局来劝访。

　　二十多分钟后，龙兴区群工部部长陆辉、洇阳镇党委书记石秋生、杨村党支部书记杨绍分别从不同方向心急火燎地赶到市信访局，走进信访接待室，找座位坐下来。

　　此时，韩局长已把上诉材料完整地看了一遍，将所反映的问题梳理清楚，基本弄清了上访群众的意图。看到陆辉、石秋生、杨绍都来到现场，他朝他们矜持地点下头，然后用沉稳的口气说："今天，洇阳镇杨村群众由于不同意公园占地政策，对赔偿过程中不能一碗水端平的现象不理解，来到市信访局进行集体上访。我只好把陆部长、石书记和杨支书请来，请你们先给上访代表做解释工作。下面请上访代表谈一谈他们的诉求。"

　　杨大生浓眉一扬说："我先说可以吗？"

　　韩局长微微颔首："可以。"

　　"我觉得龙兴区不地道。"面对市、区、镇、村四级领导，杨大生毫无顾忌。

　　"这个人怎么说话呢？"对于杨大生这句不太友好近乎攻击的话，陆部长的脸部肌肉不经意间抽搐两下，想站起来反驳杨大生几句，但多年干信访工作形成的良好涵养让到嘴边的话又硬生生憋回肚里。韩局长好像没注意到陆部长脸部表情的变化，蔼然笑了笑，反诘："你说龙兴区不地道，怎么不地道？"

"杨村与常庄两村地头相连，其中杨村属于龙兴区，常庄属于向阳区，常庄一亩地十二万元一次性买断，而杨村呢，一亩地三年三千元，每三年兑现一次。我没说错吧？"

"没错。"陆部长坦然回答。

杨大海双手一摊说："群众把两村的赔偿方式一比较，都觉得常庄村的赔偿方式比较合理。"

"你只看到眼前利益，没有看到长远利益。"石书记不以为然地辩解，"常庄一次性买断，以后再也无地可卖，而你村呢，土地所有权仍然归你村所有，将来土地价格上涨，你村得到的赔偿恐怕不止一亩地十二万元。"

"其实，龙兴区也想一次性买断，这样可以少花许多冤枉钱。"陆部长皱着眉头，耐心解释，"只是不当家不知柴米油盐贵，龙兴区这两年拓宽康庄大道，投进几个亿，区财政都被掏干了。区政府又想改善人居环境，又想为群众办些实事，不得已才出此下策。"

杨新军呵呵一笑说："对区政府的苦衷，杨村群众体会最深。我觉得区政府应根据全区财力而行，不要干超过自身能力的事，到最后又打造一个半拉子工程，让后来人擦屁股。这点辩证法，我想区领导应该比我们群众学得更好。"

"有区政府担保，你们不用害怕。"陆部长血脉贲张，一股滚烫的血液急速流过他的脉管，使他的发言豪情万丈，底气十足。

不料杨云志鼓起一双金鱼眼，冷冷一笑，讥讽道："以往的担保兑现了多少？担保是区政府惯用的手法，由于区政府缺乏信用，群众早被政府骗怕了，至于陆部长口口声声说的担保，只不过是一个念想而已。"

"我可以用我的人格担保。"

"这更不敢相信，将来万一你调走了，我们找谁去。即使找到你，你会堂而皇之地说，我现在不当家了，一退六二五，我们岂不是两手拍空吗？"

眼看着双方陷入僵局，韩局长仍然是一副很镇静的样子，其实在他的内心深处是很着急的，只不过没有表现出来罢了，他说："上访的诉求还有什么？既然双方对话，彼此应把问题说透。"

看到其他的代表都说了话，陈秀萍终于开口："除了上述问题外，我想反映邻居郝桂香的赔偿问题，我们两家都是三分半地，凭什么她领十几万元，我才领一千多元，这太不公平了！"

石秋生瞟一眼杨绍，不满地说："有这样的事？"

说到这个问题，杨绍不慌不忙地解释："地虽然一样多，但人家郝桂香在地里种桃树桩四百多棵，而且每棵树桩的直径都超过十一厘米。按照市政府赔偿标准：一棵二百八十元，合计十一万多元。你地里什么都没有，怎么赔你啊？"

陈秀萍反唇相讥："照你这么说，老实人就该吃这个亏？"

"我不是这个意思。"如果在平时，杨绍早发火了，但现今在领导面前，他不得不强压心头怒火，冷静地说，"干什么事情，总得师出有名吧，村支部总不能因为你一提出要求，就平白无故给你拨一笔钱！"

"你觉得这样公平合理吗？"

"至少合乎市政府文件的要求。"

双方有问有答，话不投机，出现一阵难堪的沉默，韩局长见此情况，不失时机地问："谁还有什么问题？"

杨大生用一种带有要挟的口气说："只要市里把我们反映的两个

问题妥善解决，我们便息事罢诉，否则，我们将到省、中央有关部门上访。"

韩局长问其他代表："你们是不是也是这个想法？"

"是。"其他四位代表丝毫没有害怕的意思，不约而同地回答。

韩局长一双眼睛射出两道明亮的光芒，在五位代表的脸上一扫而过，声音温和但不乏劝诫："根据《中华人民共和国信访条例》规定：上访必须有序逐级上访，如果越级上访，甚至闹访，上访者将承担相应的后果和责任。"

"我们明白。"

"明白就好。"韩局长意味深长地说，"今天接访到此为止，上访所反映的问题，我们将认真研究，在规定时间内答复你们。你们可以告诉其他上访者，先回家等待。"

上访代表走出信访接待室，告诉上访的群众，上访的群众觉得此行目的已经达到，没有必要再待下去，纷纷离开。

上访群众离开后，韩局长、陆部长、石书记和杨绍就群众上访的问题，做了认真研究。上访的问题归结起来不外乎两个问题：一个是不同意租地，同意一次性买断；一个是如何处理附着物的问题。

先说第一个问题，上访群众的诉求不能说无理，向阳区常庄就是采取的这个办法，但龙兴区一下子拿出五千万元，显然办不到。钱不多，市政府下达的任务又不得不完成，不采取租地的办法，无路可走。上访群众的诉求与现实存在较大差距，无法满足。

赔偿附着物也是市政府文件明文规定的，有头脑的群众趁机钻空子，在地里全部种上经济林，如桃树桩、核桃树桩，每棵直径都超过十一厘米，也有的群众满地打机井，搭塑料大棚，弄得政府赔不起。陈秀萍反映的郝桂香就是这中间一个非常典型的例子，不赔吧，不合文件规定；赔吧，又让那些只知道种小麦种玉米的老实人感到极不合理。再说这个事情已经过去，让郝桂香退钱不现实，鼓励陈秀萍采取同样的办法，等于教唆她犯错误，只能在今后的工作中严格限制，使投机者不能占便宜，使老实人不太吃亏。

几个领导研究来，研究去，觉得没有好的答复意见，但如果按照这样的研究意见答复上访的群众，上访的群众肯定不满意，肯定要到省、中央去上访。最好的办法是村支部通过各种关系，把上访群众的怨恨情绪化解。韩局长、陆部长、石书记对杨绍寄予厚望，杨绍尽管心中不抱多大希望，但嘴上答应试一下。

时间过得飞快，按照规定时间，与群众见面的日子到了，陈科长把领导研究的意见告诉上访代表。

上访代表非常不满意，回家后迅速组织六十多户群众，一起到省会、首都北京进行上访。上访造成恶劣影响，中央、省信访部门多次在不同公开场合批评龙兴区在应对这次上访工作中组织不力，软弱无效。区委书记李政感到颜面扫地，憋了一肚子火无处发泄，把镇党委书记石秋生叫到办公室，劈头盖脸训得石秋生无言以对，限定他几日之内，一定把工作做下去，否则……

挨训之后，石秋生心理压力很大，吃不好饭，睡不好觉，暗暗觉得杨绍既做不下去公园占地工作，也不能维持杨村稳定大局，再待在支部书记的位置上，已不适合形势的需要。为了稳定上访群众的思想情绪，缓解彼此之间的矛盾，只有让他辞职。

石秋生也不愿意这样做，因为镇党委培养一个支部书记不容易，但他经过反复、激烈的思想斗争，觉得忍痛割爱是目前稳定杨村最好的办法。于是，他不再犹豫，让办公室主任通知杨绍，到他的办公室来一趟。

杨绍接到通知，心中猛地一沉，顿觉不妙，但石书记的通知，不能不去，只好硬着头皮，来到石书记的办公室。

两个人略事寒暄，坐下来。经过短暂的沉默，石秋生把区委书记的训话做了详细传达，最后问杨绍："老兄，你对此有何良策？"

杨绍是个聪明人，主动提出辞职："石书记，不是我不愿意再卖力，常言道宁管千军，不管一村，我当了十几年的支部书记，深知农村工作的复杂性和艰巨性，给群众造福不多。这次公园占地尽管属于政策性问题，但也有我个人能力不强、德浅望薄的原因，也许换一个面孔，能把工作做下去。"

"我还是有些不忍……"

"谢谢石书记的好意，牺牲我一个，换来全村稳，我作为党多年培养的干部，这点觉悟还是有的。"杨绍饱尝农村工作的艰辛，对支部书记这个位置看得比较淡，去意已决。他毅然拿起一支中性笔，在一张空白纸上刷刷几笔，把辞去支部书记的意思写得清清楚楚，明明白白。

"老兄，你真是一个襟怀坦白的干部。"石秋生被杨绍的爽快感动，啧啧赞叹。

就这样，杨绍辞职了，暂定由村主任杨涛主持工作，上访群众的对立情绪得到暂时化解，但公园占地工作却丝毫没有进展，六成的群众仍然不同意租地，这让区委和镇党委头疼不已。

三、为村求贤

区委、镇党委束手无策，而距离市政府限期完成的时间越来越近。石秋生万般无奈之余，亲自带队，深入全村党员之中，开展促膝谈心活动。谈话内容不外乎两点：一是谁能更好地领导本村？二是谁能把公园租地工作做下去。说到底，就是选人的问题。

通过与党员、群众谈话，石秋生发现党员群众在谈到一个人时，无不跷指称赞，心悦诚服，就像徐庶、司马徽谈到诸葛亮时一样兴奋和推崇。这个人不是别人，正是杨绍的四弟杨宝军。

杨宝军在家排行最小，是个高中生，但有知识，有文化，有能力，领着一班人，长期在外边搞建筑，包工地，事业做得风生水起，日益昌隆。既然是人才，是一匹千里马，石秋生当然不肯错失，当然要做伯乐，把他提拔到能发挥作用的岗位上。他首先找到杨绍，诚挚地说："经过走访党员、群众，大家一致推荐你的四弟杨宝军，认为他为人正派，处事公道，而且能力较强，你对此有何看法？"

杨绍自从辞去支书一职，不仅没有失落，反而有一种无官一身轻的解脱感，听石秋生准备启用他的四弟，不由得扑哧一笑，眼睛闪过两道光，旋即黯淡下来，忧悒地说："四弟当然是个干大事的难得人才，当然是杨村支书合适的人选，只是他外边的事业顺风顺水，正在上升期，哪能看上杨村支书的位置？"

"只要他有这个本事就行。"

"你不死心的话，不妨做一做他的工作，试一试。"听了石秋生这句有些霸道的话，杨绍满面含笑，心里却认为这是不可能的。

不料石秋生双眼紧紧盯着杨绍，将他一军："这个事，镇党委觉得你去做最合适。"

杨绍闻言，把头摇得像拨浪鼓一样，为难地说："石书记，不瞒你说，我对村子早伤透心了。如果镇党委让我做四弟的工作，我只能做他的反面工作，劝他安心在外边干自己的事业，趁着年轻，挣一大笔钱，做一个远近闻名的富翁，比什么都好。决不让他回村蹚浑水，干这个出力不讨好的支书。"

"你说的话，像一个党员说的话吗？"石秋生有意无意地损了杨绍一句。

杨绍霍地站起身，激动地说："我虽然是一名党员，但我更是一个实事求是的人，我不能瞪着眼说瞎话，把黑的说成白的，把白的说成黑的。"

石秋生看杨绍不听使唤，脸陡然拉得很长，生气地说："杨绍同志，你才不干村支书几天，我作为镇党委书记，难道管不着你啦？"

杨绍当了多年村支书，深谙上下级关系，一时心里着急，脸色变得通红，也很正常。如果让他公然惹怒镇党委书记石秋生，他没有这个习惯，也没有这个胆量，想了想，悻悻然坐下来，紧闭嘴巴，沉闷不语。

石秋生把杨绍镇住，用近乎命令的口气，对他不客气地说："至于刚才的决定，我郑重其事地告诉你，这是镇党委的决定，不是我个人的决定。"

杨绍心说，你作为镇党委书记，你不代表镇党委，谁能代表呢？他深深知道石秋生的脾气，自己直言不讳只能损伤两个人之间的感情，一点益处没有，只好屈服地说："镇党委的决定，我不折不扣地执行，我马上跟宝军联系。"他掏出手机，打通杨宝军的电话："老四吗？我是老大。"

手机里传来一个男子浑厚的声音："大哥，有事吗？你说。"

于是，杨绍把前一段时间公园占地、群众集体上访、自己辞职不干、党员群众一致推荐他杨宝军当支书的情况，详细认真给他说一遍，说得很透彻，说得毫无保留，不掺半点假。正像杨绍说的那样，杨宝军在外边干建筑事业风风火火，眼界比较高，根本看不上村支书这个小小的角色，连想都没想，立刻拒绝镇党委的决定："大哥，不是我不给你面子，也不是我不给镇党委面子，我的建筑事业如日中天，正是甩开膀子大干一番的时候。镇党委让我回去当村支书，我根本没有这个思想准备，我也不想有这个思想准备。"说着，咔嗒一声，挂了电话。

"咋样？"杨绍肩膀一耸，无可奈何地说，"当着你的面打的电话，你都听到了，我可没玩鬼把戏，没玩客里空吧！"

"这就对了，党没有白培养你这么多年。"初次碰壁，石秋生并不泄气，他显得很有耐心，"不要慌，慢慢来，只要镇党委认准的事情，一定会设法促成。你随后再与宝军联系，让他仔细考虑一下嘛。"

杨绍见他这样，不敢说二话："好吧，不管到什么时候，我都与镇党委保持一致，与石书记保持一致。"

"如果不这样做，这个糟糕的局面不知将持续到何年何月。"石秋生点下头，站起身，睃了杨绍一眼，走出大门，一副怏然不乐的样子。

第一次碰壁，石秋生并不灰心，心想三国时刘备请诸葛亮出山，尚且三顾茅庐，作为一镇党委书记，自己求贤若渴的胸怀难道还不如古人吗？十几天后，他准备了两件好酒、两条好烟，一件好酒、一条好烟送给杨绍，一件好酒、一条好烟作为见面礼，准备给杨宝军。他让杨绍陪着他，驱车三百里，来到繁华的 A 市，前去杨宝军的建筑工地。

上级领导来给一个曾是他的下级现在又不在台上的村干部送礼物，就好比太阳从西边出来，是十分罕见的。杨绍自然明白其中的含义，他看石秋生一片诚心，非常感动，但他同时很了解四弟杨宝军的脾气，觉得石秋生的想法是剃头挑担子——一头热，便笑着推辞石秋生的邀请："石书记，不是我不肯去，我四弟宝军是个执拗的人，恐怕我一时半会说服不了他。"

石秋生盯着杨绍的脸，挖苦道："上一次你给杨宝军打电话，我怀疑你们在唱双簧戏。"

"上一次打电话，幸亏当着石书记你的面，要不然的话，我可是跳进黄河也洗不清。石书记，你是一个明辨是非、洞察秋毫的领导，谁能瞒得了你那双火眼金睛？"

"装得挺像。"石秋生大概与杨绍关系熟稔，用手指头戳着他的鼻尖戏谑。

"你不能既想让别人出力，又要怀疑、冤枉别人呀。"杨绍好像满肚子委屈，嘴噘得老长说，"我先给你说句丑话，见到四弟后，我没有成功的把握。"

"你尽管跟着我去，成功与否我不埋怨你，我也没指望一蹴而就。"石秋生把话已经说到这个份上，杨绍再不去，很难说过去，只好坐上石秋生的车，奔 A 市而来。

杨绍来过杨宝军的工地好几次，可谓轻车熟路。他们没费多大劲，便到了他们的目的地。这是一个建筑工地，五座楼同时开工，只见大吊车铁臂飞扬，向高高的楼上传送着钢筋、混凝土等各种建材，工人们在各自的工作岗位上，紧张而又愉快地劳动。机器的轰鸣声衬托着工人忙碌的身影，让驻足观看的石秋生在心底深处产生强烈震撼。他觉得杨宝军能领导如此巨大的工程建设，一定是一个了不起的人，更加坚定了邀请杨宝军担任杨村支部书记的决心和信心。

在三间装潢不错的办公室，石秋生见到了杨宝军。毕竟是亲兄弟，杨宝军与杨绍长相酷似，方脸广颡，浓眉下一双大眼睛，但他比杨绍高出一头，与其他男人站在一起，显得更有气场。

"石书记，这就是俺四弟。"

"宝军，这就是我经常给你提起的镇党委书记石秋生同志，石书记今天在百忙中跑这么远来找你，不容易啊。"

杨宝军抢前一步，握住石秋生的手，嘴里说着"幸会，幸会"，把石秋生让到沙发上。石秋生朝司机一摆手，司机会意，抱着烟酒进来，放到地上。杨宝军见状，微微皱起眉头，问：“这是何意？”

“初次见面，交个朋友。”石秋生客气地说。

杨宝军没有生活在真空中，深谙人情世故，对这些迎来送往司空见惯，但他同时是一个党员，不愿意违反党的纪律，很不愿意接受这些礼物，加上他手头宽裕，根本看不上这些礼物，本想直接拒绝石秋生的一番好意，但考虑到一见面便弄得石秋生下不来台，便婉转地说：“你太客气了。”

“不成敬意。”

杨宝军亲自泡上一壶好茶，分别给他们倒了一杯，笑着说：“茶是一位朋友从外国带回的红茶，请石书记品尝。”

石秋生用杯盖轻轻地拨动杯中浮动的茶叶，呷了一口，脸上露出一丝笑意，说：“真香啊。”随后，清一清嗓子，笑道：“常言说，无事不登三宝殿，我这次来拜访宝军，嘴上不说，宝军也知道我的来意。”

“石书记是个爽快人。”杨宝军脸色平静，看不出是喜是忧，“你也现场看到我的摊子了，我哪有分身分心的本事？你的好意我领了，但我不能接受你的邀请，敬请谅解！”

“你是否再考虑一下为妥？不要轻易下决断。”

“我不用多考虑。”杨宝军属于那种直言快语的人，说话斩钉截铁，“我大哥干了多年村支书，也没干出个子丑寅卯，到最后惹了一大片人，忒不划算。我呀，趁早不蹚这潭浑水。”

石秋生试图说转杨宝军：“我知道你有你的事业，但为了把杨村的明天建设得更美好，你作为一名党员，难道不能舍小家而顾大家吗？”

杨宝军不为所动，丝毫没有放松的口风：“这个事还是不谈为好。"

石秋生仔细端详杨宝军的脸色，见他不卑不亢、不软不硬，暗暗思忖：这样谈下去，不会有好的结果。正当石秋生作难的时候，坐在一旁的杨绍看不下去，忍不住说："四弟，你不要太认死理，难道石书记的面子你也不给呀？"

杨宝军脸一绷，坦言无隐："大哥，不是我不接杨村那个烂摊子，而是我确实分身无术。"

石秋生作为镇党委书记，见过各色各样的人物，当然知道怎样与他们打交道。看杨宝军油盐不进，知道再谈下去，会更加尴尬，于是转移话题："宝军，听说这几年你接了不少大的工程，能谈一下吗？"

一谈起自己的建筑情况，杨宝军如数家珍，娓娓道来，把自己当初如何如饥似渴学习建筑知识、如何发展自己的建筑队伍、如何创造一流业绩水平，毫无保留地展现给石秋生。石秋生静静地听讲，不时插上两句话。两个人终于找到共同语言。

时间过得飞快，正当他们谈得很融洽的时候，公司副经理轻手轻脚走到杨宝军的身边，提醒他时晌到了，该吃饭了。杨宝军笑呵呵站起来，邀请石秋生到客厅，进行热情招待。酒足饭饱之后，杨宝军客气地把石秋生送走。

无功而返，石秋生一阵懊恼。两天后，杨绍打来电话，告诉他：杨宝军把他送的烟酒退回，说石书记的好意领了，但不能顶风违纪，违反八项规定。一言以蔽之，无功不受禄，互不为难，让石书记的司机把烟酒自动领回，包括送杨绍的一件好酒、一条好烟在内。石秋生放下手机，摇着头叹道："这对好兄弟，真是……"说不出是佩服，是气恼，还是兼而有之。

其间，几个区领导问到公园占地工作进展情况，石秋生便把自己的苦衷一五一十向他们吐露。几个区领导发扬咬定青松不放松的精神，先后到杨宝军的工地请他出山，其心也诚，其情也真，怎奈他心如磐石，不肯就任。几个区领导为此碰得灰头土脸，一个个乘兴而来，败兴而归，一无所获，苦无妙策。

难道杨宝军比诸葛亮还难请吗？难道他果真看不上杨村支部书记这个位置吗？区委书记李政听罢汇报，决定亲自出马，彻底改变这种"山重水复疑无路"的被动局面。经过石秋生与杨宝军联系，在一个天寒地冻、雪花飘飘的日子里，李政带着石秋生，直奔杨宝军的工地。他们一路无碍，来到杨宝军的办公室，却发现杨宝军不在。与石秋生见过几次面的副经理告诉他们，杨宝军出去洽谈一项非常重要的业务未归，然后通过电话，联系上杨宝军，杨宝军在电话中请他们稍等片刻。他们大老远跑来，觉得不见杨宝军有些亏，只好坐在沙发上，耐着性子细品名著。石秋生心里暗暗嘀咕：这个杨宝军，事先联系得好好的，说在公司恭候，等我们来了，又不见踪影，太不把区委书记当回事啦。

大约一个小时，杨宝军乘一辆黑色的小轿车回来，推开门，抱歉地说："有个重要客户急需洽谈，我估计不影响我们见面的时间，就去了。没想到让二位书记久等，真不好意思。"

"没什么。"李政一笑，显得很大度，"你是一个惜时如金的企业家，恨不得把每一分钟都安排好。"

"这是李书记。"石秋生把李政介绍给杨宝军，李政伸出手，与杨宝军的右手握在一起，直觉那只手从外边带来一股冰冷的寒意，没有恢复正常，但手心却厚厚的。李政笑吟吟地说："久闻盛名。"

杨宝军谦虚地回答："盛名之下，难副其实。"

三个人重新落座，谈笑风生，扯着与这次见面毫无联系的闲篇，谁都不肯揭开真实面纱。一会儿，副经理来汇报："客厅饭已备好。"

李政起身，大大咧咧地说："好，我今天来到杨经理这里，就不再客气了。"说着，朝客厅走去，石秋生、杨宝军一左一右，陪着李政，走进客厅。他们落座，无拘无束吃菜喝酒，淋漓酣畅，当他们喝到高兴的时候，李政突然问："宝军，我有个问题一直悬而未决，说出来请你回答。"

"请李书记指示。"杨宝军似乎知道他要讲什么，含而不露地说。

"村支书虽然小，但也坐镇一方，很多人打破头，争着当村支书，而今却有一人特立独行，区领导、镇领导多次肯綮他出山效力，他对此却不屑一顾，这是何故？"

"谢谢李书记的批评。"杨宝军微微一笑，趁着酒兴，坦诚地说，"人非草木，孰能无情？区领导、镇领导多次来找我，让我担任杨村党支部书记，这是组织对我的信任，我应感谢才是。我之所以没有骤然答应，不是因为我架子大，也不是因为我眼界高。我生在农村，长在农村，深知农村工作的复杂性、艰巨性，这是其一；其二，老百姓现在对金钱对财富的渴盼比什么时候都强烈，如果不能让群众的腰包鼓起来，谁干村支书都会挨骂，我杨宝军是一个凡夫俗子，没有带领群众脱贫致富的本事，趁早不惹这身臊。"话说到这里，他戛然而止。

"你好像没说完。"

"有些话就别讲了，讲了难免伤弟兄们的感情。"

"讲，尽管直讲。"李政想听到他的肺腑之言，催促道，"即使讲错了，讲过了，我也不怪罪你。"

"那我就直讲了。"杨宝军挺直胸脯说，"其三，区政府在杨村有着强烈与群众争利的一面，你们征一亩地给群众十几万元，转手卖几百万元，这合理吗？现在公园占地，连十二万元都不给，这怎么能行呢？我们不妨换位思考。"

"这才是你的真心话，这才是你不担任支部书记的真正原因，业务多只是你搪塞别人的遁词。"李政眼睛一亮，兴奋地说，"你是一个坦直的人，终于说出别人不敢说的实话。"

"其实，业务多、无暇顾及也是实情。"杨宝军被他言中心事，一脸窘相。

"哈哈哈。"李政指着杨宝军，开怀大笑。

"哈哈哈。"石秋生跟着大笑，好像与区委书记保持一致似的，"假如宝军你在杨村支部书记的岗位上，你会怎么做？"

杨宝军不假思索地说："羊毛出在羊身上，既然市、区两级政府不愿出钱，村里只好想办法，即使一亩地补不齐十二万元，也要补个差不多，让群众吃颗定心丸。"

"这个想法不错。"李政敛起笑容，用一双炯炯有神的眼睛盯着他，一语双关地说，"你来试一试？"

"我只是说说而已。"杨宝军觉察自己已进入两位书记布置的圈套，马上金蝉脱壳，顾左右而言他，"我不会干的，如果一定让我干，除非让我说了算，市、区两级政府在杨村从此不再倒腾所谓的土地财政，一切开发皆由杨村自主。"他岂是一盏省油的灯，好像早有思想准备，见到龙兴区当家的，明确提出自己的政治主张，也可以说是他出任杨村支部书记的政治条件。而且这个政治主张很大胆，甚至对市、区两级政府是一种非礼的冒犯和狂妄的挑战，一般的区领导绝不会擅自做主，骤然表态。

再看李政，对着石秋生轻描淡写地说："依我看，宝军提出的条件不高。我们回去之后，开个班子会，研究一下，完全可以答应他的要求。"

"是啊，是啊。"石秋生正在为杨宝军不合脾胃的奢求生闷气，听了李书记的表态，不禁为李书记的心胸豁达、气魄宏伟所感染，暗暗赞叹：到底是区委书记，站得高，看得远。想到这里，他的心中有些羞愧，赶紧亮明自己的态度："宝军，你的胃口真是太大了，幸亏你遇到李书记这样的好领导，成全你五彩斑斓的梦想，如果换成我的话，我可没有这样宏大的气量。"

"李书记如此英明，在下佩服不已。"杨宝军深感李政一片诚意，经过一番认真的深思，含蓄委婉地答应了他的邀请，"至于出任村支书一事，容我再考虑考虑。"

李政没有紧逼，只是大度地说："好。"吃完饭，他与石秋生坐上车，返回洹阳。

四、峰回路转

几天后，石秋生召集杨村全体党员，宣布镇党委决定：杨宝军任杨村党支部书记。

对这次镇党委的任命，全体党员比较满意，因为他们平时了解杨宝军的品德和能力，知道他是一个公道正派、办事能力比较强的热心人。"两委"成员也没有什么意见，因为他们每个人都有自知之明，知道自己的能力与威信无法与杨宝军匹敌，包括村主任杨涛在内，觉得杨宝军才是他们的主心骨，自己心甘情愿当副手。即使那位辞职的杨绍，也说不出什么，如果别人干，他或许出点难题，可现在是他的亲兄弟，与他干区别不大，常言说三步没有两步近。

就这样，杨村结束了群龙无首的日子。杨宝军虽然当上村支部书记，但没有丝毫的轻松感，因为公园占地这个遗留问题仍像一座大山一样，摆在他的面前，他不能不正视，不能不解决，更何况区委、镇党委为了这个问题一直挠头不已。

　　杨宝军上任后的第二天，便找了石秋生、李政两位领导，争取宽松的政策，同时想从上边争取一部分的赔偿金。

　　石秋生除了口头上大力支持他的工作外，对其他任何谈话内容都不感兴趣，认为这是根本不可能的事情："如果说干工作，镇党委尚且能做点主。如果想改变政策，增加赔偿金，这超出镇党委的权限，我不敢表这个态。说句不好听的话，如果能加钱的话，我还用三番五次求你？我早把公园占地这项工作完成了。"

　　至于李政，到底是区委书记，态度非常和蔼，说话的语气不像石秋生那么生硬，对他提出的要求时不时频频颔首，似乎赞成，但提到钱，却是困难一大堆："宝军呀，不当家不知柴米油盐贵，龙兴区财政比较拮据，加上花钱的地方太多，现状是全区上下一分钱掰成两半花，让我给你拨钱，难呀!"

　　"能不能挤一些?"

　　"多少?"

　　"三百万。"

　　李政一听杨宝军要三百万，满脸布满灿烂的笑容，气度雍容，却不肯答应。他连连摆手，笑着说："宝军呀，你平时大手笔惯了，可真能开玩笑。"

　　杨宝军知道他不会答应，只好厚着脸皮，与他不断地讨价还价："一百万？这可是最少的数啦，否则，我真的做不下去工作。"

　　"不可能。"

　　"那能给多少?"

　　李政咬着细碎的牙齿，狠狠心说："顶多十万，再多了，免谈!"

　　"十万?"杨宝军连连摇头，唉声叹气，"杯水车薪，屁事干不成。"

　　"如果不是你的面子宽，如果不是公园占地急用，这十万元也没有。"李政拍着他的肩膀头，笑眯眯地说。

杨宝军脸色涨红，个性十足地说："李书记，全村五百多户，签字一百八十多户，剩余三百二十多户，难啃呀！不给群众点甜头，这工作难做呀！"

面对生气的杨宝军，李政纹丝不动，沉稳地说："我相信我的眼力，你是一个敢闯敢干、顶天立地的男子汉，会有办法的。"一句话，结束他们的谈话。

杨宝军从区委出来，驱车来到南坡地。他走下车，在狭窄的田间小道单独漫步。时值寒冬腊月，从北方吹来的寒风呜呜叫着，像刀子一样刮过他的脸，他除了一种钻心的疼之外，没有别的感觉。但是，他不顾这一切，从北头走到南头，又从南头走到北头，如此来回几次，心绪像一团乱麻，剪不断，理还乱……他经过激烈的思想斗争，最后以拳击掌，拿定主意："上级给钱，公园占地这项工作完成；上级不给钱，这项工作仍然要完成，老子这回豁出去了。"说完，扭身回到车旁，钻进车，呜的一声，朝杨村"两委"办公室疾驰而去。

当杨宝军沉重的脚步声在办公室门口响起时，村主任杨涛哗啦一声打开门，把他让进来。他进到办公室，看见副支书杨红、会计杨林、村委杨东，正用焦灼的目光盯着他。他们几乎同时问他："宝军，钱跑得怎么样？"

此时，杨宝军的心情已经恢复正常，只听他淡然地说："希望越大，失望越大。"

"就知道领导不会答应。"杨东昂起头，撇嘴冷冷地说。

其他几个人陷入一阵难堪的沉默，杨宝军看大家情绪低落，咯咯一笑说："不过呢，我也没有白跑，李书记还是答应给十万元，随后转到咱村账目上。"

会计杨林长叹一声，似乎带着一种抱怨，也似乎充满一丝欣慰："十万元不多，没有达到预期目的，但李书记总算给了个面子，不虚此行。"

"少是少了些，总比没有强。"杨红眼睛里开始跳跃希望的火苗。

杨涛惆怅地说："我们下一步该怎么办？"

杨宝军坐到原来杨绍常坐的那把椅子上，深思熟虑地说："我想全村现在有三百二十多户没有签字，如果一户奖励他们一万元，工作能不能做下去？"

"一户奖励一万元？小户人家都划着一亩地十二万元，可以直接买断他们的土地。"会计杨林瞪大眼睛，惊讶地说。

正在犯愁的杨涛听了杨宝军的话，觉得他不是平白无故说这话的，心中掠过一阵兴奋："大户人家即使买不断，但对他们也是一个刺激，更何况土地承包权仍是他们的，每三年仍给他们租金，等条件成熟了，再买断不迟。"

杨红也备受鼓舞："我敢断言，如果我们手头有三百万元，这项工作定能开展下去。"

杨东提醒道："大家不要高兴得太早，没有钱，说什么都是白搭。"

"大家说得好，巧妇难为无米之炊。"此时，杨宝军的脸部表情平静得出奇，说话的声音不高，但在几个村干部看来，不次于一声晴天霹雳，"既然组织让我担任村支部书记，我必须对得起这个位置，对得起组织对我的信任。我这几年在外边搞建筑，手头有些积蓄。这几天经过反复考虑，决定从我建筑公司的账目上，暂借给村三百万元。等村集体将来有了钱，再还我。"

"宝军，你真是什么都豁出去了，太伟大了。"

"宝军，你不要冲动，你再多考虑一下，这三百万不是一个小数字。"

"你们的好意我领了，但我也不是三岁的小孩子，决定事情也是经过前思后想的，即使将来这三百万元收不回来，也与在座的各位没有任何关系，你们大胆在下边做群众的思想工作。只要把绝大多数的群众思想工作做通了，我掏这三百万元也值。"杨宝军不愧是一个商业巨子，一掷三百万，魄力巨大。

开完会后，杨宝军叫住杨涛和杨林，到银行里立即转账。几天后，在杨村村委，出现熙熙攘攘、人头攒动的景象，群众纷纷笑逐颜开，来领奖励款，与村委会签订公园占地合同，包括三十多户上访户，在一万元奖金的诱惑下，也签了合同。

石秋生听到工作进展情况，高兴地说："真是奇迹呀！杨宝军真是好样的！我要为他请功！！！"

占地工作顺利进行。区委书记李政得到这个消息，长舒一口气，觉得区委从此可以理直气壮面对市委了。他抚今追昔，心潮澎湃，无限感慨地说："没有杨宝军，就没有今天的工作局面，龙兴区委一定不能亏待为此做出巨大贡献的功臣。"

五、上下同欲

春姑娘迈着轻盈的脚步来了，只见一缕缕柔和明媚的阳光照耀大地，杨柳长出嫩嫩的芽儿，鸟儿也展开喉咙，在尽情地啁啾鸣啭。在这充满无限生机的日子里，李政与杨宝军一道，坐着一辆黑色的小轿车，来到公园施工现场。

伫立在空旷的田野里，李政深深地吸一口新鲜的空气，充满自豪地说："宝军啊，看来我当初大老远跑到你的工地，没有白跑啊。"

　　"李书记，你这是赶鸭子上架，我呢，又心肠软，只好勉为其难。"

　　"上任后干了一件很了不起的事情。"李政深有感触地说，"一个公园占地，把区委搅得焦头烂额，我为此伤透脑筋。是你宝军同志，以舍我其谁的胆魄，拿出自己辛苦赚来的三百万元钱，赔付群众，为这项工作画了一个圆满的句号。这不是所有的人都能办到的，也不是所有的有钱的人能办到的。我作为区委书记，在感谢之余，忍不住想问一下，你当时怎么想的？"

　　"自从我担任杨村支部书记那天起，我就把自己的一百来斤交给杨村，下决心干出一个名堂，这样才对得起党组织，对得起李书记，对得起杨村的父老乡亲。说心里话，谁的钱也不是大风刮来的，我也不愿意出那么多的钱，可没有办法呀！我当时在这条小道上从南走到北，再从北走到南，迎着凛冽的寒风，脑子里反复考虑是进是退，是拿钱还是不拿钱，心里翻江倒海，最后拿定破釜沉舟、背水一战的主意。"

　　"难道你不怕打了水漂？"

　　"不怕。"杨宝军掐着腰，眼里闪着战胜一切困难的光芒，"起初也怕过，但不怕的念头最终战胜怕的念头。"

　　"为什么？"李政心中暗暗赞叹这位有胆有识的男子汉。

　　杨宝军深沉地回答："因为怕解决不了问题，怕只能半途而废，怕只能让别有用心的人笑话，怕只能让区委在市委面前丢人，我是个红脸汉，豁出去了。"

　　李政欣赏地说："牢记初心，不辱使命，你真是英雄虎胆。"

　　杨宝军听了，脸色赧然一红，双手合一，谦虚地回答："承蒙书记表扬，不胜惭愧。"

　　李政虽被杨宝军热辣辣的话语感动，但他是一个阅人无数、见过各种大世面的领导，懂得矜持的重要性。他强烈抑制住自己奔腾的感情，用理性的口气说："通过公园占地工作，你得到严峻考验，向区委交上一份满意的答卷。区委不是草木，孰能无情？不能眼睁睁看着你吃亏，会想办法补偿你的经济损失。"

这无疑是杨宝军求之不得的，他用感激的语气回答："谢谢李书记。"

"下一步有何想法？"

"公园顺利占地，公园周围的开发能不能同步进行？"杨宝军看着李书记的脸色，坦然说，"因为一座公园的落成，居住环境得到明显改善，周围的土地与新房价格会飙升到一个非常理想的价位。杨村要抓住这个机遇，对公园周围的土地迅速征收，充分加以开发，把这份红利收归村集体，把杨村集体经济做大做强。"

李政用一双异常有神的眼睛看着杨宝军，饶有兴趣地说："谈谈你的具体想法。"

杨宝军豪情万丈地说："杨村集体经济是脆弱的，太需要发展壮大。我想利用多年搞建筑的优势，成立杨村建筑开发公司，严格制定各项规章制度，照章经营，不出几年，杨村集体经济将会有一个突飞猛进的发展。"

李政瞟一眼杨宝军，心里暗想：难道你是一个纯正的党员，个人没有什么想法？

杨宝军看李政不语，立刻猜透他的心思，坦诚地说："李书记，你一定想，在巨大红利面前，杨宝军是不是有什么不可告人的想法？"

李政没肯定，也没否定。

"我向你郑重保证，在集体利益面前，任何人有不正当的想法都是可耻的，都不能给予支持，包括我在内。我绝不想在这次开发中捞取一分钱，我只想把这份红利做到颗粒归仓，作为杨村今后发展的资金，让全村群众得到从来没有的实惠。”

“我相信，你是一个一心为公、廉洁清正的人，同时我还相信，你能把这件事搞得轰轰烈烈，如火如荼。”面对正直善良、公私分明的杨宝军，李政没有理由否决。尽管区财政非常困难，区委完全可以在开发的过程中插上一腿，分一大杯羹，用来解决全区的燃眉之急，但他何尝不是一个言必行、行必果的领导，他爽快地说：“当初我代表区委，的确答应杨村的土地由杨村开发，毅然把土地所产生的巨大红利拱手让给杨村，不管明智不明智，不管对不对，不管别人在背后怎么非议，我都不能食言。我回去之后，立即召集相关部门，进行专题研究，迅即制定红头文件，把这项工作落到实处。”

李政的表态让杨宝军吃了一颗定心丸，他望着李政一张严肃的脸，血液在脉管里加快流动，不无激动地说：“太感谢李书记啦。”

“我相信，杨村在你的带领下，如旭日冉冉升起，将成为咱们区一颗耀眼的明珠。”

两双熠熠生辉的眼睛交汇在一起，两双有力的大手握在一起。

五天之后，区委红头文件出台，对杨村开发制定了若干条优惠政策，与此同时，杨村“两委”召集村民代表大会，详细阐述未来五年的施政纲领，把开发公园周围土地的想法告诉村民代表。在大会上，杨宝军声情并茂地阐述自己的发展思路：“杨村的土地由杨村来开发，所获红利由杨村的群众共享。这个政策在我来任村支部书记之前，作为政治条件，我向区委书记、镇党委书记提出来，两位书记都是开明的领导，针对杨村复杂的情况，同意我的这个看似要求不高其实很高、看似不苛刻其实很苛刻的条件。我想通过开发公园周围土地，为脆弱的村集体经济注入强大的经济活力，这只是杨村发展战略的第一步。据初步估算，我们在扣除建筑税、建筑材料成本、工人工资后，赚十几亿不成问题。等村集体经济有了十几亿，我们就可以走第二步，实行全村集体改造，让每家每户拥有三套、四套一百五十平方米的新单元房，拥有三十平方米的门面房，使用洁净天然气，到冬天用上热烘烘的暖气。"

"三套、四套？"没等到杨宝军往下说自己未来的宏略，村民代表便用怀疑的口气问。

"一个孩子的三套，两个孩子的四套。"杨宝军用毋庸置疑的口气回答，"三套、四套一百五十平方米的新单元房，可以让三代人住房无忧，三十平方米的门面房则可以让家家户户不缺钱花，这是一幅杨村实现富裕的美好画卷。"

村民代表对杨宝军这个承诺展开热烈讨论，都被他恢宏的气势、真挚的为民情怀感召："宝军的这个规划是宏大的，我们杨村人从来不敢这样想。"

"公园周围土地的开发的确是杨村发展的重要机遇，宝军能争取本村开发，不让外边的开发商开发，这是需要巨大勇气和高超的政治智慧的，难得。"

"宝军作为一个开发商，没有给自己手里揽建筑活儿，而是首先想到村集体，想到全村群众，他的胸襟是多么宽阔，他的道德情操是多么高尚，他的爱民情结是多么深沉，我们应该支持具有这样情愫、胸怀的支部书记。"

"宝军提出的规划看来经过了科学周密的论证，不是空中楼阁，不是海市蜃楼，具有切实的可行性。"

一个村民代表霍地站起，攘臂道："宝军，你是大家的主心骨，咱们相信你，你说怎么干，咱们就怎么干。"

一个村民代表紧跟着说了一句发自内心的话："如果宝军所描绘的蓝图真正得到实现，那宝军无疑是咱村最大的功臣，我们将给他盖一座纪念馆。"

村民代表的情绪迅即被他们二位点燃，他们先后发言，一致表示拥护杨宝军的提议，同意成立杨村建筑开发公司，共同推举杨宝军任总经理，杨涛任副总经理，杨林任总会计。

为增加财务透明，将来对全村群众说得清楚，大家推举三名群众公开监督公司财务。在这三名代表产生过程中，杨宝军提议："一直以来，杨村上访不断，上访户与党支部之间视若仇敌，我想根本原因在于上访户不相信党支部一班人勤政廉政，一心为公。今天为加强监督公司财务工作，我提议杨大生作为上访户代表参与其中，大家看如何?"

主动让对立面监督自己的工作，足以说明杨宝军具有化敌为友的情怀，同时证明他没有贪占公家一分钱的想法。经过一阵短暂的沉默，村民代表为他这个非同寻常的提议爆发出雷鸣般的热烈掌声："宝军这个提议好，我们同意。"

面对这个突如其来的决定，杨大生坐不住了，他站起来，用高亢的声音说："在杨村，谁都知道我是一个二百五，谁见了我怕三分，甚至许多人对我恨之入骨，包括党支部一班人在内，好像我成了杨村一害。可今天，宝军不嫌弃我，居然要我当监督代表。我呢，也不是一块顽石，非常感动，觉得他是一个有胸襟、有度量、有涵养的支部书记，我一定忠实履行自己的职责，对得起全村父老乡亲。"

杨大生这个响当当的表态，引来一片热烈的掌声，大家知道，如果杨大生等上访户与村支部之间的矛盾得到化解，杨村的政治生态环境会得到大大的改善。

能够得到组织大力支持，能够有效地统一群众的思想，杨宝军真正做到上下同欲，而上下同欲则是取胜的法宝。

六、踔厉风发

立说立行，立竿见影。杨宝军把建筑队伍拉到公园施工的同时，在公园门口建了三间大厅，对对面的新小区世纪公寓做了详细介绍，有高耸入云的楼宇，有设计齐全的地下停车场，有碧绿如茵的草坪，有弯弯曲曲的散步小道，有锻炼身体的健身广场，有琳琅满目的超市，社区服务、电子监控以及物业管理一应俱全……在公园门口，让广告公司固定几幅巨大的版面，版面上展现小区的宏伟规划，标明小区地产价格、优惠幅度、竣工日期、联系方式，欢迎有志在此居住的市民投资兴业。

广告打出之后，不断有人来到大厅，咨询相关情况。每当这个时候，工作人员总是面带微笑，不厌其烦地做详细的讲解。聪明的人们听了讲解，在吃透情况的基础上，觉得这是一个具有前瞻性的投资方向，只能升值，不会贬值，如果不捷足先登，将会错失良机，于是有能力的客户纷纷筹资，及时把钱打入公司的财务账号。仅仅一个月，公司便进账十多个亿，数字之大，出人意料，令人咋舌。

面对这个让人欢欣鼓舞的局面，杨宝军恨不能长出三头六臂，加快工作进度。他每天早上五点就起床，中间午休一个半小时，晚上十一点才睡觉，每天工作十四五个小时，一年下来，人整整瘦了一圈，不管是领导同事，还是普通群众，谁看了都心疼不已，纷纷劝他："宝军，怎么瘦成这个样？是不是得什么病了？"

每当这个时候，杨宝军总是乐呵呵地说："谢谢大家关心，我身体结实着呢。"

"悠着点。"

"为了全村群众能过上好日子，我即使再苦再累，也心甘情愿。"

也有不理解杨宝军的，认为他无利不起早，说："杨宝军把自己累成这个样子，如果没有巨大的好处诱惑他，他是根本不可能这样拼命的，除非太阳从西边出来。"

也有说风凉话，不阴不阳、幸灾乐祸的："杨宝军为了捞政绩，什么手段都用出来，瘦成这个样，活该。"

怪话、风凉话以及各种流言蜚语通过不同方式，满天乱飞，杨宝军的耳朵被塞得满满的，都快长出老茧了。每当这个时候，杨宝军淡定自如，就像没听见一样，坦然说："我杨宝军是不是廉洁，是不是一心为集体着想，时间会证明一切。我坚信，群众的眼睛是雪亮的，他们会支持我的。走自己的路，让他们去说好了。"

他顶住来自各方的压力，继续没日没夜，奋战在一线。渴了，喝杯水；饿了，泡一袋方便面；困了，往床上一躺，睡上一觉，起来后擦把脸，接着干。他这种"拼命三郎"的工作精神感动了所有的支部成员，他们按照分工，在各自的岗位上向他看齐，同心协力，忠诚履职，一个个成了"拼命三郎"。

客户不断增加，交款越来越多，像滚雪球一样……他们时不时来到施工现场，期盼着按时交工，按时住进现代气派的小区。

杨宝军理解他们的心情，在他的坚强领导下，工程建设克服各种艰难险阻，保质保量，如期进行。通过三年的艰苦奋战，公园建设如期完成，小区建设如期完成，并顺利交付使用。

客户带着满意的笑容，拿着新房钥匙，搬进宽敞舒适的新房，说不出有多高兴。

在"两委"办公室，会计杨林告诉"两委"成员，在扣除各种建筑税、材料成本、工人工资后，杨村集体账簿净落十五个亿。十五个亿，对杨村的群众来说，那是一个天文数字，从前连想都不敢想，可今天竟然做到了。在这个巨款面前，所有的谣言不攻自破，即使原来对杨宝军抱有成见的上访户杨大生，也对他在这三年来的杰出表现心服口服，见到人便竖着大拇指，连连称赞："杨宝军，真是一个干在一线的时代先锋，真是一个心无杂念的廉洁书记，谁服不服，我服了，谁信不信，我信了。"

有的群众故意调笑杨大生："你不再怀疑杨宝军？"

杨大生连忙回答："以前曾怀疑他放弃那么大的事业，回到咱这个穷村，一定有更大的个人野心。通过三年的观察，从今往后再也不怀疑啦。"

"这就对了嘛，宝军是个什么人，全村群众从小看他长大的，还能看错？"

"真没看错。"

…………

这个成绩的取得，不仅使区委、镇党委、全村群众看到杨村未来充满希望的发展，而且也使那些长期对党支部存有偏见的上访群众看到了杨村未来发展的希望，结束与党支部长期敌对的关系，化敌为友，化干戈为玉帛，投入建设美好杨村的洪流中。

有了这笔雄厚的发展资金，杨宝军的心里踏实了，有底了，振兴杨村、为全村群众造福的劲头更足了。他没有陶醉在现有成绩中，而是快马加鞭，成立全村改造委员会，成员分别由能代表各方的人组成。

改造委员会的成员都是一些精明强干的人，他们把全村的地块做了认真比较，选出两块地势较高、阳光充足、通风方便的地段，作为新区住址。

听说真的要改造分房，许多有想法的亲戚分别通过各种关系和渠道，想把户口迁到杨村，享受本村村民待遇。面对这些蜂拥而至的不速之客，杨宝军迅速召集改造委员会全体成员，研究具体对策。他脸色严肃地介绍情况："全村集体改造，带有很大的福利性质，许多有想法的人纷至沓来，与大家争利。大家说，同意他们来吗？"

杨涛第一个响应他的话题："杨村的福利，只能杨村的群众享受。"

杨大生不甘落后地说："肥水不流外人田，谁也不可能掏钱给别人。"

"这些人想得不错，可也不问一问我们的感受？我看这个问题不需要商量。"村委杨东瞥会计杨林一眼说，"关键是会计必须卡住户口迁进。"

看大家都把目光集中到自己身上，杨林不慌不忙地说："关于这个问题，其实不是今天才存在，早在前几年，一些有所谓'先见之明'的人就开始运作这个事儿。我呢，一直严格把关，对不符合要求的，坚决不同意，坚决不开介绍信。"

"杨林呢，一直是我们杨村的红管家。"杨宝军谈到杨林，心中是认可的，"我们有必要统一思想，防止一些投机取巧的人钻空子。"

大家一致同意杨宝军的提议，并约法四章：不是本村出生的人，一律杜绝办理，包括女儿嫁出去、户口迁出者，一律不得回迁；从本村走出去，已经就业，一律不得回迁；但是，从本村考上大学，正在大学就读的学生以及毕业后没有就业者，正在服兵役的现役军人，均应享受分房待遇；群众必须拆清旧居，才能拿到新居钥匙。

最后，杨宝军总结说："制度一旦确定，就要严格执行，绝不存在下不为例。我首先从自身做起，坚持原则，绝不徇私枉情，希望大家向我看齐，不要做说情的鼓动者；其次，我郑重许诺，只要杨村还有一户群众没有乔迁新居，我就住在原来的住址。"

"我们也是。"杨涛、杨红、杨林、杨东四个人互相看一眼，集体发声。

"大家相信你们，相信你们能够维护好杨村群众的根本利益。"杨大生代表所有的改造委员会成员，两片厚厚的嘴唇颤抖不已，"以前我们见证了宝军和他带领的团队是一群大公无私的人，将来我们仍会见证宝军和他带领的团队是一群大公无私的人。有你们领导杨村，咱杨村群众那是烧了八辈子高香。"

散会后，规章制度及时得到颁布，全村群众拍手叫好，表示拥护。有人看到规定如此严格，只好死了原来那颗牟利的心，有人则不死心，钻天拱地，想方设法弄出些浪花来。

杨宝军的舅舅恰恰就是这样一个人，他仗着与杨宝军的关系，想为自己的儿子谋取一套房子。这天晚上，他趁着皎洁的月色，亲自提着一件饮料，来到杨宝军家。

杨宝军看舅舅晚上来找自己，赶紧把他迎进屋内，热情地说："舅舅，你是长辈，提东西来我家，让我心里过意不去。"

舅舅矮矮的个头，一张饱经沧桑的脸布满皱纹，坐到沙发上，满脸堆笑说："舅舅从小对你亲不亲？"

"打我记事起，就记得舅舅省吃俭用，经常给我买好吃的，对我可亲了，不论到何时何地，我都不会忘记舅舅。"

"你现在是杨村的支书，在全村群众心中的威信很高啊，是其他村干部不可替代的。"

"舅舅，你是谁呀，何必为外甥戴高帽呢？你有啥事，就直接说嘛。"

"既然你让舅舅直接说，那我就直接说了。"舅舅看杨宝军脸色温和，眼里充满希冀地说，"你的表弟谈了个对象，今年想把婚事办了，对象提出要住新房，把我逼得没有办法。以前舅舅从来没给你找过麻烦，今天找你来，想利用你的权力，把你表弟的户口转到杨村，分一套房。"

杨宝军的舅舅是外村人，不是杨村人，在杨村也没有房产。参加杨村福利分房，从哪个方面都说不通。杨宝军面露难色地说："舅舅，你有所不知，我们刚刚开过会，规定截止户口，不让外边的人迁进。"

"你们在大面上做了一些硬性规定，这我知道，也能理解，但你不要忘记，在实际操作中，什么事都存在特殊性，有些人情需要照顾的，必须照顾。以你目前在杨村的权威，稍抬一下手，你表弟的事不就办妥了吗？"

"舅舅，下边群众的眼睛都盯着我，我不能带头开这个口子，不然的话，我今后说话谁还听？更何况即使给表弟迁到杨村，改造委员会也会刷下来。"

舅舅满脸不高兴地说："宝军，你心眼怎么这么死呢？这事能不能办？你给个囫囵话。"

"舅舅，不瞒你说，这事不能办，你就不要为难你外甥啦。"杨宝军不假思索，一口回绝了舅舅的无理要求。

"没想到你的心这么硬，也好，就当你没我这个舅舅，我没你这个外甥。"舅舅觉得再坐下去，也不会有什么结果，腾地站起，一甩紫扉，悻悻走出。

"舅舅，你慢点走。"杨宝军把舅舅送出门外，直至背影消失，才返回家门。他心里明白，舅舅从此再也不会登他家的门。

舅舅走之后，杨宝军想了很多，想到年轻的时候为了干事创业，舅舅曾给予他无私的帮助，眼泪顺着两颊哗哗流淌。经过激烈的思想斗争，他决定不为舅舅的恳请所动，决心按照改造委员会的规定，一条路走到底，宁惹舅舅，不惹全村群众。

此后，不断有人登门讲情，杨宝军都不留情面，一一回绝他们不正当的要求，为此他惹了不少亲戚、朋友、领导和熟人。有的人说他六亲不认，有的人说他不食人间烟火，不懂人情世故……面对各种不友好的议论，他都一笑了之，因为他知道，在他的身后，有区委、镇党委的大力支持，有全村群众的无比信任，他绝不是一个人孤军奋战。在他的带领下，改造委员会全体成员与他一样，坚持原则，秉公办事，排除来自内部和外部的所有干扰。

"潮平两岸阔，风正一帆悬。"经过杨宝军团队的艰苦努力，改造工作正一步一个脚印，昂首阔步，有条不紊地向前推进。

这项改造工程浸透杨宝军团队的心血，思路在一线理清，方法在一线研究，问题在一线解决，只见一幢幢高楼挺拔而起，一片片破旧的棚户区颓然倒下。杨村群众拿着新钥匙，欢声笑语，拎包住进明亮的、宽敞的、舒适的高楼。

当最后一户群众搬进新居，杨宝军才接过改造委员会送来的新钥匙，用实际行动实现当初的誓言，诠释一个村党支部书记应该具有的担当。

在偌大的健身广场，杨村群众每天早晨翩翩起舞，纵声歌唱，来共同庆祝当前来之不易的美好生活。每当杨宝军与他的团队路过此地，看到这个感人的场景，无不露出欣慰的笑容。

七、志存高远

通过改造，杨村的土地不但没有减少，反而增加一千多亩地。如何让这一千多亩地发挥巨大的经济效益，杨宝军和他的团队动了一番脑筋，费了一番心血。

无工不富，他们首先利用离城市、离高速公路较近的地理优势，划出一百亩地，建成一个现代化物流中心。物流中心硬件设施好，服务态度好，出租价格合理，汇聚许多天南海北的客商。他们有的长期租赁，有的临时租用，货物盘进盘出，车水马龙，熙熙攘攘，生意兴隆，利润可观。一年下来，几百万元的利润进了村集体账上。

牛刀小试，初尝甜头，他们紧接着兴办绿色食品厂、面粉厂和针织内衣厂，同时兴建一座五星级宾馆，集住宿、餐饮、洗浴、娱乐、会议等为一体，既安置本村村民就业，又进一步发展壮大集体经济。

对于污染企业，即使能挣一座金山，杨宝军也坚决顶着不办。他有个朋友在钢铁锻轧部门，是个名气很大的技术权威人士，曾三番五次动员他办个钢铁铸造厂，说钢铁铸造厂利润大，他考虑到该企业对周围环境污染大，对村民危害大，便断然拒绝，弄得朋友连连摇头："杨宝军，你还是从前那个认死理的杨宝军，臭脾气一辈子改不了。"

面对多年的朋友，杨宝军不遮不掩，理直气壮地回答："你说得对，我是一个眼睛里揉不进沙子的人，只要损害大家的利益，即使给我一座金山，我也绝对不干。"他是这样说的，也是这样做的，看他如此执拗，如此不顾情面，朋友愤然离他而去。

他的侄子杨帆在物流中心负责摊位工作，因为服务稍微迟疑，引起客户心中不满。客户嘴里开始嘟嘟囔囔："都说杨村物流中心的工作人员服务态度好，今天亲身一试，完全不是这么一回事。"

这句话被杨帆听进耳朵，他是个血气方刚的青年，瞪着眼睛，红着脸，立即回敬客户："我刚才正忙着呢，又不是闲着不给你办，你一分钟也不等，这能算我态度不好吗？你真是的……"

客户看他生气，毫不退让地说："我们是来给你们送钱的，你这是什么态度？"

杨帆不耐烦地说："你愿意来你来，不愿意来你走人，我们物流中心不差你一个人，有你我们挣钱，没你我们照样挣钱。"

"我找你们经理。"客户心底的怒火咕嘟嘟往上蹿，沉着脸不依不饶。

"经理认你是哪根葱？"杨帆瞪着一双眼睛，朝客户吼道。

双方发生比较激烈的争执，两个人忍不住出手，由于客户身材高大，杨帆没有占丝毫便宜，甚至吃了亏。幸亏围观的人拦住，才没造成更严重的后果，但这件事影响甚坏。

客户告到村支部，杨涛客气接待他，因为涉及杨宝军的侄子，他马上给杨宝军打电话，说明事情的原委。杨宝军听了汇报，急急忙忙赶回，召开"两委"会，研究处理结果。他沉着脸，生气地说："没什么好商量的，事情发生在我的侄子身上，必须严肃处理。我建议，开除杨帆。"

杨涛发表了不同的看法："是不是太重了？"

杨红的态度比较温和，主张采取教育的方法："年轻人气盛，我看让杨帆做个检讨，以后注意就行了。"

杨林劝杨宝军："宝军，你是不是有些小题大做？"

杨东也不同意杨宝军的处理意见，他认为一个巴掌拍不响，双方吵架，双方都有责任："其实，客户也有责任。"

谁知杨宝军拍案而起，勃然大怒，声音变得异常严厉："如果杨帆不是我的侄子，你们也许会一致通过开除这个意见。你们这样做，是不是想讨好我？我问你们，客户是什么？"

大家看着从来没生过这么大气的杨宝军，只听他大声说："客户是上帝，客户是杨村的财源，至高无上，至关重要。任何人都要像维护自己的眼睛一样，关心好，爱护好，而不是相反。己不正，焉能正人？打铁首先自身硬，如果不处理我的亲侄子，那么下边再出现与客户发生争执的纠纷，我们将何以面对？如果处理别人，别人一定会说我们拣着软柿子捏，一定不会服气。"

是啊，对干部的裙带关系轻描淡写地处理，以后出现多米诺骨牌效应，何以应对？对这个浅显的道理，"两委"成员不是不懂，但真要硬起手腕，以儆效尤，他们说不出口。

"怎么，还不同意吗？"

"宝军，你真是……"

"如果大家为难的话，我来惹这个人，谁叫他是我的亲侄子？"

在杨宝军的"威逼"下，"两委"成员全票通过开除杨帆的意见。当杨涛把这个处理意见告诉正在大厅等候的客户时，客户连声说："没想到你们杨村的干部不护短，对这件事处理得这么快，对当事人处理得这么重，我佩服，我佩服。"他满脸高兴，十分满意走出大厅，刚走出大厅，便回过头，对来送他的杨涛低声说："其实呢，我也有责任，请你们再商量一下，就甭处理他了，他找个工作也不容易。"

杨涛笑一笑回答："正因为他是支书的侄子，我们才狠狠处理他，这样可在所有在职人员中起到警示作用。如果不处理他，其他在职人员就会群起效仿，就会造成一种不可收拾的糜烂局面。"

客商叹着气离去，杨涛盯着他的背影，直至消失。

杨宝军把处理结果通知杨帆，杨帆当时就气炸了，红着脸冲他喊道："叔叔，你还是我的亲叔叔吗？你怎么总是胳膊肘往外拐？"

"谁叫你是我的亲侄子，不严格处理你，杨村群众怎能服气呢？"

"我就知道你，为了什么党的事业，什么组织原则，什么全村民心，光拿自己人开刀。"杨帆说着，一摔门，气呼呼走了，临走撂下一句话，"此处不留侄，自有留侄处。"

在杨宝军的记忆中，像这样的事情，已经记不清有多少次，如果说他铁石心肠，不懂人情世故，那是大大冤枉了他，其实他是一个有血有肉、重情重义、仗义行侠的热心肠。上访户陈秀萍的老公公突发脑出血，死在家里，是他与支部成员一道，不计前嫌，把死者抬上运尸体的车，送到殡仪馆，跑前跑后，料理后事，直到死者入土为安。几个昼夜不合眼，一双大眼睛布满血丝，憔悴的脸上掩饰不住疲倦，深深感动了陈秀萍。她无限深情地说："从前，我曾不断到市、省、中央信访部门去告状，给区、镇、村找了不少麻烦，但自从宝军你担任支部书记之后，我发现你一心扑在群众的身上，急群众所急，忧群众所忧，帮群众所需，一切把群众的利益放在首位。个人掏钱，解决占地问题，至今没拿回。集体改造，让群众的利益最大化，让群众过上有尊严的幸福生活，你是咱全村群众的贴心人。今后，你就看我的实际行动吧，我要与你保持一致，与党支部保持一致。"

面对思想大转变的陈秀萍，杨宝军充满真情地说："秀萍嫂子，都是街里乡亲，谁还没有不顺心的时候，谁还没有不如意的事情，我所做的一切，都是一个党员应该做的，都是一个街里乡亲应该做的。换上你，你也会这样做的。"

一件事化解上访户与党支部之间的矛盾，杨宝军觉得几天几夜的辛苦没有白付出，非常值得，今后遇到类似的事情，他仍然要干，而且要积极主动干。

一分耕耘，一分收获。杨宝军带领"两委"所干的一件件看得见、摸得着的实事，所上演的一幕幕精彩感人的故事，让全村群众得到从来没想得到的实惠，他们看在眼里，记在心头，像群星拱卫北斗一样，紧密地团结在杨宝军的周围。

在成绩面前，杨宝军没有居功自傲，没有沾沾自喜，没有裹足不前。他以更加开阔的视野和更加广阔的胸怀，瞄准药物生产等一些技术含量比较高的项目，认为村办企业不能停留在原始落后的水平，不能跟在他人的屁股后边跑，而应该走在时代前列，解决当下病人急需的药物。他敏锐地发现，随着现代物质生活的提高，随着现代人们工作节奏的加快，糖尿病患者日益增多，而糖尿病并发肾病者又比比皆是，许多患者痛苦不堪，终日唉声叹气。延缓、减轻和治愈这种疾病的药物，当然就成为一种紧俏的药品，不缺销路。他在充分考察市场之后，觉得胰激肽原酶肠溶片有改善微循环的作用，对微循环障碍性疾病、糖尿病引起的肾病、周围神经病、视网膜病、眼底病及缺血性脑血管病有明显疗效作用，对高血压病也有辅助治疗的作用，是糖尿病患者比较理想的一种药物，便暗暗下定决心，准备筹备杨村生化制药股份有限公司。

挣钱的项目人人想搞，关键是如何掌握胰激肽原酶肠溶片生产的核心技术？如何引进、培养相关方面的技术人才？如何筹措修建生产车间的资金？这三个关键问题就像三座大山，摆在杨宝军和他的团队面前，杨宝军和他的团队为此吃不香，睡不着。

再大的困难，也难不倒杨宝军和他的团队。杨宝军获知中国药科大学药物研究所是研发这种药物的权威机构，便多次打电话联系该研究所，倾诉自己的宏伟理想。接电话的是一个姓赵的所长，明确告诉他，一切可以当面洽谈。

得到明确的答复，杨宝军和他的团队兴奋得一夜没睡好觉。说话比较直接的杨东跟杨宝军开玩笑："宝军呀，为了杨村群众的事业，你每天把自己安排得满满的，神经弦绷得太紧。我说一句破嘴话，你的生命不息，你的奋斗脚步永远不会停下来。"

听了杨东的话，杨宝军动情地说："你说对了，尽管我们是党员，不计名利得失，但老人不是经常说'人过留名，雁过留声'吗？我们每个人都要爱惜自己的名誉，就像爱惜自己的生命一样重要，我今天在杨村的党支部书记位置上，如果不能为杨村群众谋福祉，不能振兴杨村，我就辜负了区委、镇党委和全村父老乡亲对我的殷切希望，不用他们说我，告我，轰走我，我将毫不犹豫辞去现有的职务。"

一番话说得全团队成员心里一阵酸热，双眼潮润，心里暗暗说："杨宝军，真是人民的好公仆。"

经过研究，他们一致同意杨宝军和杨东前去中国药科大学药物研究所，与赵所长当面洽谈。

带着众人的嘱托，杨宝军和杨东买了两张卧铺票，奔南京而来。杨东给杨宝军开玩笑："我知道你买卧铺票的深意。"

"买卧铺票就是买卧铺票吧，还有什么深意？杨东你真逗。"

"宝军呀，你真会精打细算啦，想在火车上过夜，既赶了路，又省了住宾馆的钱。"

"你说得也是，我认为尽管杨村目前的经济状况有所改善，但仍然比较脆弱，我们不能大手大脚。即使将来做大了，我们仍然要保持勤俭节约的优良传统，不能让群众说我们是两个败家子。"

"你真抠门，我真服你了。"

两个人从下午四时坐车，中间坐了十几个小时，来到他们向往已久的南京。刚下车，他们风尘仆仆，直奔中国药科大学药物研究所，见到约好的赵所长。双方稍事寒暄，便转入正题。赵所长笑着说："杨书记的为民情怀让我们研究所所有的同志都很感动，决定把胰激肽原酶肠溶片核心技术转让给你们杨村生化制药股份有限公司，但需要一笔昂贵的技术转让费，需要一笔不菲的技术人才培训费，请问，你们准备好了吗？"

"我们准备好了。"

"考虑到你们刚起步，底子薄，我与两个副所长研究，共同决定：核心技术转让费、技术人才培训费两项合计五千万。"

"五千万？"

"是啊。"

杨宝军与杨东面面相觑，用近乎哀求的口气说："对我们来说，五千万无疑是个天文数字，能不能减少到我们力所能及的数字？"

"这已经够低了。"赵所长冷峻地说，"考虑到你们不远千里来研究所，给你们减少五百万。"

"四千五百万对我们来说，仍然是个天文数字，能不能再减少？"

"你这是得寸进尺。"

杨东笑着说："不是我们得寸进尺，实在是我们杨村的实力有限，赵所长，你开开恩吧，杨村的群众将把你当活菩萨供起来。"

一句话把赵所长逗乐了，指着杨东说："我念你一片赤心，就狠狠心，赔钱大甩卖，再给你们减少一千五百万，剩下三千万，够意思了吧？"

"谢谢赵所长。"杨宝军觉得与赵所长初次接触，赵所长便这么豪爽，自己应该表明感谢的态度，"赵所长对我们够照顾了，为了表达我们的谢意，我们请赵所长吃饭。"

"当前吃饭是个敏感的政治话题，我不能因为吃饭把自己的饭碗砸了。"

"我们可是一片诚意。"杨宝军坚持邀请，大有不请到赵所长不罢休的意思，"请你放心，我花的是我个人的钱，不花公家一分钱，不会让你违反八项规定。"

杨东在一边跟着敲边鼓："是啊，赵所长给点面子吧。"

赵所长经不住他们二位的"纠缠"，勉强答应晚上坐一坐，然后送走他们。他们来到一家小宾馆，两个人合住一间，进行休息调整。当夜幕降临的时候，华灯初上，霓虹闪烁，他们搬着一件二锅头，出现在预订的饭店。赵所长是个守信用的人，领着两个副所长，准时出现。宾主坐定，点菜喝酒，菜过五味，酒过三巡，气氛融洽，说话投机。

当他们喝到高潮的时候，杨宝军趁机谈杨村的过去、现在和将来，说到动情的地方，泪光闪闪，赵所长和两位副所长被他的拳拳爱民之心彻底感动，答应把技术转让费和人才培训费减到一千万元。

事情就在这不经意间办妥，杨宝军和杨东第二天与研究所签了合同，怀着喜悦的心情，坐车返回杨村。杨村两位成员看他眼圈发黑，没精打采，问杨东怎么回事，杨东把杨宝军这几天的辛苦叙述一遍，大家无不心疼地说："宝军，为了杨村，你快要变成一台机器啦。"

杨宝军摇着头，苦笑说："说实话，我也不愿意赶得太紧，只是当时的情势逼得我没办法，好在三位所长讲信用，把转让费和培训费减到一千万。"

"下一步怎么办？"

杨宝军问会计杨林："咱账上的钱够不够？"

杨林皱着眉头说："勉强够给研究所，如果修建厂房，购买机器，就显得捉襟见肘。"

"缺口多少？"

"两千万。"

大家瞅着杨宝军，问他："怎么办？"

杨宝军沉吟半晌，果断地说："真不行的话，开个群众会，看每家能不能临时凑集五万？"

群众会在大礼堂召开，每家参加一个代表。当杨涛说明会议意图，群众对办公司心中疑惑，响应者甚少。杨宝军见状，出人意料地说："既然大家不相信，我杨宝军在这里就给大家一个郑重承诺，将来公司挣钱，是集体的，大家分红；如果赔了，是我个人的，谁还有异议？"

"我们相信宝军，杨村今天的巨变，都是宝军带来的。"群众纷纷慷慨解囊，两千万的集资两天凑齐。

以后的事情一顺百顺，车间盖起来，技术引进来，生产正常运行，药品畅销各地。在此基础上，他们又引进抗癌药物生产线，多柔比星、柔红霉素、环磷酰胺等药物先后投入生产，经济效益非常可观。到了年底，不仅把群众的集资兑现，还盈余两个亿。

八、惠风和畅

经过杨宝军的悉心治理，杨村发生翻天覆地的巨变，成为远近闻名的富裕村、文明村和先进村。

村集体有十几个企业，每年能给村里创收几千万，还有生化制药有限责任公司，每年盈利两个多亿。村里的群众不用出村，就能找到合适的工作。群众每月吃的肉、蛋、奶、面粉、大米和蔬菜等食品是用村里发的购物卡在超市采购来的；年底参加集体分红；每户新房最少三套，多则四套；存款不少于三十万。外边漂亮的姑娘纷纷要嫁到杨村，本村的姑娘则不想嫁到外村，一些名牌大学生慕名而来，要求进村办企业，为杨村的振兴添砖加瓦。

村里在抓好物质文明建设的同时，非常注重精神文明建设。如原来婚丧嫁娶大操大办就是一个非常现实的问题，有的每年随份子钱多则上万元，少则五六千元，碍着面子，不好意思不出，心里却很讨厌："这乡里乡亲，有事通知咱，咱不能不参加。现在的行市一百元拿不出，最少得出二百元，一宗两宗可以，经不住多，一年有了几十宗，唉……"心里怨恨归怨恨，面子上该出还得出，打肿脸也得充胖子。

轮着自己办事，觉得以前出了那么多钱，终于有机会挣回来，照样大摆宴席，看着乡邻乡亲全家汹涌而来，一家占满一桌，嘴上不说，心里却嘟嘟囔囔："上了二百元的礼，来了一桌人，说吧不合适，不说吧赔本，怎么做也不够本。"

出礼的有怨言，办酒席的有怨言，双方均有怨言，长此以往，形成一种人人心里烦、人人都照办的恶性痼疾。

面对这种情况，村"两委"召集村民代表进行研究，经过大家反复激烈的争论，最终形成统一意见，规定不论哪家哪户，都必须遵守"一人一礼"的制度，即：不管全家有多少人，只能来一个人；不管谁家有多少钱，只能上一百元的礼金；每桌八个菜，一瓶酒，一盒烟，剩下的烩菜、馒头管饱。

这个规定引来全村群众的热烈欢迎，彻底改变了大操大办、铺张浪费的陋俗，赢得群众一片赞扬声："这样又恢复到原来谁家办事，大家出手相助，彼此能够接受的好传统，多好啊！"

在此基础上，村支部从党校、名校请来专家、教授，对群众进行思想教育、专业培训和优秀文化的灌输，提高群众的思想觉悟，普及群众所喜爱的专业知识，让群众在中国浓厚的文化氛围中发生潜移默化的变化，如今村里吵骂打架的少了，打麻将的、上访的、犯法的杜绝了，敬老爱幼的多了，纯朴勤劳的多了，爱学习爱上进的多了。每当谈到这个变化，全村群众就会想起杨宝军，一致认为他是全村群众的贴心人。

对群众的评价，区委书记李政认为比较公允，没有溢美之词。为了杨村明天变得更美好，他曾问杨宝军："你已经干得很好了，不知道你今后还有什么想法？"

杨宝军用一种超前的眼光，响亮回答李书记的询问："现在是知识年代，我深感知识的重要性，如果能在杨村建一所综合性大学，让全国各地的青年来我们这里接受良好的教育，今生无憾矣。"

"这个志向太远大。"李政彻底被眼前这个魁伟高大的男子汉折服，由衷地赞叹，"壮哉，杨宝军。"

如果全国的村支书都能像杨宝军一样，锐意进取，埋头苦干，全国农村将会多么壮观。加油啊，那些分布在全国四面八方的村支书们，一定要带领勤劳善良的农民们，把农村建设得花团锦簇！这是时代的强烈呼唤，也是广大农民的强烈呼唤！

相约洹水

（二）

高建军 —— 著

郑州大学出版社

图书在版编目（CIP）数据

相约洹水.二／高建军著.— 郑州：郑州大学出版社，2021.9（2024.6 重印）
ISBN 978-7-5645-7980-7

Ⅰ.①相…　Ⅱ.①高…　Ⅲ.①中国文学 - 当代文学 - 作品综合集　Ⅳ.
①I217.2

中国版本图书馆 CIP 数据核字（2021）第 135082 号

相约洹水(二)
XIANGYUE HUANSHUI(ER)

策划编辑	李勇军	封面设计	孙文恒
责任编辑	暴晓楠	版式设计	孙文恒
责任校对	孙园园	责任监制	李瑞卿

出版发行	郑州大学出版社	地　　址	郑州市大学路 40 号（450052）
出 版 人	孙保营	网　　址	http://www.zzup.cn
经　　销	全国新华书店	发行电话	0371-66966070
印　　刷	山东华立印务有限公司		
开　　本	710 mm × 1 010 mm　1 / 16		
彩　　页	2		
总 印 张	24.75	总 字 数	317 千字
版　　次	2021 年 9 月第 1 版	印　　次	2024 年 6 月第 2 次印刷

书　　号	ISBN 978-7-5645-7980-7	总 定 价	88.00 元（全二册）

　　高建军，作家、诗人，主要作品有：《黑脊梁》、《宋武帝刘裕》（1—2卷）、《文景之治》（1—4卷）、《文峰耸秀》等。《游中山陵》《游周庄》《游韶山冲》《春燕》《独评留侯张良》《如梦令·荷塘秋景》《水调歌头·评典属国苏武》《永遇乐·咏宋武帝刘裕》《卜算子·遥寄相思》《沁园春·凭小乔墓》十首诗词于2007年在"中华当代美德格言诗文选"作品征集活动中荣获一等奖，《文峰之歌》于2012年荣获安阳红旗渠杯征文三等奖。

目　录

短篇小说

散文

诗词

短篇小说

不信东风唤不回

一

洹河像一条墨绿的玉带，飘落在豫北大地。当它行至俺村时，好像有意向南转了一个湾，沿着村子的旁边，静静地向远方流淌。

也许它的形状太像一把椅子，整个村子就好像是坐在椅子里，许多有眼的堪舆先生，只要来到俺村，都说俺村的风水好。

说来也怪，俺村在民国年间，真的出了一个叫张风台的省长，他是清朝晚期的进士，与大名鼎鼎的维新派康有为交情很深，就连后来在豫北大地叱咤风云、纵横捭阖的大土匪王自全，也因早年杀人，不得不投靠他的门路，才保全了一条性命。

到了20世纪七八十年代，国家恢复高考制度，莘莘学子像过独木桥一样，挤破头参加艰难的高考。那个时候因为指标紧张，能考上中专就相当不错了，这意味着他们将跳出农门，不用再面朝黄土背朝天，在当时是很荣耀的事情。令人惊奇的是，邻村很少能考上，而俺村每年总要考上两个，足见堪舆先生预测的准确性。

二

这样兴旺发达的一个村子，却不知从何时起，盛行一个可怕的谣传："村里出了省长这么大的人物，把村里的气脉拔尽了，只要谁家盖楼，谁家就得死人。"

一时间众口铄金，传得有鼻子有眼，弄得全村人议论纷纷，人心慌慌。

村里有不信邪的人，一个姓蔡的农民天不怕，地不怕，勇敢地盖了一间二层小楼，想成为第一个吃螃蟹的人，结果就在他的新楼竣工没多久后，他得了癌症。整个人形销骨立，病容枯槁，胡子邋遢，眼窝深陷，说话少气无力，并很快死了。

这件事给了堪舆先生一个十分重要的宣传机会，他们逢人就讲："不怕你不信神，就怕你家里有病人，蔡家的事情就是一个最好的说明。"

那些本来不信神的人，经过堪舆先生一番说教，也"幡然悔改"，信了那个似是而非的谣传。

三

在计划经济年代，能被安排到供销社上班，那可不是一件简单的事情。村支书在村里有权威，一跺脚四面掉土，神通广大，遇到上面来了商品粮指标，自然先想到自己的女儿，把女儿安插到大路边的供销社，清清闲闲拿着公家的工资，在社会上很风光。

随着女儿年龄的增长，婚姻大事逐渐被提到日程上，一个在外边当兵的小伙子在连队当卫生员，长得英俊挺拔，人很聪明，成了女儿的心上人。一来二往，双方都很满意，就订了婚期，准备到部队完婚。

本单位一个有家室的男职工，对她垂涎已久，听了她即将完婚的消息，如五雷轰顶，本来一颗平静的心变得再也不平静了，思前想后，觉得最好的办法就是阻拦女方去部队。可能不能阻拦住，他心里也没有底，就铤而走险，计划如果劝不住，就把女的杀死。

经过一番精心策划，他开始行动了。那个时候甭说手机少，就是固定电话也很少，他利用这一点，告诉本单位另外一位值班的男职工 A，谎称 A 家里的爱人病倒了。A 听说后，也不辨真假，慌慌张张骑着自行车回家了。他轻而易举把 A 支走了，狰狞的脸上露出得意的笑容。

当天夜里，隆隆的雷声不断滚过供销社的房顶，大雨滂沱，四周一片漆黑。他假惺惺带上一些瓜子、糖果，来到她的值班室，装作关心的样子，与她攀谈起来。纯真的少女也不知道他包藏祸心，从思想上根本没有提防他，一边悠闲地嗑着瓜子吃着糖果，一边把准备完婚的情况告诉了他。听了少女的想法，他再也忍不住了，把自己内心的想法全说出来，想赢得少女的一颗芳心。谁知少女听了他的表白，竟然觉得匪夷所思，立刻拒绝他的要求。他彻底绝望了，露出丑恶凶残的面目，掏出凶器，欲强行与少女发生关系。少女死活不依，拼命挣扎，最后被他捅得面目全非。就这样，一朵含苞待放的蓓蕾凋谢了。

当支书的老婆看到宝贝女儿的尸体时，立即就昏厥过去，醒过来后号啕大哭，无论旁人怎么劝，也无济于事，只知道扯着嗓子哭，哭得旁人心酸不已，泪水涟涟。可人死不能复生，几天后，支书与老婆强忍悲痛，给死去的女儿办理丧事。

这件事虽然过去了，凶手也得到应有的惩罚，然而支书的老婆不是从凶手的身上查找原因，而是从村里的风水，认真查找女儿罹难的原因。

她请来一位堪舆先生看宅，堪舆先生披头散发，装神弄鬼一番，故作高深地对她说："你的女儿被白虎星害了，白虎星就住在生产队的小楼上。"

她听信堪舆先生的胡诌，一怒之下，领着几个本家的青年人，拿着抓钩、铁锤、脚锛子、铁钎，兴冲冲爬上楼顶，三下五除二，把楼掀了。

在场观看的群众一拨接一拨，可没有一个人敢站出来理直气壮地说："这是集体财产，不准破坏。"没有，一个人也没有。他们的脸部表情麻木，看不出他们的内心世界究竟在想什么，也许他们认为，支书的老婆在为全村人除害呢。

从此之后，人们更加相信那个谣传，迷信的思想在全村人的心目中更加根深蒂固。

四

到了20世纪90年代中期，随着经济的发展，农民的腰包逐渐鼓起来，邻村纷纷盖上漂亮的新楼，娶回漂亮的媳妇，而俺村那些老实本分的农民，依旧迷信那个谣传，不敢跨越雷池半步。

也有一些不安分的村民，特别是那些弟兄们好几个的村民，因为在村里要一片宅基地很难，眼看着孩子又到了谈对象的年龄，而女方最简单的要求就是有自己住的新房，至于彩礼多少，还是次要的问题，这可愁坏了那些多子家庭的父母亲。

怎么办？

到城市里买一套两居室吗？摸一摸自己的口袋，钱不够，而且差得比较多。

在本村盖房？钱倒够了，可没有宅基地，村里口风又很紧，根本没有放的迹象。

不是驴不推，就是磨不转，裤裆里打麻将，摆布不开。像这种情况，在俺村少说也有几十户，他们天天抓耳挠腮，想不出什么像样的金点子。

俗话说："车到山前必有路，船到桥头自然直。"当人们被逼得发疯的时候，一个叫徐勇的大龄青年，带头打破这种沉默的僵局。在全村村民的印象里，徐勇是一个正直善良、勤快能干的小伙子，凭着自己的一双手，很快脱贫致富，是一个谁见谁夸的好后生。然而，他与村里的其他年轻人一样，遇到一个最棘手的问题，那就是住房紧张。他相亲好几次，姑娘每次都能相中他的人，可一看他家的住房，头就摇得像小拨浪鼓似的，一去不回头。

在相亲多次均以失败告终的情况下，徐勇看着父母亲的眼睛里布满通红的血丝，心中的怒火就像千尺岩层下深藏的熔岩，喷薄而出。他脱下上衣，狠狠地摔在硬邦邦的地上，冲着父亲大声怒吼："活人不能叫尿憋死，我就不信邪，别的村能盖楼，咱村凭什么不能？"

"盖楼？"两鬓斑白的父亲徐老五直勾勾地看着儿子，嘴角哆哆嗦嗦，半天没有说清一句话。

额头爬满皱纹的母亲周梅两眼一怔，看着雄狮一样狂怒的儿子，嘟嘟哝哝："盖楼，咱村的规矩你又不是不知道，谁家盖楼，谁家死人呀，咱可不能触这个霉头。"

"又是封建迷信那一套。"徐勇挽起袖子，挥舞着粗壮的胳膊，不服气地喊着。

母亲眼圈一红，泪珠扑簌簌滚落下来，说："孩子，你是娘身上掉下的一块肉，娘不可能不考虑你的安全，在这个世界上，谁不是拣平安路走？你要是有个三长两短，娘活着还有什么意思？"

"这……"听了母亲的话，徐勇心软了，语塞了。

"这什么？"徐老五瞪了儿子一眼，板起一张又瘦又长的脸，训斥道，"村里这么多脑子活络的人，都没有戳盖楼这个马蜂窝，就你聪明啊？对神明这种东西，咱是既不敬，也不罚。"

"我跟你们真没什么好说的。"徐勇跺着脚，气咻咻出去了。

饱经沧桑的父亲看着儿子高大的背影，长叹数声。善良的母亲揩干眼泪，轻轻叹道："作孽呀，作孽，是我对不起儿子们。"

五

徐勇从家里跑出来，来到绿茵茵的河岸，躺在草地上，看着一棵棵随风摇曳的柳树，长吁短叹。几只蛐蛐伏在周围草丛的深处欢叫不已，搅得他心烦意乱，骂道："叫，叫，只知道叫，不嫌聒噪。"

"哥，是不是刚刚与咱爹娘争吵，一个人躲在这里生闷气？"兄弟徐飞和徐彪轻悄悄来到他的身旁，一左一右围着他，两张俊雅的脸庞挂着善意的微笑。

徐勇一个骨碌，翻过身来，不耐烦地嚷道："去，去，去！你们又说服不了咱爹娘，来我这里逞什么能？"

徐飞脸一红，不好意思地说："单凭你一个人的力量，拗不过咱爹娘，拗不过咱村的传统势力。"

"都什么年代了，他们还相信什么神呀，什么鬼呀，真能瞎胡闹。"徐彪刚考上大学没多久，算是受过现代文明的熏陶，对封建迷信那一套深恶痛绝。

徐勇耸耸肩膀，双手一摊，无可奈何地说："那你们说怎么办？总不能把咱爹打一顿吧。"

"你疯了？你敢！"徐飞晃一晃拳头，脸色通红，一直红到耳根。

徐彪到底是大学生，说起话来不紧不慢，不愠不火，入情入理："对爹娘不同意盖楼这件事，咱们兄弟仨的心一样不好受，咱们之间不能起内讧。其实让我看这个问题，咱们不能单纯埋怨爹娘，是封建的世俗扼杀了咱们的美好梦想，如果痛恨的话，咱们应该痛恨那些落后而又迷信的思想。"

"只要咱们弟兄仨心往一处想，劲往一处使，咱们就能够战胜那些落后而又迷信的思想，事情就会有转机。"徐勇眼睛一亮，大手一挥，好像一切都在他的掌握之中。

听了兄弟俩的话，徐飞脸色平和许多，内心逐渐恢复平静，但说话依旧那样富有个性："弟兄仨手拉手，心贴心，就一定能够把咱们的楼盖起来，把漂亮的媳妇娶回家。"

"说了算，定了办，风吹雨打也不变，坚决盖。"弟兄仨把他们的手搭在一起，表明了他们战胜封建迷信的决心和信心。

六

在以后的日子，弟兄仨反复做父母的思想工作，有时和风细雨，艳阳高照，有时疾风暴雨，吵吵嚷嚷，最后，父母终于被他们说服，同意盖楼了。

弟兄仨欢欣鼓舞，要了几个香喷喷的小菜，拿了三瓶辣乎乎的白酒，痛痛快快喝了一场，喝得东倒西歪，酩酊大醉，狂呼乱叫，把四邻搅得一夜睡不着觉。

翌晨，他们放了一把长长的鞭炮，用钩机挖开地槽，然后手持铁锹，把黄土和白石灰均匀搅拌，拖来笨重的电夯，接上电源，合上闸刀。顿时，咚咚咚打夯的声音有力地响起来，把四邻吸引过来，人们纷纷投来好奇的眼光。

打罢夯，他们从外村找了十几个泥水匠和小工，热火朝天地干起来，盖了一层，丝毫没有停的意思。

眼看着他们往上边接第二层，邻居慌忙跑到他们家，要求他们停止盖楼，被他们弟兄仨拒绝了。邻居心里暗暗掂量：与他们打架吧，弟兄仨往前一站，一个个虎头虎脑，剽悍绝伦，自己不是他们的对手。

然而，邻居并不死心，多次来他们的耳边絮絮叨叨："多少年了，都没有盖楼的先例，你们偏偏要出格。万一发生对你们、对邻居不好的事，后悔就来不及了。"

徐勇笑着回答："我们不怕，我们做好了各种思想准备。"

"你们这是冒天下之大不韪呀。"邻居见一计不成，就另生一计，恫吓他们。

徐飞脸一红，有点生气地说："你说冒天下之大不韪也好，你说弥天大祸也好，反正我们横下一条心，盖不成楼，决不收工。"

"你们难道不怕闹鬼吗？"

徐彪呵呵大笑，理直气壮地驳斥道："都什么年代了，还讲鬼神，你见过？我见过？谁见过？"

邻居看他们弟兄仨硬头鳖脑，悻悻走了，身后传来他们弟兄仨欢快的笑声。

村民们从此路过，好心劝他们，他们觉得村民们中毒太深，就不听劝说，继续施工。村民们觉得他们不可理喻，一个个摇头而过。

七

大约两个月过去了，一幢三层新楼巍然屹立在俺村南头，弟兄仨再次放了一把长长的鞭炮，欢天喜地搬进去。仿佛他们这一座三层楼是一个世外桃源，与俺村一点关系没有。

有头脑的人清楚，这可是一件新闻，一件开天辟地的新闻。全村人不论妇孺老幼，纷纷投来各种不同的目光。

有不理解的目光，他们窃窃私语："好生生的一个村子，盖什么楼呀？"

有恶狠狠的目光，他们私下诅咒："这几个愣头青又要给村里闯祸了。"

有看热闹的目光，他们用幸灾乐祸的口吻说："等着看徐家的好戏吧，说不定什么时候死人呢。"

也有一种羡慕和赞许的目光，他们捺不住内心的激动，伸出大拇指，连声称赞："这是一群勇敢的先驱者。"

光阴荏苒，日月如梭，几个月一晃眼过去了，这座楼并没有轰然倒塌，而是以崭新的姿态在这块美丽的土地上挺立着。徐家人也没有发生任何灾难，日出而作，日落而息，活得很滋润。徐家的媳妇一个接一个进门，又添了两个胖小子。

村民们开始动摇了，开始怀疑那个神秘的谣传，那个禁锢人们思想达几十年之久的谣传。

每当他们路过这座新楼，他们就会指指点点，开始还只是小声议论，到后来干脆无所顾忌地议论："喂，看来徐家那几个小子干对了。"

"嗯，嗯，他们干对了。"

"咳，我们多么愚昧呀，竟然被堪舆先生蒙蔽了这么多年，惭愧呀，惭愧，谁说东风唤不回！只要决心大，东风定能唤回。"村民们一个个扪心自问，感到无地自容。

没过多久，另外一座新楼拔地而起，带着胜利的微笑，与第一座楼遥相呼应，相互媲美，颇有平分秋色的味道。之后，一幢幢新楼如雨后春笋，应运而生，给这个古老而又美丽的村子增添了不少的亮丽。

全村都盖楼，也没听说谁家出过什么事，那些荒诞而又愚昧的谣传不攻自破，再也没有市场了，人们再也不相信堪舆先生的鬼话，再也不相信封建迷信那一套了。

东风徐徐吹来，带来一缕缕和煦的太阳光线，阳光走进一个个小小的整洁的院落，透过细密的窗纱，沁入人们的心脾。人们生活在现代文明的气息里，欢乐，安详，恬静，和谐。

担当

一

区环卫处运管站的高峰是一个吃苦耐劳、乐于助人的小伙子，不论在单位，还是在居住的街巷，见了同事和邻居，总是笑口常开，乐呵呵的。

七月一个星期六的中午，炎炎的烈日毒晒着大地，清运场没有一片阴凉，没有一丝风，烟尘飞扬，恶臭难闻。

就是在这样恶劣的环境里，高峰与工友们接到一个任务，清运堆积如山的建筑垃圾。他二话没说，钻进温度高达四十摄氏度的驾驶室（人们戏称为铁包机）内，铲、挖、装，热火朝天地干起来。

隆隆的机器声不绝于耳，带着咸味的汗水顺着他的额头、鼻尖、两颊，不停地流淌，与身上渗出的那一部分汗水交融到一块，濡透了他的衣衫。他顾不上喝一口水，拿毛巾揩一把汗，两眼专注地看着机器，机器伸出长长的有力的铁臂，在炙热的地面上不停地铲着、挖着，把垃圾装进停在一旁的清运车上。一辆清运车走了，又一辆清运车来了，车水马龙，络绎不绝，好不热闹。

　　几个小时的作业，即使铁打的人，也有些撑不住，他开始头昏脑涨，耳边除了机器的轰鸣声，什么声音也听不见了。他咬紧牙关，心中暗暗加劲："再坚持一会儿，再努力一下……"

　　完成任务后，他走出驾驶室，后腿一瘸一拐，路都走不好，整个身子像散了架子。回到家里，脱下湿漉漉的衣服，简单冲洗一遍，倒头躺到床上，发出呼噜呼噜的鼾声。

　　到了吃饭的时间，下岗的爱人舒红端上热腾腾的面条汤，搁在茶几上，然后轻手轻脚走进房间，亲昵地呼唤他的名字："高峰，起来吃饭吧。"

　　她叫了丈夫许多遍，昏睡中的高峰似乎听到妻子的呼唤，又似乎没有听到，吧嗒两下厚厚的嘴唇，翻过身子又入睡了，他实在太累了。

　　钟表指针嘀嘀嗒嗒，慢慢地走过一个小时的时间。一个小时的时间在人的一生中也许算不了什么，但对一位热切期待与丈夫按时按点吃饭的贤惠妻子来说，就仿佛熬过了一个春秋。妻子久久地望着累得眼都睁不开的丈夫，一颗颗亮晶晶的泪珠从眼角扑簌簌滚落下来，长叹一声，摇着头把饭端回厨房。

　　当高峰揉着惺忪的双眼，走出卧室，朝妻子抱歉地笑笑时，妻子一声没吭，走进厨房，打开灶火，重新热上面条，给他端至眼前。他闻着香喷喷的面条汤，大口大口喝起来，喉管发出吸溜吸溜的声音，嘴里不停地发出啧啧称赞："真香呀，还是老婆做的饭香啊！"

　　"每月挣的工资不多，天天干的活咋恁多？看把你累得够呛吧。"妻子嘴里嘟嘟哝哝，小声嗔怪着丈夫。

　　高峰停下手中的筷子，看着妻子，平静地说："你也了解你的丈夫，知道你的丈夫不会偷懒耍滑。虽然咱一个月拿两千多元的工资，不太高，但比起那些下岗的工人，算是很幸运的了。"

　　"唉，要说我不了解别人，也许可以这么说，要说我不了解你，那就是咄咄怪事。我太了解你了，你是单位的业务骨干，每天都是第一个到单位，最后一个下班，休息日接到领导临时安排加班的任务，不管在哪儿，不管手边有什么事，都会赶到单位，圆满完成任务。不过我提醒你，你即使再忙，也要注意自己的身体，千万别累病了，要是累病了，咱家可怎么办？倒不是我有意拖你的后腿。"舒红一边说着，一边接过丈夫递过来的饭碗，到厨房盛满饭，轻轻地放到茶几上。

　　"谢谢老婆的提醒，我会注意的。"高峰端起饭碗，喝了一口汤，朴实无华地说，"一个人要有良心，要有担当，不能对不起自己的那份工资，不能让人在背后戳咱的脊梁骨。"

　　他们正说着，门铃"叮咚、叮咚"响起来，妻子抬头一看，只见钟表指针已指向9：30，她站起来，对高峰说："一定是宝贝儿子回来了。"

　　"嗯。"高峰跟着站起来，走出屋外，哗啦一声，拉开临街门闩，趁着明亮的灯光，看到上初中的儿子晓明推着一辆破旧的自行车，走了进来。

　　他亲热地问："儿子回来了？"

　　"回来了。"晓明回答着，把自行车靠到黑暗的墙角，背着沉重的书包，疲倦地走进屋里，揿一下开关，坐下来，掏出书本，开始写作业。

　　夜深了，万籁俱寂，密匝匝的繁星在鹅绒般的夜幕中闪烁着，大街上已阒无一人，偶尔从街巷的深处传来一阵"汪汪汪"的狗吠声。咳，劳累的人们已进入甜蜜的梦乡。

　　当太阳从地平线上冉冉升起的时候，他们的门铃"叮咚、叮咚"地响起来。高峰急忙穿上衣服，趿拉一双拖鞋，来到大门，隔着门缝，看见邻居孙大娘在揿电铃。他打开门，疑惑地问："孙大娘，大早起找我，一定有什么急事吧？"

"高峰，今天俺家搬家，人手不够，你看能不能帮帮忙？"孙大娘年逾花甲，满脸核桃似的皱纹，一双浑浊的眼睛充满期待。

高峰眉头连皱一下也没有，就爽快地答应了："行啊，大娘，今天是星期天，正好有空，你说怎么搬咱就怎么搬。"

听了高峰的回话，孙大娘高兴地笑了，笑得满脸的皱纹都展开了，忙不迭地说："大娘就知道高峰热心肠，一向爱帮助别人。"

送走孙大娘，高峰草草地吃了早饭，换上一双解放鞋，来到孙大娘的家里，肩扛手抬，忙里忙外，跑前跑后，不亦乐乎。

等活儿干完了，孙大娘炒了几个菜，拿了两瓶白酒，想答谢帮忙的人。谁知一扭头，不见了高峰的踪影，打他的手机，里边传来关机的声音，跑到街上找，前后街找遍了，也没找到，急得孙大娘直跺脚，善意地骂道："这个高峰，总是这样，帮了别人，连口水也不喝。"

高峰就是这么一个经得起打听的人，虽然整日里默默无闻，普通得不能再普通，但他与同事们、邻居们关系处得极好，人缘好，口碑也好。

二

天有不测风云，人有旦夕祸福。就在高峰粗茶淡饭的小日子过得安安稳稳的时候，一场突如其来的横祸让他掉入万丈冰窟。

前些日子，高峰开始隐隐约约感到全身有些乏力，他觉得自己正在盛年，不该有什么毛病，就没当一回事，心说凭着自己强健的体质，抗一抗就过去了。谁知他硬扛了一段时间，不良的反应不但没有消除，反而加重了，他胸闷头晕，呼吸困难，实在撑不住了，在同事们的劝说下，走进市人民医院，进行全身检查，结果被确诊为尿毒症晚期。面对残酷的现实，他与常人一样，瞠目结舌，手足无措。

一位上了年纪、头发稀疏的医生像深沉的长者，高高的鼻梁上架着一副深度近视的眼镜，慈祥的脸上始终挂着和蔼的笑容，用和气却异常严峻的口吻对他说："小伙子，什么都不要想了，就一门心思治病吧，我们会竭尽全力，把你的病治愈。"

根据医生的安排，高峰必须采取肾脏移植，才能从根本上治愈这种顽疾。而眼下为了抑制病情发展，他必须先服用降压药等药物，每周做三次血液透析。

他躺在洁白的床单上，心情无限惆怅，嘴上默默念叨："没想到自己年纪轻轻的，却得了这样的病，也不知道能不能治好，也不知道能不能重返工作岗位，天啊，我平时也没干过什么坏事，你为什么对我如此不公呢？"

妻子舒红守在他的床头，脸上始终挂着微笑，想用这种微笑来宽慰自己的丈夫，增强他战胜疾病的信心。

透析机发出咝咝的声音，一切运转正常，脉管的血液源源不断地抽进透析机，其中的毒素和废物被机器分解、过滤掉，再源源不断地被输入脉管里，循环往复，周而复始。

也有吓人的时候，血液透析开始时一切都非常平静，但没过多长时间，透析机发出尖利的报警声，躺在病床上的高峰脸部扭曲，心里极端痛苦，全身肌肉紧绷，整个人蜷缩成一个肉团。

妻子舒红紧紧地攥着他的手，不知所措地问："高峰，你怎么了？"

高峰努力使自己睁开双眼，用尽全身一丝微弱的力量，喊道："疼，疼啊！快叫医生……"

看着丈夫脸部极其痛苦的表情，舒红扯开嗓子，拼命地喊道："快，快来人啊！"

医护人员来了，主治医生来了，脚步声从容不迫。

量血压的护士紧张报告道："高压60，低压40。"

"快抢救。"主治医生低声下令。

高峰被推进急救室，安装上呼吸机，医疗器械碰撞的叮当声，护士来回走动的沙沙声，忙而有序，紧而不乱。

舒红脸色苍白，急忙拨通家人的电话，高峰年迈的爸爸、妈妈和年轻的弟弟都心急火燎地赶来了。他们守在急救室的外边，一个个像热锅上的蚂蚁，心忧如焚，手心里捏着一把汗。

两位老人感到儿子此次凶多吉少，不由得悲从中来，老泪纵横。特别是高峰的妈妈，心中更加难过，一边不停地抹泪，一边哽噎着说："峰儿，你是咱家的顶梁柱，可不能有啥三长两短！老天爷呀，只要峰儿平安无事，我情愿替他。"

时间一分一秒过去了，亲人们的心情非常焦急，短短的半小时，对他们来说，就像熬过了半个世纪。

经过医护人员奋力抢救，高峰从死亡线上脱离回来，慢慢地睁开双眼。

当他看到父母、兄弟、妻子围在床头，心里一热，鼻子酸楚，眼泪顺着两颊流到脖颈，说话的声音很微弱，断断续续："我仿佛置身于一个……虚幻的世界，浑身软绵绵的，一点力气……也没有，谢谢你们，我亲爱的爸爸、妈妈、兄弟和妻子。"

年迈的妈妈拽着他的手，用低沉而又嘶哑的声音说："儿呀，你放心吧，咱家就是砸锅卖铁，也要给你找一个合适的肾源。"

三

三月，春姑娘的脚步姗姗来迟，满眼望去，姹紫嫣红，草长莺飞，一片欣欣向荣。

此时，高峰一家人的心情既高兴，又沉重。高兴的是从省城传来肾源匹配成功的好消息，但换肾移植费用需要二十万元，这对他们一家来说，无疑是一个天文数字。

他的爸爸找到单位，把困难一五一十地告诉了环卫处处长路先清。路先清是一个工作负责、为人仗义的领导，听了老人的话，从一张半旧的椅子上站起来，在一间不大的办公室里习惯性地来回踱步，考虑没多长时间，说出几句非常暖人心的话："老高啊，谢谢你对环卫处的信任，高峰是我们单位一位很好的小伙子，工作上从不讲条件，从不计报酬，没给领导和同事说过一句怨言，大家都打心眼里喜欢他。这几天，他的病牵动了不少职工的心，纷纷跑到我这里，打听他的病情，正好你就来了。"

"谢谢路处长对高峰的夸奖，谢谢同志们对高峰的关心。"满头白发的老人被感动了，眼角滚出两滴豆大的浑浊的泪珠。

只听路处长声情并茂地说："我们生活在一个社会大家庭里，一人有难，大家理应伸出友爱相助的双手。高峰目前的困难，绝不仅仅是他一个人的困难，而是我们大家共同面临的困难，我们一定会千方百计，想方设法，帮他渡过难关。"

"只要高峰能闯过人生这道坎，他一定会知恩图报。"

"让我们共同努力吧。"路处长伸出一双有力的大手，与老人颤抖的手紧紧地握在一起，两颗滚烫的心产生极其强烈的共鸣。

　　在路处长的直接关怀下，党员会召开了，职工大会召开了，一个为高峰捐款的活动展开了。

　　得知高峰要到省城换肾的消息，环卫处的工作人员及其他兄弟单位的干部职工纷纷伸出援手。

　　规费管理中心职工戚德华的家境十分拮据，五年前，她的父亲因脑出血成为植物人，长期瘫痪在床，每月的医药费让她的工资所剩无几，而没有技术的丈夫又没有固定工作，含辛茹苦的母亲还要到一家单位做钟点工，挣一些钱补贴家用……即便如此，她也毫不犹豫地伸出援手，把兜里的钱一把掏出来，全部捐给高峰。

　　就这样，大家你五十元、我一百元、他二百元……仅一天时间就为高峰捐款二万五千元。

　　孙大娘和其他邻居闻讯后，纷纷慷慨解囊，东一家五百元，西一家八百元，凑了一万多元。孙大娘翕动着嘴角，无限感慨地说："高峰平时乐于助人，今天遇到困难，我们不能无动于衷，袖手旁观，我们也要尽一些心，做一些力所能及的事。"

　　高峰的父母每天在外筹钱，借遍所有亲戚朋友，母亲甚至拿自家的房产证抵押，但钱仍然凑不够，而且离二十万元差距较大。高峰一家陷入痛苦和绝望之中。

　　为了不拖累妻子，高峰脸色沉重，向妻子提出离婚请求："舒红啊，我不行了！你还年轻，我不能连累你，咱们离婚吧，孩子归你，将来多培养他。我的灵魂无论在哪里，也就心满意足了。"

　　"高峰，你说啥呢？你把我看成啥人啦！"妻子舒红坚定地说，"我永远不会跟你提出离婚的，你不要多想，只要夫妻同心，一切都会变好的。"

　　就在全家愁眉不展、唉声叹气的关键时刻，路处长来了，脚步显得从容、自信而又坚定，他带来组织的关怀，带来高峰生命的希望。他让司机拿着一捆捆百元的钞票，心情激动地说："我连夜向区工会反映，区工会连夜向市工会反映，市工会的领导非常重视，特事特办，在经费异常紧张的情况下，在最短的时间内给你挤出五万元，相信对你有所帮助。"

这是一个全家人都没想到的喜讯，他们感动得不知道说什么好。

"这真是雪中送炭，谢谢市工会，谢谢党组织。"高峰的母亲抓着路处长的手，浑身颤动不已，心中涌起一线希望。

路处长笑吟吟地说："还有，经过班子会研究，班子成员一致同意，让环卫处借给高峰三万元，从高峰每月的工资里逐步扣除。"

"那太好了，环卫处一班人真是善解人意。"听到路处长的话，高峰母亲眼圈一红，扭过头，忍不住哭了。

"我还没有说完。"路处长意犹未尽，从自己的腰包里掏出一叠崭新的钞票，继续说，"我与高峰朝夕相处，彼此间建立了深厚的友谊。这一万元是我平时省吃俭用节约下来的，微不足道，算是我的一番心意，谁叫我们是难兄难弟啊！"

高峰说什么也不要，架不住路处长一番盛情厚意，无奈地接受了。在场的人全被感动，母亲、妻子嘤嘤而泣，父亲、兄弟、高峰虽然没有哭，也是泪花盈盈，只是强忍着，才没有流下来。

经过多方筹措，手术费终于筹齐了，高峰如期在省城做了肾脏移植手术。

四

在治疗与恢复期间，高峰目睹了不少同类病友的不幸遭遇，有的病友被扶着进来，没几天就被推到太平间；有的病友手术后，看上去精神不错，笑着相约："下次复查身体时再见。"谁知过了一段时间，他来到省城复查身体，却不见病友的人影，向医生一打听，医生缄默不语，他心里顿时明白，没有再往下问。

生命是可贵的，也是脆弱的。每当他遇到这种情况，他就会想起那些曾经帮助他的领导、同事、邻居、亲戚和朋友，正是有了他们的帮助，他才得以渡过难关，幸运地捡回一条命。他暗暗下决心，如果将来能重返工作岗位，一定怀着一颗感恩的心，报答社会，报答大家。

三年养病期间，领导、同事、邻居、亲戚和朋友多次来探望他，每一次探望都让他心里感到暖洋洋的。一次，他感激地对路处长说："没有党组织的亲切关怀，没有大家的热心捐助，就没有我的一切，谢谢你们给了我第二次生命，我将铭记于心，感恩图报。"

"这是组织关怀、大家帮助的结果，我作为单位领导，只是尽了一点应尽的心，做了一点应做的事。"路处长谦逊地说。

贤惠的妻子叹口气，内疚地说："唉，路处长，你看高峰这个身体，真是不争气，要不是这样的话，高峰可是闲不住的人。"

"我了解高峰，请不要多想，任务就一个，好好养病。"路处长不住地安慰高峰。

路处长走后，高峰陷入深思。他越往深处想，心里越忐忑不安："大家捐这么多的钱，太感人啦，要知道，他们一个个上有老、下有小，靠微薄的工资养家糊口，也不容易呀。"他想了许多，也想了好多天，最后毅然决定：还清大家这笔钱。

当他把自己的想法告诉爸爸、妈妈、兄弟和妻子的时候，善良的全家人一致同意他的想法，而且立即付诸实际行动。

为早日还这笔款，高峰全家省吃俭用。三年来，家里人没有买过一件新衣服，没有吃过一顿肉，鸡蛋能省一个省一个，豆腐能省一块省一块，不管吃好吃歹，只要吃饱就行。他时常买一棵菜，顺便捡一袋菜叶回来。别人问他："高峰，捡菜叶干吗？"

他总是双眼躲着别人，搪塞说："啊，喂兔子，喂兔子嘛。"

就这样，全家积攒够几万元。今年三月，高峰感到自己身体基本痊愈，就重新返回心爱的岗位。他走进路处长的办公室，路处长起身相迎，笑眯眯地问："高峰，病痊愈了？"

"承蒙领导关心，基本可以了。"高峰的话不是恭维路处长，而是发自肺腑。

路处长看了他一眼，亲切地问道："谈一谈你今后的想法？"

"我的想法就是好好工作，回报社会，用实际行动报答党组织、领导、同事、邻居、亲戚和朋友对我的帮助。"高峰脸色严肃，说话郑重其事。

路处长沉吟片刻，从关心和理解高峰的角度说："你能有今天，我很欣慰，大家也很欣慰。说实话，你的身体刚刚恢复，还不适合干重活儿，你可以重新回到运管站，但你必须答应我，干一些你力所能及的活儿。"

多么体谅人呀，多么暖人心的话呀！高峰的全身仿佛有一股暖流在流动，他的眼睛开始潮湿。他好像想到什么，从口袋里掏出一万元，激动地说："路处长，感谢你在关键时刻帮助我。"

路处长先是惊讶，然后客气而又真诚地推辞："高峰啊，看病没少花钱，手头肯定紧张。我呢，比你宽裕，你不用急着还我。"

"不仅仅要还你，而且要还大家。"高峰拿出捐款的名单，上边密密麻麻写着一百六十二位爱心工友的姓名。

路处长霍地站起来，热血沸腾，大手一挥，果决地说："不行，坚决不行！"

高峰也站起来，满脸通红，执拗地说："还，一定要还！"

　　两个人僵持不下，一声高，一声低，仿佛在吵架，其他办公室人员听到后，不知道发生了什么事，纷纷拥进路处长的办公室。当他们弄清怎么回事后，全被感动了，纷纷劝说高峰："高峰，你真拗呀。"

　　"我何尝不知道路处长和大家的一片好心，可我的良心一直在责备我，你们不让我还钱，我夜里睡不着觉。"高峰饱含深情，眼圈发红。

　　不管高峰怎么说，怎么闹，他的还款计划还是"失败"了。环卫处全体成员一致拒绝了他的要求。他不死心，多次找领导要求，可想而知，他又多次遭到领导的严词拒绝。领导的态度很鲜明，也很坚决，说其他事可以商量，这个事没门儿。

　　他软磨硬泡，死缠不放。在他的苦苦要求下，路处长终于松口："高峰还款可以，但要环卫处职工表态，只要环卫处职工同意，我就同意。"

　　一天下午，环卫处召开安全生产工作例会，高峰想借此机会，了却自己最大的一桩心愿。

　　当高峰声泪俱下，说明自己的意思时，全场开始没有任何反应，一片静寂，即使落一根细针，也能听见它的声音。这些朴实的职工们被他的不凡举动感动了，一个个再也抑制不住思想的潮水，心潮澎湃。他们暗暗想："真没想到，一个平时话不多、只知道埋头苦干的小伙子，竟能有如此常人达不到的思想境界，多好的人啊。"然而，这种情况没有持续五分钟，全场便出现一阵躁动。大家纷纷说："还款？这怎么行？不可能，不可能。"声音越来越大。

　　"请大家不要乱。"路处长说，"让高峰把自己的心愿了却一下。"

　　全场暂时安静下来，人们的眼睛齐刷刷盯着台上。

高峰站在台上，拿着名单的双手颤抖着，念着一个个熟悉的名字："戚德华、戚德华……薛安庆、薛安庆……"他声音越来越颤抖，而且颤抖得相当厉害，几乎念不下去了。

被点到名字的职工没有一个人上台领款，大家执意不接受高峰的还款要求，他的还款行动再次陷入僵局。

只有戚德华上台了，但她没有领款，只听她情真意切地对高峰说："高峰，我亲密的工友，你的心意大家领了，但这个钱真的不用还。你需要长期吃药，以后用钱的地方还多着呢，只要你能平安健康地和大家一块儿工作，大家就很高兴。大家说，是不是呀？"

"是。"全场爆发出山呼海啸般的声音。

"名字不用点了。"一个职工高声喊道。

"你再点名，咱们就散会。"职工们纷纷站起来，一起喊道。

这最温情的一幕，让全场人一片啜泣。须臾，路处长眼角湿润，向站起来的职工摆摆手，示意大家坐下来，心情无比激动地说："高峰，你看你的还款行动还要不要再进行下去？"

听了路处长的话，高峰心里明白，今天他纵然说破嘴，也没有人上台领款。他流着激动的泪水，从台上走到大家的眼前，向工友们深深地鞠上一躬，哽咽着说："既然大家都不收，那我就再次谢谢大家了。"

路处长重新拿起麦克风，用他那富有激情的声音铿锵有力地说道："今天高峰的举动，充分说明他是一个非常负责、勇于担当的好同志，而大家的表现也同样体现出环卫工人的一种担当精神，我为环卫战线有你们这样的好职工而感到骄傲和自豪，假若我们这个社会、我们这个时代每一个人都具有这种担当精神，那么我们的社会、我们的时代该有多么美好，让我们一如既往，把这种担当精神传承下去吧。"

　　会场再次传来一片啜泣声，再次传来路处长"假若我们这个社会、我们这个时代每一个人都具有担当精神……"的声音。

　　那声音富有激情，充满活力，带着无限的磁性，穿越时空，历久弥新。

买菜

灰蒙蒙的天空飘着小雪，像无根的飘萍一样，纷纷扬扬，落在坚硬无比的水泥地面上，形成一层薄薄的白地毯。

下班的时间到了，郑琦推着自行车，走出机关，一骗腿儿，骑上车，朝菜市场奔来。五分钟后，他来到熙熙攘攘、热闹非凡的菜市场。

"卖白菜啦，卖白菜啦！白菜便宜啦，一块钱三斤。"随着小喇叭响亮的喊声，郑琦情不自禁把目光转向这个不断叫喊的地方，看到一群男男女女围着一个老头和一个中年妇女，抢着购买白菜。

买菜的人们纷纷抱起一颗颗白菜，不停地掰着包在外边的绿莹莹的菜叶，直至露出雪白干净的菜心，才放在电子秤上，然后两只眼睛一眨不眨地紧紧盯着电子秤屏幕，仔细看着上面所显示的数字，一分一厘都算得很清。一会儿，他们一个个砸吧着嘴唇，带着微笑离开菜摊，一边走，一边满意地说："这儿的白菜不错，价钱也不贵。"

郑琦看到这种情况，停下车，把车放在一旁锁好，拔出钥匙，挤进人堆，抱起一棵大白菜，咔嚓一声，把一片又长又绿的菜叶掰下来，扔在铺在地面的单子上，接着又做了一个相同的动作。

"你不能再掰了。"卖菜的老头忍不住了，开始搭腔，只见他一张黑黢黢的脸，额头上满是一道道皱纹，一双昏花的眼睛镶嵌在深陷的眼窝里。中年妇女站在他的身边，说不准是他的女儿，还是他的儿媳妇。

郑琦惊异地问："怎么了？"

老头蹲下来，从单子上捡起绿色的菜叶，无比心痛地说："这么好的菜叶，又嫩又绿，能吃呀。"

郑琦指着刚刚离去的人们，理直气壮地说："他们能掰，我为什么不能掰？我又没搞什么特殊。"

"是没有搞特殊，可这些菜叶又鲜又嫩，价格又这么低廉，你们城里买菜人不能太不像话，能吃的菜叶掰掉就浪费了。"老头嘴唇哆嗦，双手颤抖。

郑琦把菜放在冷冰冰的地上，气哼哼地说："买卖俩心，公平交易，你愿卖就卖，不愿卖拉倒。"

老头双眼瞪着郑琦，恨不能喷出火星，无意中刺了他一句："看你也像一个机关干部，组织平时怎么教育你的？你说这话，脸红不脸红？"

"你？"一股子怒气冲上郑琦的脑门，他刚想发作，中年妇女走上前，拉住他，把白菜过秤，迅速结账，然后劝他离开："他老糊涂了，你甭跟他一般见识。"一句话，息事宁人。

谁知老头不依不饶，嘴里仍然喋喋不休："你们城里人呀，真不知道农民种菜多辛苦啊。"

一句话说得郑琦脸色通红，一直红到耳根，他把菜放到车后座，推开车子，悻悻然要离开菜摊。可转念一想，老头的话尽管刺耳难听，但句句在理，回想自己也是从农村进城的，从小跟着父母种菜，没少吃苦。现如今自己跟着一些没有觉悟的城里人，乱掰农民辛辛苦苦才种出来的白菜，的确有点忘本，有些侵害农民的利益。想到这里，他平抑一下自己愤怒的心情，重新把车子放好，主动走上前，握住老头的手，心平气和地说："大爷，你上了年纪，多说几句没什么。再说，你说的也没有错，是我和那些掰菜叶的人错了。别的人我管不了，但我能管住自己。为了弥补我的错误，我决定把我以及其他人掰下的菜叶全买下，你看这样行吧？"

"那敢情好，那敢情好，可我们也不好意思让你要这些被掰掉的菜叶啊！"老头与中年妇女被郑琦的突然转变和诚挚打动了，喜出望外，然而却站在原地，一动也不动，不相信世上有这样好心肠的人。

"没关系，我毕竟领着一份工资，比你们强。"郑琦蹲下身子，赶紧把那些掰下来的菜叶装进一个大袋子，过秤结账。

老头手里拿着郑琦给的钱，眼角、眉梢挂满灿烂的笑容，千恩万谢，欢欢喜喜把他送走。

郑琦走出老远，依稀听到老头对中年妇女说话的声音："唉，这个人心眼真好。"他听到后，也不回来辩解，心头只是一热，暗暗想："自己今天做的这件事，只是一件再普通不过的事，老百姓却给自己这么高的评价，真是心中有愧，心中有愧呀。"

天空依旧灰蒙蒙的，雪花依旧纷纷扬扬飘着，郑琦用力蹬着车，很快消失在茫茫人海里。

惜福

　　韩远在家中排行老小，大学毕业后被分到机关办公室，当了一名小科员，与他对面办公的梅娴是一位典雅的淑女，经历与他大致相同。他们每天上班，不是抹桌子扫地，打电话下通知，就是写报告材料，经常用一张报纸一杯茶来打发清闲、单调而又枯燥的日子。

　　"这天天干的什么活儿？太无聊了。"韩远皱着两道浓黑的眉毛，拿起茶杯，轻轻拨动杯水上浮着的茶末，啜了一小口，唉声叹气。

　　"可不是嘛，这天天打打电话，下下通知，日复一日，年复一年，也没有新的起色。"梅娴对着小镜子，往薄薄的嘴唇上涂抹着高档的口红，嗲声嗲气地说。

　　一说到工作，韩远气鼓鼓地说："都说咱办公室的干部是'三水'干部，流汗水，喝墨水，没油水，我看一点儿不差。"

　　"可不是吗？"梅娴随声附和道，"俺有个同学做生意发了大财，穿金戴银，吃香喝辣，小车来小车去。人前挺胸凸肚，趾高气扬，对我们这些机关干部根本不屑一顾。"

　　一想到这么憋屈，韩远心中就愤愤不平，把茶杯重重地蹾在桌子上，茶水从杯子里溅出，溅得桌面上都是水。他脸色铁青，咬牙切齿地说："都怨咱命不好，一天才挣一百多元钱，连个大工都不如。"

"天生我材必有用。"梅娴一撇樱桃小嘴，一唱一和地说，"凭着你和我的才干，到什么地方都能挣大钱。"

就这样，两个人上班期间扯着闲篇，把难熬的一晌熬过去，到了下班的时间，他们拿起自己的小包，挎在肩上，悠闲自若地回家。

回到家里，韩远的哥哥从老家打来电话，说明天需要垒一堵院墙，瓦工有了，和泥搬砖的小工没有，问他有没有时间。他连犹豫都没有，就满口答应。吃罢饭，他给领导打了一个请假的电话，领导欣然同意，没说什么。

到了第二天，晨曦熹微，凉风习习，韩远骑着电动车，奔驰在回老家的路上。当他路过零工市场，只见男女老少人山人海、熙熙攘攘，不断传来嘈杂的、讨价还价的声音："一个大工一百四十元，一个小工八十元。"他顾不上看这一切，加快速度，风驰电掣驶过。

十来分钟，他来到熟悉的家门口，看见两个会瓦工的哥哥早就在那里等他，旁边站着一个结实的中年妇女，这是他们从零工市场花了七十五元雇来的小工。

哥哥看了韩远一眼，说："什么也不用说，干吧。"

"好咧。"韩远换上工作服，捋着衣袖干起来。开始的时候，韩远对搬砖和泥有一种新鲜的感觉，干得热火朝天，心里暗暗说："不就是搬砖和泥，有啥了不起？"干了一会儿，才看见太阳从东方的地平线上冉冉升起，向这个喧嚣烦扰的人世间射来万道霞光。他看一眼两个哥哥，见他们正蹲在地上，低着头，用铲子铲起和好的泥，把它们均匀铺展开来，然后按照两个铁钉拉直的细线，把一个个有棱有角的方砖砌直。再看一看女工，手脚不停地忙碌着，不是搬砖，就是和泥，一刻也得不到消停。

干到半晌，汗水顺着韩远的额头、鼻翼、两颊簌簌而落，他感觉有些累了，忍不住跑到水龙头前，拿起毛巾，擦擦脸上的汗水，想趁机偷一会儿懒。没想到他这个小小的心思，立即被他哥发现了，他哥扯开喉咙，喊一声："韩远，搬砖！"

韩远只好低着头，从砖摞子上搬起五块砖，哼哧哼哧放到他哥的眼前。砖不停地搬，泥不停地和，墙不断升高，架子也在不断升高。

搬砖和泥与坐办公室所出的力、流的汗，远远不一样，韩远的新鲜感顿时没了，到了后半晌，他累得气喘吁吁，满头大汗，把砖放到高过一人头的架子上，再也不想动弹。谁知他的哥哥眼睛一瞪，奚落他说："你一个男子汉，连这点苦都受不了，还不如人家妇女。快干，快干！"那语气就像吆喝牲口一样，粗鲁而又不容分辩。

韩远只好咬着牙干起来，任汗水模糊他的视线，也顾不上擦一把。好不容易挨到收工的时候，他赶紧洗把脸，坐下来，吃了两碗面条，滚到床上，发出"呼噜、呼噜"的鼾声。

下午一点半，睡梦中的韩远被哥哥喊醒："起来干活。"他揉着惺忪的眼睛和酸痛的胳膊，嘴里嘟嘟囔囔，极不情愿地出工了。他依旧重复着同样的动作，感到两条腿像灌了铅一样沉重，脑子里一片空白，暗暗后悔自己放着办公室轻松的活儿不干，来干这又脏又累的体力活儿。再看看那位中年妇女，搬砖和泥老练自如，得心应手。他不由得好奇地问道："大嫂，你不累吗？"

"咋能不累？只是干多了而已。"中年妇女笑着，露出一排洁白的牙齿。

韩远瞪大眼睛说："那你还干？"

中年妇女抬起头，平静地答道："不干谁给钱呀？不挣钱咋养活自己？即使这样累的活儿，这样低的工资，也不是天天能轮着，不像你坐办公室，风吹不着，太阳晒不着，雨淋不着，工资按月发卡里，多好呀。"

一句话羞得韩远无地自容，真想找一个地缝钻进去，他赶紧低下头，掩饰自己的尴尬与窘境，暗暗思忖："我本来觉得自己干的活儿最差，拿的工资最低，是世界上最受憋屈的人。谁知道不如自己的人多着呢，也不知道有多少人像自己一样，身在福中不知福！"

太阳依旧射着金灿灿的光芒，韩远强撑着打起精神，埋头苦干，挥汗如雨。说来也奇怪，两只胳膊好像注入一股神奇的活力，居然不酸不痛。在大家的共同努力下，一堵院墙终于垒好，哥哥呷摸着嘴唇，从衣兜里掏出事先准备好的七十五元钱，顺手递给中年妇女，中年妇女数数钱不错，面带微笑，满意地走了，而此时已经日落西山，暮霭四合。

韩远简单洗一下手脚，换上一件干净的衣服，与两位哥哥告别，骑着电动车，回到城里温馨的家。贤惠的妻子端上饭，他匆匆扒了几口，顾不上脱衣服，一头倒在床上，任谁晃动，也晃动不醒。

自从韩远从乡下老家劳动回来，梅娴惊讶地发现：他好像整个变了一个人似的，变得非常珍惜自己的岗位，再也不牢骚满腹，不怨天尤人。

坚持

　　每天早上 6：00—9：30，在永安街与东风路交叉口的东北角，快餐摊主苏弘毅忙得手脚不停，不亦乐乎。

　　一个扎着小辫的姑娘骑着电动车，沿着平展展的大路飘然至他的摊前，动作轻盈而又优美。

　　"美女，您要什么?"苏弘毅年近五十，高高的个头，瘦瘦的双肩，与年龄不太相称的三道皱纹过早地爬上他的额头，一双又细又长的眼睛眯成一条缝，正和善地看着停在眼前的姑娘。

　　也许是与他熟悉的缘故，小姑娘不假思索地说："苏师傅，来一张手抓饼、一块肉排和一袋奶。"

　　"要生菜吗?"

　　"要。"

　　"好咧。"苏弘毅摊开一张预热好的饼，用镊子夹起一块酥香可口的里脊肉，拿刷子蘸下甜面酱，在肉排的两面刷均匀，配上一片绿莹莹的生菜，卷起饼，打好包，递到姑娘的眼前。

　　姑娘接住打好的包，仰脸问："苏师傅，多少钱?"

　　苏弘毅和气地答道："老顾客，老价钱，五元五角，多出的五角钱，就不要了。"

　　"谢谢苏师傅。"姑娘沾了五角钱的光，心里热乎乎的，心说下次还来这里买。她把打包好的食物放进车篓，熟练地微信结账，调转车头，飞驰而去。

姑娘刚走，来了两个上初中的学生，要这要那，苏弘毅不慌不忙，有条不紊，备料精准无误，服务周到细致，让两个初中学生高兴而来，满意而归。

…………

一年三百六十五天，苏弘毅每天都要秉持热情诚实、干净卫生的服务理念服务二百多名顾客，即使淡季，也要服务一百多名顾客，累得他腰酸背疼，可他心里很充实很快乐。

其实，苏弘毅起初并不是干快餐摊的，年轻时候的他同其他风华正茂的青年一样，慕鸿鹄之高翔，弃燕雀之小志，在本村开了一个砖窑，烧起人们盖房的红砖。烧砖窑的日子，是他风里来雨里去摸爬滚打的日子，是他咬着牙关拼死拼活的日子，也是他高歌猛进取得丰硕成果的日子。只要读过路遥的《平凡的世界》，读者无不熟悉小说中的孙少安，孙少安给人留下深刻的印象。而他无疑就是现实版的孙少安，凭着他的精明强悍，凭着他的吃苦能干，他每年都能挣二十多万元，在交通落后、信息闭塞的偏僻乡村，成为远近闻名的有钱人。正当他的事业顺风顺水的时候，国家土地政策发生较大变化，一些砖窑被迫停产。他曾做过许多努力，试图挽救他的砖窑，无奈大政策大气候，谁也不敢保，即使平时在官场吃喝不论的朋友，也爱莫能助，他的砖窑到底没保住。他看着自己经营多年的砖窑，洒泪相别。好在通过这几年办砖窑厂，他拓宽了视野，开阔了胸襟，处理业务和协调人际关系的能力骤然增强，并且积累了丰富的企业管理经验和一百多万元的资金。

此行不留爷，自有留爷处。在苏弘毅的骨子里，深藏着一种傲岸不屈的基因。他很快从停办砖窑的打击中跳出来，把眼光放得更高更远。时值玻璃厂生意兴隆，一些与之相配套的厂子像雨后春笋一样，脱颖而出，其中玻璃材料厂所需石英砂原料用量较大，有着广阔的市场前景。苏弘毅看在眼里，喜在心头，经过反复咨询专家和业内人士，他决定再创业，开采石英砂矿石。

这是一个大手笔，需要投入大量资金。换上一般人，会为这件事愁眉不展，但这难不倒他，因为他过去在开办砖窑厂时帮人帮得多，为人讲义气，讲信誉，加上他善于经营，砖窑效益好，在人们的心中他就是成功的化身。一听说他要兴办新的矿厂，和他接触过的人，几乎都认为他具有智慧超群的前瞻性、分析透彻的洞察力以及挥洒自如的执行力，钱财会像瓢泼一样滚滚而来，让他赚得盆满钵满，没有人怀疑他将来会赔，会赔得一干二净。在这种思想的支配下，大家争先恐后对他大力支持，有的拿五万，有的拿两万，多少不等，他想要的数目很快筹齐。

一位朋友眼睛里充满殷切的希望，紧紧地握着他的手，反复叮咛："弘毅，这可是俺的全部家当，你拿走吧，可要争气呀。"

他拍着胸脯，大声保证："请老朋友放心，石英砂是玻璃厂发展不可缺少的原料，一定会挣钱的。将来你得到的，不单单是本金，还有按二分给你结算的高利息。"

"到时候能不能分一杯香羹，就看你的啦。"

"不相信谁，还不相信我吗?"

这样的期许，这样的承诺，他不知道说了多少遍。拿着亲朋好友凑集的钱，怀着发财致富的梦想，他踏上去大山的路。当他看到这条路坎坷不平，直接影响开矿的交通时，他毅然投资，修了一条长两公里的柏油路，一直修到矿山边。

面对嵯峨的高山、嶙峋的怪石和一眼望不到头的沟壑，他办齐各种开矿手续，买来装载机、空压机、风钻机和矿车，招来几十名熟练的矿工，在这荒无人烟的地方，搭起简易的帐篷，满怀希望地干起来。

从点炮响起的第一声，到矿工们发出"嗨哟、嗨哟"的劳动号子声，到运载车满载矿石，奔向弯远的山脚下，他好像看到自己费了好大的心血，换来的数不尽的花花绿绿的钞票，正在向他和他的工友招手，他的眼睛开始变得湿润……开矿是艰辛的，他同工友们日夜守在工地上，在他们的共同努力下，矿厂的运营还算说得过去。他恪守信用，首先用挣来的钱不断地还朋友的账，给朋友带来一片金色的希望。

然而，到了2019年，玻璃厂连年亏损，石英砂矿石的销路受到较大冲击，他的矿厂实在撑不下去，连自己的钱带朋友的钱全赔净了，他还背上了二百多万的巨债。

赔钱了，赔得很多，赔得很惨，这如何向妻子、儿女交代？如何向亲朋好友交代？绝望之下，他双眼含泪，走向陡峭的绝壁，想纵身一跃，结束自己的生命。当他即将走上一条不归路时，一个念头忽然闯进他的脑际："我这样轻易结束自己的生命，能对得起谁？将来谁来偿还亲朋好友的钱？"想到这里，他收回双脚，开上车，来到父母的坟前，跪下来，痛哭失声："爹呀，娘呀，没材料的儿子来祭奠你们来了，儿现在是一屁股眼窟窿，无颜回家见江东父老，请你们在九泉之下，原谅我吧！帮我渡过难关吧！！"他鼻涕一把泪一把，哭得伤心至极，而长满荒草的坟墓没有任何反应，除了几只麻雀鼓着小小的眼睛，在周围树枝间跳来跳去，喳喳叫着。

他知道，即使哭到天黑，也没有谁理他。无奈之下，他不得不站起来，怀着无比惆怅的心情，离开父母亲的坟，硬着头皮，回到老家，坦然宣布自己的企业赔得一塌糊涂。而过去把他视为财神甚至对他肉麻吹捧的亲朋好友，此时无情地翻脸了，见了他除了要钱就是要钱，恨不能把他剁成肉馅，炸成肉丸子，蒸成肉包子，变成本金和利息。面对这些变脸的亲朋好友的大声数落和近乎残酷的追逼，他天天赔不完的礼，道不尽的歉，含着眼泪，赔着笑脸，心中说不出有多痛苦，有多委屈。实在受不了，只能流落他乡躲债。

从每年能挣二十万的经济能人到债台高筑不能回家的"丧家犬"，中间只有一步之遥。在妻子和亲友的冷眼相视下，苏弘毅经常扪心自问："苏弘毅，难道你就这样甘心被击败吗？不，绝对不，人生如逆水行舟，不进则退。如果你还是一条汉子，你就不能颓废，不能一蹶不振，不能被巨债压死，不能被流言蜚语淹死。要坚强地爬起来，挺起胸脯，去迎接多舛命运的挑战，用自己的智慧和勤劳还清亲朋好友的借债。"

他是这样想的，也是这样做的。他擦干眼泪，决心第三次创业，来养家糊口，偿还借债。这次创业，他反复权衡利弊，没有像前两次那样当什么风光无限的企业家，而是脚踏实地从快餐摊干起。因为他觉得干企业船大难掉头，刚刚受到重创的他没有经济能力重办企业，快餐摊尽管劳累，挣钱少，但风险系数也小，莫因钱少而不挣，莫因摊小而不为，他决定根据自己的实际调整经营理念。

理念的调整让他重振旗鼓，他放下往昔当企业家时比较爱虚荣的架子，爱上了摆快餐摊这个不起眼的职业，穿上围裙，吆喝生意，起初遇到熟人，磨不开脸，感到害羞，久而久之，也就习惯了。无论从月亮馍、肉夹馍到味可滋、优酸乳，还是从燕麦粥、八宝粥、黑米粥、小米粥、南瓜粥到火腿、肉排、手抓饼、毛毛虫面包、肉松法棍、红豆手排包，都是两元三元，最多的不超十元，他如数家珍，信手拈来，有条不紊地拾掇着，打理着。

每年他都要从赚来的钱中拿出大部分，返回生他养他的故乡，找到当初好心好意借给他钱的亲朋好友，先还上本金，再还利息，客气地对他们说："是我对不起你们，是我连累了你们，请大家放心，只要我一息尚存，我一定连本带利还清你们的钱。"

"弘毅，你真不容易，真不容易，换上别的人，早隐姓埋名，躲到一边了。而你却怀着一颗真诚的心，年年来还债，足以说明你是一个人格高尚的人，希望你今后量力而行，还债早一天迟一天我们不说什么。"看到苏弘毅由于还债而过度操劳，以至于不到五十岁就满头白发，亲朋好友终于被感化，渐渐地变得宽容，不再催逼他，知道催逼他也没有用，知道他不是那种有钱不还的人。

亲朋好友不催债了，不等于他肩上的压力减轻了，他十几年如一日，还完一宗是一宗，坚持，坚持，再坚持。即使再苦再累，他也从来不在脸上显现，不在嘴上抱怨。

他坚信，终有一天，他会用磨满老茧的双手，还清那些看似不可能还清的巨债……

五元钱

　　阿云从小缺心眼，斗大的字不识一箩筐，一直到二十六七，才找了一个残疾丈夫，生下一个不聪明的男孩，日子过得紧巴巴的。几年后，残疾的丈夫病恹恹的，提前到阎王爷那儿报到去了。

　　屋漏偏遇连阴雨，人倒霉的时候，喝冷水都塞牙。面对突如其来的变故，阿云与低能的儿子束手无策，整日躲在阴暗低矮的破房里，蜷缩在被褥凌乱的床上，望着黑乎乎的天花板，黯然伤神："看来我这一辈子，只能这样窝窝囊囊地活着了。"

　　正当她捉襟见肘之际，村支部雪中送炭，伸出援助之手。原来，村支书早就发现他们家的困难情况，暗暗动了恻隐之心。他多次召开支部会，针对阿云家的实际情况，制定出具体的帮扶措施。为此，他多次到乡政府请示领导。领导在认真走访的基础上，毅然拨给阿云家几万元，帮助她家盖了五间宽敞的新房。

　　阿云固然缺心眼，但也知道香与臭，知道谁好谁坏。自从她住上新房，对村支书非常感激，觉得他是一个值得信赖的干部。于是，她得寸进尺，三天两头找村支书，缠住他不放，发自内心却又近乎肉麻地说："支书，在俺的心里，你不愧是党的好干部，俺十分感谢你！"

　　听了阿云的吹捧，支书并没放在心上。他根据多年的工作经验，猜想阿云一定有求于他，便微笑着说了几句暖心话："都是邻家背舍的，看着你家过不下去，我不忍心啊。再说了，让老百姓过上幸福生活，是一名村支书应尽的职责。如果说感谢的话，你就感谢党、感谢政府、感谢扶贫政策好了。"

村支书的话感人至深，阿云心里不禁流过一股暖流。她仿佛遇到亲人一样，咧开嘴，憨憨一笑，说："请你好人做到底，再给俺办件事。"

村支书心想，果然不出所料，不由得哈哈一笑："说吧，只要我能办到。"

"能不能帮俺儿子找个媳妇?"阿云道出自己最大的心事。

村支书没有直接拒绝阿云，他望着一脸苦相、没有到衰老年龄却满脸皱纹的她，沉吟片刻，委婉含蓄地说："找媳妇是件大事，不是一天两天能办到的，要慢慢找才行，常言说心急吃不了热豆腐嘛。"

"儿子大了，不找不行啊。"

"请你放心，我一定把这件事当成自己的事情去办。"

听村支书表态如此坚决，阿云把心落在肚里，满意地走了。在以后的日子里，村支书对这件事果然非常上心，说到做到，托了许多媒人，跑了不少路，恨不能磨破嘴皮，才帮阿云的儿子娶了媳妇，了却一桩心事。

儿媳妇家里姐妹多，小时候脸上烧了一个大疤，与阿云的儿子相比，蛮般配的。如果她的儿子学门手艺，打工挣钱，精打细算过日子，维持正常生活不成问题。然而，她的儿子不思上进，好吃懒做，且脾气暴躁，与媳妇天天吵吵嚷嚷，没过多长时间，不得不分道扬镳。

阿云是多年的寡妇，儿子又成了地地道道的光棍，这哪儿还像一个完整的家呢？面对如此糟糕的局面，母子俩向来没有穷则思变的想法，除了大眼瞪小眼，我埋怨你没能耐、你指责我懒惰之外，什么都干不成。甭说创业发展，光他们俩之间的事，都难以说清楚，日子无疑雪上加霜。

没有经济来源的阿云人穷志短，开始向邻居张口借钱，每次也不多，只借五元钱。五元钱对一般人来说，心理能够承受得起。起初邻居连想都没想，便爽快地把钱借给她。

而她呢，噔噔噔跑到小卖铺，买个冰糕，买瓶饮料，花得特快，邻居平时都不舍得买饮料，她竟然连眉头都不皱一下。更令人不能理解的是，她有借无还，从来没有还钱的概念。等钱花完了，跑来再借，好像根本不存在借钱这回事。这让邻居恼火了，找各种借口，婉言谢绝她。她不以为意，笑嘻嘻地嚷嚷："才五元钱嘛，俺有了钱，马上还你。"

邻居看着不知诚信是何物的阿云，反唇相讥："你什么时候才能有钱？你什么时候才能还钱？"

"很快，很快。"阿云似乎尝到了不劳而获的甜头，丝毫没有羞怯的意思，借别人的钱，还要数落别人一顿，"我借你五元钱这么难吗？你看你，乡里乡邻的恁小气。"

"你爱怎么说就怎么说吧，反正不会再借给你钱。"邻居对没有自知之明且纠缠不休的阿云不由得提高嗓门。

正常人吃了闭门羹，必然改弦易辙，而阿云是个典型的缺心眼的女人，哪会识趣而退呢？既然邻居不好借，何不东方不亮西方亮，再向其他没有借过的熟人借？她自以为得计，见到村里的熟人，第一句话便是："唉，借五元钱。"熟人不好意思，从兜里掏出钱，递给阿云。阿云坦然接过钱，该吃的吃，该喝的喝，不消半个小时，便不名一文。也许借得太多了，她已习以为常，不认为这是丢人现眼、矮人一头的事。

有一次，她运气异常亨通，亨通得连她自己也没想到。你猜她在路上碰到谁了？碰到了那位乐施好善的村支书，她走上前，面无羞涩地说："支书，借五元钱。"

村支书也许嫌她丢人，也许怜悯她，不假思索地从兜里大大方方摸出一张一百元钞票，百感交集地说："看你穷的，都成乞丐啦！今天借这个的，明天借那个的，给你一百元，够你花上一阵子的。"

阿云唯恐村支书反悔，赶紧从他手里抢过钱，不停地用嘴唇亲着，嘟嘟哝哝："还是支书好啊，还是支书好啊。"一扭身，跑到小卖铺，买吃买喝，三天没过，花个精光。

看来，村支书的钱同所有借给阿云的钱一样打了水漂，一去不复返。久而久之，阿云借钱不还的名声传遍全村，村民们给她起了一个很不友好的绰号——"五元钱"。只要谁提起五元钱，不管是村干部，还是村民们，立即敏感地意识到她来了，唯恐躲之不及。在村干部的心目中，阿云成了扶不起的阿斗；在村民们的心目中，阿云成了一堆糊不上墙的烂泥，成了村民们正常生活中的麻烦和累赘。

正当人人厌烦阿云的时候，市水厂有偿征用阿云家的耕地，赔偿她二十余万元，她的腰包一夜之间鼓了起来。村民们心说这下好了，阿云得到这么多的赔款，比他们都有钱，再也不用向他们借钱了。至于以前大大小小的借账，自然像肉包子打狗一样，不如干脆一笔勾销。

正当村民们对阿云抱有一线希望的时候，不料没过几天，阿云见到他们，仍然乐此不疲地喊道："唉，借五元钱。"

霎时，村民们面露惊诧之色，一片茫然，不知所措。

十分钟

今年五一，区委常委、宣传部李部长全天带队值班，三个副部长分中午、下午、晚上三班协助他。

值班规律一般上午比较严，今年也不例外，其间市委书记亲自点名，县区一把手和相关值班人员都在岗在位，值班人员除了接几个电话外，没有遇到别的事情，虽然枯燥乏味，却平安着陆。

下午1:00，轮着第二班上岗，宋副部长和办公室师主任来到值班室，发现上一班值班人员早走了，根本没有跟他们交接。宋副部长笑着对师主任说："你看上一班值班人员，真不懂规矩。"

师主任眨了眨眼，笑呵呵地说："人家运气好呗，放上咱俩，不一定有这么好的运气。"

宋副部长皱着眉说："不要耍贫嘴。"

"好咧。"师主任伸伸舌头，扮了个鬼脸。

到了下午3:00，省委通过值班室视频查岗，李部长、宋副部长、师主任全部在岗在位。到了下午4:00，市委督查局查岗，李部长、宋副部长、师主任也全部在岗在位。市委督查局对几位的表现很满意。

等市委督查局走后，李部长、宋副部长、师主任长松一口气。李部长的办公室在隔壁，因为有个人等着向他汇报工作，他叮嘱一声，回办公室听汇报去了。师主任说上楼写个材料，噔噔走了。剩下宋副部长一人，须臾不敢离开值班室半步，熬啊熬，终于熬到下午6：18，因为区宣传部原定下午6：30开一个准备迎接省委的巡视会，宋副部长不知道在什么地方开会，便到楼上找到另外一位主管意识形态工作的马副部长，问道："马部长，6：30在什么地方开会？"

"在宣传部办公室。"

"值班室不能离人，我们正在值班，能不能兼顾一下，换到值班室？"

"老兄说开了，哪有不行的道理？"

听了马副部长的回答，宋副部长很高兴，说："现在是一般的值班，如果是战备值班，一分钟都不敢离开值班室，松骨峰战斗不就是志愿军提前五分钟，截住美军的退路吗？"

宋副部长话音刚落，师主任慌慌张张跑过来，上气不接下气地说："宋部长，市委督查局打电话呢。"

宋副部长立马跳起来，飞跑到值班室，视频对话。市委督查局一位女领导厉声问："你们干什么去了？十分钟没人接电话。"

情急之下，宋副部长乱了方寸，结结巴巴地辩解道："我去问……开会地点。"他心说这样或许能赢得对方的谅解，谁知对方不依不饶地说："这不是你离开的理由。"

这就有些不通情达理了，面对这个苛刻的女领导，宋副部长内心不服地说："再说了，我离开也没有十分钟，只有七八分钟。"

宋副部长越辩解，女领导越生气，因为全市值班人员通过视频都看着呢，不处理宋副部长这班当值的人，今后大家都效仿怎么办？她回答得很干脆："一分钟也不行。"

"对对对，请批评指正。"宋副部长知道对方上纲上线了，辩解没用，只能起反作用。

"写个整改报告，报上来。"

"好。"宋副部长心说真倒霉，揩一把额头上冒出的汗珠，瞟一眼师主任说："写材料是你的强项，你负责完篇吧。"

师主任没说什么，回去后开动脑筋，写了个值班工作整改报告，全文如下：

五月一日下午，市委办公室一行三人对我区值班工作进行了现场检查，值班人员全部在岗。因值班人员所在单位原定于下午召开会议，为避免值班室无人值班，当班人员返回本单位办公室与会议召集人沟通，并要求单位工作人员转移到区委值班室召开会议，造成值班室近十分钟的空档期，其间恰逢市委值班室点名，因此受到批评。针对这一情况，我们深刻反思，举一反三，认真整改。

一、思想上高度重视节假日值班工作。牢固树立"节假日值班工作无小事"的思想，深刻认识节假日值班工作与疫情防控、维护稳定、服务经济社会发展的紧密关系，集中精力全身心投入节假日值班工作中。

二、坚持领导带班、干部值班制度。全体值班工作人员24小时保持电话畅通，值班期间时刻坚守在值班室，不因各种主客观原因擅离值班岗位。

三、严格落实节假日值班各项工作要求。强化学习，增强认识，严格落实节假日期间关于值班工作的各项要求，在严格值班纪律，严格交接班，不脱岗、不离岗等基础上，以高度责任感、使命感，切实妥善做好突发事件等应急应对工作，确保上情下达、下情上传，充分发挥好节假日值班的真正作用。

整改报告通过传真报到市委督查局，三天之后，市委批评通报发下来。宋副部长拿着通报，满脸苦笑，暗想：今后再值班，必须牢记一点，不管什么原因，都要像钉子一样坚守岗位。

闯红灯

　　时间尽管过了两年，但当时闯红灯所遇到的惊险场面，仍然历历在目，让我心有余悸。

　　那天早晨雾霾很大，天空灰蒙蒙的，像有一层铅覆盖一样沉重，空气中有一种碱性的刺鼻味道。我被迫戴上口罩，骑着电动车出门了，没走多远，因为呼出的哈气模糊了眼镜片，只好停下车，摘下眼镜，用手擦净镜片上的哈气，重新戴上，继续前行，可刚走几步，以上情况又出现了……如何解决哈气模糊眼镜的问题，我犯愁了，在还没有普及有金属横梁的口罩前，戴口罩就不能戴眼镜，戴眼镜就不能戴口罩，二者必居其一，不可兼得，这是近视眼戴口罩的痛苦。左思右想，我最后决定保留口罩，把眼镜装进棉袄兜，试了试，尽管看不远，但不至于啥也看不清。

　　到了德隆街与东风路十字路口，前方已亮起黄灯，而一个骑电动车的急速从我的身边掠过，他能过，我为什么不能过？我心存侥幸，可摘下眼镜的我行动缓慢，车子刚到了路中央，红灯闪烁，一辆面包车从北向南飞驰而来，砰的一声，把我撞翻。我跌倒在地，眼看着面包车的后车轮快要碾压我的胳膊，我急忙向左侧翻滚，躲过一劫，后边的一辆棕色桑塔纳紧跟而上，十分危急中我迅疾向右侧翻滚，躲过第二劫，而我的电动车被这辆跟进的车无情地压扁了。

　　短短的十秒钟，我经历一次重大生死考验，幸好后边的车看到前边出了事，纷纷急刹车。前边的面包车停下来，司机跳下车，跑到我的眼前，慌慌张张地问我："有事没有？"

　　"现在没感觉。"因为撞得时间短，身体麻木，暂时不感到疼，我拍下身上的土，实话实说。

　　后边的车主此时跳下车，嘴里低声嘟嘟囔囔："急着送孩子上学，越急越出事，真倒霉。"听说我没事，他心中释然，问我："如果没事的话，你有什么想法？私了，还是公了？"

　　我不是那种不通情达理的人，好商量地说："能私了尽量私了。"

　　"既然人没有事，我们负责把你的电动车修好，怎样？"

　　"行。"我没有多想，答应得很干脆。

　　两个司机说到一边商量，走到西南角，商量各自掏多少钱，不影响别的车辆通行。一会儿，他们把我叫到眼前说："因为我们都有急事，没时间给你修车，我们一个人拿一百元钱，让你把车修好。"

　　二百元修车费，说多不多，说少不少，我心中没底，拒绝了他们的意见："我不要你们的钱，你们还是帮我修车吧。"

　　双方谈不拢，对方报警。一个多小时后，保险公司来了，交通警察来了。两位司机上前说明情况，保险公司说没有包赔的责任，走了。交警个子高高的，一张被太阳晒得黧黑的脸，他打开执法记录仪，把我叫过去，声色俱厉地训了一顿："你闯红灯了，你是在拿着自己的生命开玩笑，你不想活了，这个事你应该负全部责任。"被车撞的我不但没有得到交警的同情和支持，反而被训得里外不是人。

　　末了，他冷冷地问我："你想怎么办？"

　　此时由于撞的时间长了，右侧肋骨隐隐作痛，我考虑到是不是有后遗症，毫不隐瞒地说出自己的想法："一是让对方给拍个片，二是让对方给修好电动车。"

　　交警转向两位司机，征求他们的意见："你们答应他的要求吗?"

　　"责任不在我们，我们本来不该掏一分钱，为了息事宁人，我们答应给他修车费二百元，已经仁至义尽。"

　　双方争论不休，僵持不下，高个子交警看这样吵下去不是办法，果断下了结论："既然谈不妥，那就到肇事处处理。"他沉着脸对我说："按照交通规则，必须先把你的电动车拖到局里，不过我有言在先，你得先交拖运费四百元，将来包赔你多少不好说，能不能包赔你也不好说。"

　　一听说先交拖运费四百元，将来包赔多少、能不能包赔还是个问题，我心里打起鼓，再看一看交警一张公事公办的黑脸，知道到了肇事处，也没有好果子吃，稍微权衡一下，不甘心地让步了。之后，对方给我二百元，各自走人。临走时，棕色桑塔纳司机低声絮叨："原来说的二百元，现在还是二百元，净耽误一个多小时，无聊至极。"

　　受了痛又挨训，我心里有苦说不出，在手机里向领导含糊其辞地请了假，推着电动车来到修理店，修好后返回单位，抽时间去了一趟医院检查，发现没有骨折，只是些软组织损伤，耷拉着脸养了几天。这件事告一段落，可心中的阴影无论如何也难以驱散。

　　通过这件事，我在以后的日子里变得小心翼翼，不管事情再急，只要红灯亮了，赶紧刹车，静静地等待，心说：上次侥幸捡了一条命，以后难道还会有这么侥幸吗? 一定要把坏事变成好事，树牢安全意识。但别人没有我这样的亲身经历，没有我这样的切肤之痛，闯红灯的仍然比比皆是，闯红灯的现象仍然屡禁不止，所造成的悲剧仍然在不断地上演。

　　一天，我正在通过路口等候，亲眼看见一个快递小哥争分夺秒，不减油门，与横穿公路的车辆猛然相撞，只听砰的一声，快递小哥被撞飞七八米远，变得血肉模糊，生命气息全无……

红灯不能闯，闯红灯的代价是巨大的，不能有任何侥幸心理。

"廉洁"书记

20 世纪 90 年代，六月的一天，骄阳似火，炎热逼人。一辆黑色的桑塔纳汽车从永庆乡政府驶出，在柏油路上发出轻快的刺刺声。后车座上，坐着一位梳着背头、容光焕发的肥胖男子，他看上去年纪不过三十左右，实际上已是四十的人了，他不是别人，就是这个乡的党委书记张耀金。

司机小李扭过头，轻轻地问他："张书记，我们到哪里去？"

"到任村去吧，这几天农民正在收割小麦，我得到田间地头看一看，了解民情，做到心中有数。"张书记漫不经心地瞟了他一眼，把头斜靠在软垫上，从兜里掏出一盒摩尔女士烟，抽出一支咖啡色的瘦长烟，叼在嘴角燃着，悠闲地品味着女士烟带来的有点类似巧克力的苦味道，鼻孔里喷出两道浓浓的白烟。

"好咧。"司机小李爽快地答应，揿两下方向盘中间的黑色硬键，小车喇叭顿时发出嘟嘟的声音。

正在路上行走的人们听到这熟悉的响声，赶紧躲在路两旁，朝着车尾啐一口唾沫，小声骂道："龟孙，就知道横行乡里。"

小车飞快地行驶在通往任村的路上，张书记打开车窗，眼睛眯成一条缝，看着路旁，只见一望无际的田野麦穗金黄，随风上下起伏，好像在传递金色的讯息，一波紧跟一波向远方滚去。他不由得睁开一双带着鱼尾纹的眼睛，眉宇间豁然开朗，嘴角露出得意的微笑。

一会儿的工夫，小车来到任村地里。张书记打开车门，走下车，马上感觉到一股热浪扑面而来，他站在田埂头一棵大柳树下，抹一把额头上冒出的汗珠，喃喃自语道："天真热呀。"

不远处，几个农民正低着头，弯着腰，挥舞着明晃晃的镰刀，刺啦刺啦地割着麦子，身后摞倒一捆又一捆。汗水顺着他们的额头、眼角、两颊流到脖子，沿着脊梁沟继续往下流，浑身湿透了，整个人就像刚从浴池里出来一样，但他们浑然不觉，不停地挥舞镰刀，摞翻一大片麦子。

"老乡，请过来一下。"司机小李走到地里，大声呼唤一个正在割麦子的老农民。

这个老农民头戴草帽，腰间系着一条白毛巾，一双长满老茧的双手拿着镰刀，听到小李叫他，他放下镰刀，笑呵呵地走过来，露出一排由于长期吸烟而被熏黑的牙齿，问道："你叫我？"

小李笑着说："准确地讲，是张书记叫你。"

"张书记？哪个张书记？"老农民困惑地问。

小李嘴一撇，说："能有哪个张书记？就是咱们乡党委书记张耀金。"

"哦。"老农民听说乡党委书记叫他，他三步并作两步，急忙来到柳树荫下，哆哆嗦嗦掏出一盒"丝绸之路"，抽出一根烟，递到张书记的眼前，虔诚地说："张书记，没想到这么热的天，你还到地里来察看民情。"

张书记看着老农民递过来的香烟，嫌它档次不高，心里不愿接，可不接吧，又怕传出去，于自己名声不好，他陷入进退两难的境地。不过这点小事难不倒他，他眉头一皱，计上心头，巧妙地打着哈哈：

"老哥呀，你叫什么名字？"

老农民诚实地说："我叫任民。"

张书记面带笑容，继续和蔼地问道："任民大哥，今年的小麦收成怎么样？"

一说到小麦的收成，任民满脸皱纹地笑开了，高兴地说："张书记，不瞒你说，今年小麦丰收了，一亩地能打一千二百多斤。"说着，把烟重新递过来，一副非常诚恳的模样。

张书记再次婉言谢绝："任老哥，夏天风大，小心失火。"

一句话说得任民频频点头，可他不愿放弃与乡党委书记联络感情的机会，执着地说："只要咱注意点，没关系。"第三次把烟递到张书记的眼前。

张书记绕了这么大一个圈子，仍然没能摆脱任民的纠缠，实在没辙，从自己的兜里掏出一支摩尔女士烟，狡黠地说："任老哥，我吸不惯你那个，我吸这个。"

任民赶紧擦着火柴，给张书记点燃。就这样，两个人在柳树荫下各吸各的烟，侃了一会儿大山。等张书记即将离开的时候，任民不失恭维地说："张书记呀，你真廉洁，没想到你一个堂堂的乡党委书记，竟然还吸'黑雷管'！"

"黑雷管"是邙山烟的代名词，是一种非常低廉的烟卷。张书记先是一愣，然后马上明白过来，嘴里哼唧哼唧，点着头，强忍住笑，没有笑出声来。

"只是……"任民吞吞吐吐，欲言又止。

"只是什么？"张书记心中一惊，心里暗暗嘀咕，眼前这个老实巴交的农民是否已看破自己的隐秘？

只听任民含含糊糊、疑惑不定地说："只是你吸的这个'黑雷管'，比我见的那些'黑雷管'要长一些，要细一些。"

张书记见他没有识破自己的秘密，诡谲地说："除了这个区别，二者没有什么区别，我吸的这个'黑雷管'，是邝山2号，卷烟厂刚刚出产。"

"张书记真廉洁呀，真廉洁，我还没见过你这么廉洁的乡党委书记。"听了张书记的解释，任民深信不疑，小声嘟嘟哝哝，转身向地里慢慢走去，一边走一边扭过头，用无限崇敬的目光看一眼张书记。

张书记盯着他的背影，返回车里，忍俊不禁，捧腹大笑，笑得浑身肥肉直颤抖，眼泪直掉，他今天算是彻底领教了一个偏僻地方农民的无知与落后。

司机小李问他："还往别的地方去不去啦？"

他嘻嘻一笑，心情无比愉快地说："打道回府，打道回府，今天真能把人乐死。"

…………

命运弄人

　　秦燕是个身材高挑、脸蛋俊俏的女孩，毕业之后被分到幼儿园工作，成为一名幼教。

　　幼教是一项琐碎烦冗的工作，需要耐心细致，而秦燕是个心高气傲的女孩，总想干一些让人刮目相看的大事，天天面对那些天真烂漫、稚气未脱的幼童，心里不胜其烦。她想跳出幼教这个行业，为此到北京一所大学自费进修，进行知识充电。在这里，她严格要求自己，不仅学会舞蹈、演讲，还阅读大量文学书籍。功夫不负有心人，三年后，她学成归来。区教育局鉴于她的知识水平有明显提高，让她继续待在幼儿园会大材小用，埋没她的才学，便根据她的实际情况，把她调到一所小学去任教，她想进步的梦想第一次得到实现。

　　她的功底很扎实，教小学绰绰有余。很快，她的教学成绩在同行中名列前茅，被评为优秀教师。在全区一次演讲比赛中，她的演讲才能得到最大程度的发挥，她那姣好的面容、充沛的感情、得体的手势、流畅的语言以及娴熟的技巧，打动了所有的评委，征服了所有的观众，获得一等奖。考虑到她的优秀，领导推荐她参加市里一次重要演讲，她没有辜负领导的期望，再一次载誉而归。在一次大型演出活动中，她作为领舞演员，趁着皎洁的月色，像从天宫降落的嫦娥一样，飘飘欲仙，表演非常出色，令观众叹为观止，对她报以长时间热烈的掌声，给领导留下深刻而又美好的印象，没过多久，被破格提拔为区舞蹈家协会主席，她再一次沉浸在成功的喜悦中。

她的优秀不仅体现在教学上，还体现在社会活动中。为了进步，每逢双节，她都会拎着大包大包的礼物，或者购买几张购物卡，每张购物卡的面值都不等，有五百元的，有一千元的，有两千元的，脸上带着灿烂的甚至是谄媚的微笑，穿梭于那些决定她命运的领导之间。大官大送礼，小官小送礼，她不断地重复着一句话："些许礼物，不成敬意，万望笑纳，嘻嘻。"

有的领导态度平易近人，温和地对她说："小秦啊，来就来呗，拿什么礼物。"

"过节嘛，人家想着领导。"秦燕心里尽管不情愿给领导送礼，但嘴上仍然抹蜜似的，尽拣好听的话说。

领导客气地说："以后不要乱跑啦。"

"好，好。"秦燕嘴上答应着，心里却暗暗说，如果不是想提拔的话，龟孙才愿意来回跑，才愿意厚着脸皮送礼。但不管领导怎么虚情假意地说，她该送照样送，风雨不动，雷打不散。

遇到那些不了解她的领导，因为摸不准她的脉搏，一点不肯通融，经常把她拒之门外。即使她强进人家的门，撒下礼物和购物卡，撒腿就走，好脾气的领导会让通讯员和秘书给她退回，脾气不好的则干脆扔到门外。遇到这种情况，她仍然强作欢笑，夸奖领导两袖清风，廉洁正直。多年的摸爬滚打，使她对错综复杂的人情世故看得更清楚，不由自主地沾染上见人说人话见鬼说鬼话的恶习，同时练就不怕挫折不怕失败的良好心理素质。

种瓜得瓜，种豆得豆。经过她不懈的努力，她被调到区教育局教研室，分管语文教课，并被评为三八红旗手，换来优裕的工作岗位和炫目的崇拜，又一次成为时代的宠儿。她的奋斗经历恰好证明人们常说的一句话，当好运来敲门的时候，挡都挡不住。她觉得，幸运之神正向她招手，别人通过各种努力能获得的美好东西，她也能拥有，不比别人差一厘一毫。尝到甜头的她再接再厉，把自己的奋斗目标定得更高，甚至想跳到条件更优越的开发区。为此，她不断地托关系，找门路，大把花钱，费尽九牛二虎之力，终于被调到开发区教育部门，第三次达到自己的目的。

　　不断地努力，不断地上升，使她变得很兴奋，同时使她变得很疲惫，她像一叶在海洋飘荡的小舟，急于靠近静静的港湾，进行必要的修整。她决定：这次调整后，自己要好好喘口气，过上正常人的生活，不再折腾，不再天天看别人的眼色说话办事。于是，她开始疏远原教育局的领导，偶尔碰到他们，说话也不再像从前那么客气和谦卑，更谈不上刻意巴结。她觉得与他们不在一个行政区，用不着他们了，他们没机会给她再念紧箍咒。对她这么快的变化，局领导没说什么，只是在心里暗暗嘀咕：一个典型的白眼狼。

　　正当她过着悠闲的日子时，市委突然宣布一则重要消息：开发区与她原来所待的区合二为一，她现在所待的教育部门重归原教育局管理。这则消息对她来说，不亚于一道晴天霹雳。她被这突如其来的变化搞蒙了，感觉自己多年的努力将付诸东流，命运之神在无情地捉弄她，跟她开了一个重重的玩笑。她不甘心回到原单位，不甘心面对对她已经抱有成见的局领导，只觉得天旋地转，眼前飞舞着数不尽的黑星，嘴里不停地喃喃自语："情况怎么会是这样呢……情况怎么会是这样呢……"

一个箭步

　　刘克是市一所重点初中的政治教师，平时非常注重自己的仪表和言行。每次上课前，他总是对着明亮的镜子，把脸刮得干干净净，把头发梳得整整齐齐，把衣服熨得平展笔挺，给人一种风度翩翩、精明干练的感觉。

　　在路上碰到同事和学生，他显得温文尔雅、彬彬有礼，不断地重复一句"假如你需要我，我一定竭尽全力"，只要接触过他的人，都会为他的热心所感动。

　　课堂上，他立场坚定，旗帜鲜明，在思想上、组织上、行动上始终与党中央保持高度一致，真正做到一片丹心向阳开，体现一个政治教师所具备的优秀素质。他的知识面很宽，对时事政治见解深刻而又独到，对每一道政治题都能给出圆满的答复。一张英俊的脸上常常挂着迷人的笑容，一张紫红色的、薄薄的嘴唇永远不紧不慢地张合，抑扬顿挫、富有磁性的声音永远回荡在教室的每个角落："同学们，我们每个人都要用最先进、最文明的思想武装自己的头脑，严以律己，宽以待人，在关键时刻把困难留给自己，把方便让给别人，努力使自己成为时代楷模。"他讲的政治课内容丰富，顺畅完美，具有较强的感染力，使学生纯洁的心灵引起强烈的共鸣。学生们一致认为，刘克是一个学识不凡的优秀教师，是一个无可挑剔的道德模范，是一个先人后己的谦谦君子。

正当学生们为刘克完美的人格所折服的时候，一场变故让他们对他的看法发生天翻地覆的改变。这大概是因为世界上任何事物都逃不出"真的假不了、假的真不了"这条铁规，一切虚伪的东西在严峻的考验面前，都会暴露出其真实的面孔。

一天下午，刘克依旧脚步稳健地进入教室，来给学生们上政治课，他依旧谈吐流利，慷慨激昂，学生们依旧集中精力，认真听讲。当时针指到 14 时 28 分，大家的脑海倏忽出现一片空白，紧接着，房顶上悬挂的电灯泡开始不停地来回晃动。刹那间，刘克脸色变得苍白，心脏怦怦乱跳，高喊一句"地震"，然后撒开两条腿，一个箭步，冲出教室，拼命跑到学校操场，连喘口气的时间都没有。在他的身后，学生们一窝蜂拥到狭小的门口，一个个你推我搡，惊呼乱叫，有的挤破额头，有的把鞋挤掉，有的眼睛里充满恐惧的目光……乱象纷呈，狼狈不堪。

幸而地震震级较小，教室岿然未动，全班学生安全脱险，没有造成任何伤亡，但从刘克抛弃学生们独自逃生那刻起，他给学生们平时留下的美好印象便被全部抹掉。学生们对这位嘴上高喊口号而在实际行动中极端自私的教师，无不投去一种讥讽的、鄙视的、再也不会相信的目光，心中暗暗骂他："这是一个披着光亮外衣的道貌岸然的伪君子，是一个地地道道、彻彻底底的利己主义者。"从此学生们便远远地躲着他，想躲瘟神一样，再也没有原来的亲近感。

这件事情过去后，校领导没有责怪刘克半句，见到他总是微微颔首而过，说不清是保持应有的矜持，还是无声的批评。一部分师生不依不饶，在背后对他指指点点，评头论足，有的师生则干脆这样评价他："如果不是这场突如其来的灾难降临，刘克唱高调的习惯将继续心安理得地保持下去，他的假戏将继续精彩地演下去，将继续受到学生们发自内心的尊重和爱戴，不知要骗取他们多少纯洁的感情，也不知要欺骗他们到何年何月。"

面对师生饱含责备的目光，刘克感到有些不安，脸红耳热，但这种感觉没持续多长时间，便被另外一种聊以自慰的思想代替："当时情急之下，人们都想逃生，至于谁先谁后，在道义上并不存在谁对谁错。自己反应快，先脱离险地，固然与平常所讲授的先人后己的品德标准自相矛盾，但现实生活中有时候需要灵活变通，不能过于拘泥。难道说等学生全疏散了，自己再撤才对吗？万一房子塌了，把自己砸死，成了遇难者，怎可再为国家培养大批优秀学生，岂不成了千秋遗恨？看来人适度自私是可以理解的。"想到这里，他觉得不需要向任何人做无谓的解释，不需要向任何人做言不由衷的道歉，时间一久，什么都会烟消云散。他又恢复了风度翩翩、温文尔雅的常态。

每个人站在不同的角度看问题，得出的结论肯定不同，公说公有理，婆说婆有理，其实各有各的道理，彼此之间大可不必为此大动肝火，相互埋怨、指责、攻讦甚至谩骂……

这则故事同样说明，看一个人的本质，不能只看他光鲜亮丽的外表，不能只听他天花乱坠的言语，还要观其在关键时刻的行动。

麻雀的浮躁

一

一只麻雀沿着精雕细琢的房子，扑棱着双翼，在尽情地欢唱。一会儿它在青色的房脊挺胸昂首，一会儿又在一扇扇明亮的窗前怡然自得，圆润的嗓子总是那样好听："我要拥有你，做你的主人。"

房子耸一下伟岸的身躯，一扇扇窗就像一双双乌黑的眼睛，闪着冷漠、鄙夷的光，冷嘲热讽道："你一个没有票子的穷瘪三，凭什么拥有漂亮高贵的我，滚一边去做梦吧。"

谁知麻雀不急不恼，嘻嘻一笑，脸不红，心不跳，坦然面对倨傲的房子："票子？票子算什么东西，不就是一堆花花绿绿的纸吗？更何况票子是为我们服务的，我们不能做票子的奴隶。"

房子不为所动，冷冷地说："腔调唱得再高，也不管用，你如何能凑齐像天文数字的票子呢？你家又没有开银行。"

麻雀挺着瘦弱的肩膀，脸上露出坚毅的神色："我家固然没有开银行，而且我也不去偷盗抢劫，那是一条充满风险的道路，弄不好会锒铛入狱的。"

房子困惑地望着自信的麻雀，嘟嘟哝哝："那你？"

麻雀轻描淡写地说道："我可以按揭贷款，搞一个三十年的，像外国佬那样，先享受，后还款。"

房子听它这么一说，不禁跷起大拇指，肃然起敬，前后判若两者："没想到你的心态这样平稳，看来我乖乖地归你了。"

麻雀得意扬扬，翘着高傲的尾巴到处炫耀："谁是房子的主人？我是。"

二

麻雀也想有一张耀眼的文凭名片，但又不想好好读书，更不想走"头悬梁、锥刺股"发奋用功的路子，好在现在短平快的捷径多的是，它开始上网了，抄袭，剽窃，甚至贿赂考官。没过多长时间，就摇身一变，获得一张美国"哈佛大学"博士文凭，利用国人崇洋媚外的心态，在全国各地办起各种学术讲座，俨然以学者教授自居，真是外来的和尚好念经。

三

没有一点儿经济实体的麻雀，在捞票子上却有一套，它不用在工地登高爬杆，也不用在教室诲人不倦，只需要抛砖引玉，打着高利息的幌子，就可以引诱那些发财心切的群体上钩，把上千万、几十亿的财产融到手。

成了富翁的麻雀先买了一辆油黑发亮的宝马，到美味的酒店、豪华的宾馆潇洒走一回，今生苦短，及时行乐嘛。

正在麻雀兴高采烈的时候，金融整顿的消息传遍大街小巷，一张张愤怒的脸出现在公司门口，机敏的麻雀躲在深处不露面了，暗暗地盘算："本钱都还不起，哪来的利息？这不能怪我，怪就怪你们为了点蝇头小利钻进智者设计的圈套，气死你们，活该。不过听说警察介入，这可不是什么好事，先甭让这些六亲不认的家伙们抓住，蹲监狱的滋味不好受。"三十六计走为上，麻雀弄了张绿卡到国外，照样过人模狗样的美好生活。

四

几年过去了，麻雀改名换姓回到国内，从金融界混到政界，善于投机钻营的麻雀熟谙官场的潜规则，对"钱是硬通货，送是硬道理"和"男得靠钱，女得靠脸"了如指掌，用尽浑身解数，拼命与当权者拉关系、搞交易，骗取它们的信任。

麻雀又一次获得成功，担任一方党政要员。它在台上高喊要当廉洁干部，台下却把"当官不发财，打死也不来"背得滚瓜烂熟，把"捞一点点，送一点点，留一点点"运用得炉火纯青，过着中午围着盘子转、晚上围着裙子转的糜烂生活，居然成为最会演戏的"影帝"。

五

麻雀虽然浮躁，却成功了，让所有的鸟类为之惊愕，大家从此都不愿再默默耕耘、埋头苦干、无私奉献，既然有捷径可走，干嘛还要当愚不可及的傻瓜。

于是，大家都开始浮躁，抄袭，剽窃，哄骗，投机钻营，行贿受贿，不劳而获，男盗女娼，假冒伪劣，道德底线沦丧，把整个鸟类弄得乌烟瘴气，一塌糊涂。

然而，麻雀却不知羞耻，依然浮躁，依然在毁坏鸟类的荣誉，直至把整个鸟类葬送，它才心满意足。

志刚的粥铺

志刚大专毕业后，被分到县电厂，娶了市化纺厂的翠芳。翠芳长得丰满、白净、俊俏，人又贤惠、勤快，志刚咋看咋顺眼。

没多久，他们的儿子出生了，看护儿子固然耗费了他们不少精力，花费了他们不少钱，但他们看着小眼圆鼓鼓、小脸嫩生生的儿子，即使再苦再忙，心中也充满欢乐。在这个时期，他们的小日子过得还是比较充实滋润的。

真正让他们不舒服的是 2008 年，县电厂、市化纺厂宣布倒闭，两口子同时下岗失业，这对一向靠工资生活的他们来说，无疑是沉重的打击。当时他们的儿子上学正需要花大笔钱，可他们没有任何积蓄和收入门路，他们的处境相当艰难。

活人不能叫尿憋死，夫妻俩迫于生计，开始想挣钱的门路。干什么好呢？当然是在不违法的前提下，什么挣钱干什么。

给别人打工，看别人的眼色行事，仰人鼻息，人家叫干啥就干啥，不用操什么心，不用投什么钱，省钱省心又省力，像从前一样到时领工资，他们不甘心。他们在企业单位干了十几年，吃过许多苦，出过许多力，可到最后还是下了岗，什么也没得到。为此，他们总结了一条他们自以为正确的生存之道，给谁干都不如给自己干，人如果要在这个世界上生存和发展，没有自己的实体根本不行。

开饭店吗？需要门面大，厨师技艺高，服务员态度好，熬时点比较长，遇到熟人和公家单位还要大量赊账，光每年记账、要账和清账就要耗费很大的精力。对于这个投入成本高而又麻烦多的行业，他们觉得不适合他们干。

烟酒店？本钱小，风吹不着，雨淋不着，太阳晒不着，但锱铢必较，精打细算，不符合他们大大咧咧的性格。

翠芳的姐姐开午托，现成的路子和管理经验，志刚也倾心于此，不料翠芳不同意。当志刚问她原因时，她解释道："姐姐能干的行业，咱不一定行。午托需要有文化的人，你吧，大学生，还凑合，而我的文化程度比较低，容易耽误孩子，咱不能误人子弟啊。"

…………

想来想去，他们觉得开个小粥铺比较好，投资小，见效快，不用赊账和欠账，挣一块钱是一块钱。亲戚听说小铺起名字，有的说叫什么记，有的说叫什么店，有的说叫什么摊，他们两口子议来议去，认为叫志刚粥铺更贴切。经过认真选址、充分调研和精心准备，志刚粥铺开张了。

粥铺刚开张的时候，由于进入的行业对他们来说是一个全新的行业，他们同其他人一样，不免存在眼高手低的毛病。先不说扁粉菜、葫芦汤、八宝粥、豆腐脑、烙油饼需要经过怎样的工序才能做得可口，让顾客们吃得香，单单蒸包子和面这一项，就够他们为难的了。面和软了，不利于包子包馅；和硬了，包子蒸起来费时，蒸熟了包子不好吃，要达到不软不硬的标准才行。

面对遇到的困难，志刚对翠芳说："以前，我认为和面技术含量低，没把它放在心上，这一干才知道并不简单。"

翠芳深有同感地说："是啊，隔行如隔山，如果让你修理电工，你游刃有余，眼下每天让你和二百笼蒸包子的面，确实为难你了。"

"世上无难事，只要肯钻研。"

"只要咱们肯学，这些事都不是事。"

为此，他们聘请了一位叫张杰的行家里手做师傅，工资开得高高的，求学的身段放得低低的。志刚曾对张杰诚心诚意地说："张师傅，你不妨到别的地方打听一下，是不是我们给你开的工资最高？"

"我不用打听也知道你们给我开的工资最高，你们是憨厚人。人非草木，怎能无情？我一定会把所知道的技巧毫无保留地传授给你们。"张师傅也是那种别人敬他一尺，他敬别人一丈的实在人，拿了志刚两口子给开的高工资，决心把自己掌握的知识全部教给他们。

一个愿意教，两个愿意学，很快志刚两口子就变成了这一方面的行家里手。买菜、和面、打汤、烙饼，他们样样精通。

即使他们具备了开粥铺的基本条件，但他们还会遇到各种意想不到的事情，最开始的时候，面条煮熟了，志刚拿着干布端起烫锅，干布突然着火，他放不能放，不放又烧着手，疼得他龇牙咧嘴，他强忍着，把锅安安生生放到铁架子上，手心被烧了一块块疤。从此，他再端热锅，总忘不了把布沾湿。翠芳同样能吃苦，同样能受屈，一碗热滚滚的小米饭猛地洒到她一条白皙的腿上，烫成一块紫红色的疤，她的眉头连皱都没皱，该干什么还干什么。像这样的意外，他们遇到的太多了，他们就当没有发生，默默地忍受，只有到晚上，疲倦的他们紧紧地拥抱，相互说着勉励对方的知心话和贴心话。

粥铺的地理位置比较好，但他们仍然坚持八字诀：物美价廉，和气勤快。

粥铺的包子、油饼等各种饭菜价格在同类产品中永远是最便宜的。与其他饭店、粥铺、快餐摊相比，他们的包子总是最大的，价格总是最低的。别家的包子小不说，每个包子比他们家的贵几毛钱。仅此一项，一笼差三到四元，每天二百笼，差多少钱？亲戚朋友说志刚："你傻帽啊？这样做，一天少挣多少钱？你又不是缺顾客，何必采取压价的办法经营呢？"

志刚微微一笑说："我从前是个没钱的，对身在底层的百姓很了解，知道他们为了便宜几毛钱不惜跑很远的路。"

"你说的办法灵吗？"

"不信的话，隔段时间看。"

几个月后，志刚的粥铺生意火爆，每天能卖两千多元，让大家瞠目结舌。他们纷纷说："还是志刚有先见之明。"

志刚谦虚地说："薄利多销是一种常见的经营方式，并非我有什么先见之明，只要本着还利于民的理念，就会赢得顾客的青睐。谁不想多挣钱？谁都想多挣钱，谁家里又不是钱多得不用赚了，只是在把握度这个方面，不同的经营者有不同的理解，有的让顾客感到舒服，有的让顾客感到不舒服。我要走一条让顾客舒服的路。别家两个包子挣一元钱，咱三个包子挣一元钱，靠质与量取胜。"

"你真是个憨厚人。"

"你说对了，在经营方面我宁当憨厚人，不当聪明人。"

人无笑脸不开店，会打圆场自落台。做生意的人态度好坏直接决定生意好坏，来志刚粥铺吃饭的人形形色色，有的喜欢吃辣的，有的喜欢吃咸的，有的脾气好，有的脾气坏，有富人，有穷人，他们两口子都能做到一视同仁。即使遇到不顺心的顾客横挑鼻子竖挑眼，鸡蛋里边挑骨头，他们也能巧妙地化解。有个钱串子由于融资而落到身无分文的地步，来到他们的粥铺，吃别人剩下的饭菜。他们了解他的情况，这个人还没有开口，已经两眼泪汪汪："当初为了赚高利息，谁料想本钱都让别人卷走了。现在一分钱没有，家不能回，亲戚朋友不敢见。"

"我们非常同情你的不幸遭遇，在人生道路上谁还没有个坎？今后你来到我们的粥铺，看有什么，你尽管吃，就不用吃剩菜剩饭了。"面对一个一无所有的人，志刚和翠芳伸出援助之手。

钱串子扑腾一声跪到地上，泣不成声地说："你们让我怎么感谢你们的恩德呢？"

还有一个冒充神经病的"瘸子"，经常到他的粥铺白吃白喝，他们不嫌弃，不撵逐，让对方深受感动。终于，这个"瘸子"给他们透露真情："志刚，其实我不神经，不瘸，其实我有钱，是你们的憨厚感化了我，我今后吃饭一定掏钱。"

"没什么，在咱的粥铺，你想掏就掏，不想掏也无所谓，我们承担得起。"志刚和翠芳表现得非常大气，让"瘸子"的心里热乎乎的。

久而久之，顾客们对他们善肠热心、与人方便的态度和玲珑八面、左右逢源的处理办法佩服得五体投地。他们始终坚持和气生财的理念，把顾客们服务得舒舒服服。

即使那些不好说话的城管，志刚和翠芳也与他们的关系处理得很好。他们的门店地理位置好，但面积比较小，遇到吃饭高峰时，难免会占据一部分人行道。这就触及了城管的底线，城管们一发现情况，就理直气壮地搬他们的桌子和凳子。每逢这种情况，志刚总是厚着脸皮，给人家说好话，诚心接受经济处罚："弟兄们，我也不想这样，只是顾客太多了。"

"说了你多少回，罚了你多少次，你就是不改。"

"我一定改，我一定改。"志刚交完罚款，拉着破桌子破凳子，苦笑着离开城管队。

在多次接触中，城管队的队员发现志刚是个憨厚人，对他的态度随之发生改变，积极帮助他协调场地。城管队员们吃了饭，志刚不要钱："你们多次照顾我，我说什么都不能要你们的钱。"

队员们打架似的，硬把钱给志刚扔到桌子上："咱们一码归一码，你不能叫我们违反纪律。"

"我不为难你们，我不为难你们。"志刚把钱收下，竖起大拇指称赞，"你们真是难得的公仆。"

在志刚两口子的苦心经营下，生意一天比一天好。生意的兴旺不仅让周围的人眼红，也让房主眼红了，到了第二年交房租的时候，房主给他们涨了一万元的房租。对于不讲信誉的房主，志刚二话没说，咬咬牙，满足了房主的要求。翠芳心疼，志刚不停地宽慰她："这没什么，咱挣的钱，与房主合着花。"

开粥铺是不容易的，不论春夏秋冬，还是风雨霜雪，需要以粥铺为家，没明没夜熬时熬点。志刚与翠芳每天天不明就把饭做熟，到了后半夜两三点仍在准备第二天所需要的各种料。夏天的时候还好说，到了漫长的冬夜，寒风呼啸，寒冷刺骨，他们的耳朵冻得失去知觉，双手肿得馒头似的，但他们无所畏惧，仍然不知疲倦地奋斗着，每天累得直不起腰，不过他们一直很快乐。

后来由于拆迁，他们的经营场所迁移到一个比较偏僻的地方，但志刚粥铺的生意仍然好得出奇，许多老顾客仍然不辞路远，来到他们的粥铺，买自己所喜欢的吃食。

通过多年的努力，粥铺为志刚和翠芳赚取了不少钱，他们用这些钱供儿子大学毕业，并为儿子购买了一套一百四十平方的新房，准备结婚时派上用场。儿子呢，也非常长出息，毕业后到部队当了两年兵，回到地方考上了公务员。

志刚与翠芳现如今什么都不缺，就缺一个漂亮温柔的儿媳妇过门，为他们生一个大胖孙子。

人算不如天算

　　陆倩是个漂亮的女人，也是一名人民教师，当初因一时冲动，嫁了一表人才但没有固定工作的小张。如果单纯从相貌来看，两个人挺般配的，天生一对，地就一双，没什么可挑剔的。他们很珍惜眼前的姻缘，以至于小两口在婚后比较长的一段时间里，彼此欣赏对方。

　　一年后，他们有了一个可爱的孩子。孩子的出生给他们带来常人所拥有的幸福，也给他们带来没完没了的烦恼。特别是小张，没有工作，没有手艺，没有做生意的本领，同时又不愿意像普通人那样靠出力挣钱，整日混迹于闹市，干啥啥不成，连自己的生计都难以持续，更别说养家了。

　　人没有生活在真空中，人的生活更多是柴米油盐，如果连这个基本的东西都保证不了，婚姻靠什么来维持呢？陆倩此时才惊讶地发现，男方的相貌堂堂固然可以使自己愉悦一时，但这种新鲜感一旦过去，相貌在现实的生活中所占的比例，充其量只能占一小部分。她开始懊悔自己嫁给这样一个徒有其表而无实际本领的男子，为自己当初草率的选择而噬脐莫及，于是她与小张从不断的口角到无情的动粗，最后分道扬镳。当然孩子判给了男方。

　　陆倩成了单身，像从笼中飞出的鸟儿一样，没有累赘，没有牵挂，自由自在。她决定要珍惜眼前的一切，好好把握，重新设计新的人生。为此，她睁大眼睛，仔细观察周围的环境以及所有擦身而过的男子，或者通过中间人的介绍，在心中暗暗了解、分析、评判这些形形色色的男子，看他们中间有没有意中人。天下事不如意者十之八九，结果很难如她的心愿。在相貌、金钱和社会地位三者之间，能够做到三者有机统一，实在太难了，往往有相貌的没有钱，有钱的相貌丑陋，有地位的年纪偏大，又有钱又有貌又有地位的则有家室……人追求完美婚姻是无可厚非的，但脱离实际，一味追求完美，无疑是自寻烦恼。

陆倩为此苦恼、忧愁甚至绝望，在深夜的时候，偷偷地哭过，泪水沁透冰凉的枕头。从此她从一个爱说爱笑的女人变成一个沉言寡语的女人。家庭的事一时难有着落，陆倩决定先奔仕途。没过多久，她通过一个关系亲密的姊妹，获得一次到县政府办帮忙的机会。帮忙不是正式调入，从教育战线正式调入县政府办，难度不小。不过，这难不倒她，她利用县政府办这个十分重要的平台，工作上踏踏实实，为人谦和，同时使尽浑身解数，格外巴结领导，取得领导的绝对信任，被破格提拔为县招商办副主任，成为名副其实的副科级干部，顺利解决从教育战线调入政府部门的问题。

县招商办副主任是一个没有实权的位置，但对陆倩来说，通过这个看似不重要的平台，可以把自己的事情做得风生水起。没多久，她认识了离异的税务所所长李杰，通过一番去粗取精的综合分析，感觉他的条件不错，便毫不犹豫地与他领了结婚证。由于双方都是二婚，婚姻生活不像第一次那样火花四溅，已经趋于平淡，谈不上激情，也谈不上浪漫。

这种平静的日子没过多久，便又被另外一个意外的插足者破坏。大凡离过婚的男女，对婚姻比一般人看得开，想得通，似乎有一种离一次婚与离一百次婚没什么区别的感觉。陆倩因为长得漂亮，身上散发着其他女人无可比拟的神韵，想染指的男人不少。很快，市招商办主任高才把她抽过去帮忙。高才有过几次婚史，同事也不知晓，只是在谈及该敏感话题的时候，同事们都会不约而同地发出彼此才能理解的怪笑，都知道他是一个不折不扣的采花高手。陆倩落入他的彀中，岂能幸免！

果如大家所料，陆倩经不起高才的凌厉攻势。高才尊崇的社会地位、超常的办事能力，对她充满很大的诱惑力，尤其高才信誓旦旦地承诺：帮她活动当县招商办书记。这可是一个让许多人向往的，不知道要付出多少辛勤汗水才能获得的正科位置，她不愿意失去这次进步的重要机会，尽管高才相貌平平，比她大几岁，但她经过认真权衡，毅然抛弃李杰，成为高才怀抱中的美人。

通过这么多年在政府部门锻炼，陆倩已成为一个工于心计的女人，形成了一套游刃有余的工作方法和处世哲学，她知道多次婚变在竞争激烈的同事心中的概念和地位，故而与高才隐瞒他们的现状，在同事面前仍然以工作关系出现，让同事一个个蒙在鼓里，包括主管县招商工作的副县长在内。

一天，副县长突然接到通知：市招商办主任高才要来检查工作。高才来县检查工作，这可不是一件小事情，副县长安排秘书认真准备汇报材料，忙得秘书不亦乐乎。到了检查日，副县长按照事先准备好的厚厚的材料，念得口干舌燥，加上高才不时插言，把他搞得很紧张劳累。他费了好大力气，才念完材料，然后如释重负，请高才作指示。

高才首先肯定了县招商办的工作，指出今后工作应该努力的方向，到最后用嘉许的口吻单独评价陆倩："陆倩同志很敬业，工作上兢兢业业，踏踏实实，年年被评为先进个人。组织上不提拔这样的同志，的确很可惜。"

既然上级领导如此看重陆倩，副县长当然不是傻瓜，跟着高才说了陆倩几句好话："是啊，陆倩是个很优秀的女同志，近几年在工作上取得了很突出成绩，可谓巾帼不让须眉。组织上正在考虑重用她，一定让有为者有位，流汗者流芳。"表态一言九鼎，掷地有声。

眼看着荣升的好梦即将变成现实，从此吃香喝辣，风光无限，陆倩心中好不得意，自认为跟对一个男人，就比别人高明好几倍。一时间感到前途充满一片光明，走路时挺着高耸的胸脯，脚下轻飘飘的。然而，这种想法仅仅过了一天，便被无情地击碎。

次日下午，副县长正在办公室考虑工作，突然被楼道里一阵激烈的吵闹声打断思路。他感到好奇，走到楼道，只见楼道里一个泼辣的女人正在大喊大叫："陆倩是个臭不要脸的婊子。"声音很大，引来许多围观者，整个楼道挤得满满的。

大家都用一种异样的目光看着这个近似疯狂的女人，没有人制止，没有人劝解，这说明陆倩在这座楼中没有几个真正的好朋友。政府重地竟然被一个不明身份的女人闯入，出现骂街乱象，这实在让责任心较强的副县长看不下去。他走上前，呵斥道："再胡乱骂人，报警抓你。"

这句话并没有吓到这个女人，她仍然重复之前的叫骂，并威胁副县长："你替陆倩说话，说明你跟她合穿一条裆裤。"

副县长脸一沉，喝令秘书通知把门的保安。须臾，保安闻讯而来，拽着呼喊的女人，来到门岗，并打了报警电话。这个女人见势不妙，趁机逃之夭夭。

慌乱之余，副县长把陆倩叫到办公室，询问这究竟是怎么一回事。面对副县长的疑问，陆倩坚称："我不认识这个女人，我也是莫名其妙。"她越这么说，副县长越不相信，在心里打了一个大大的问号：难道是……

翌晨，副县长刚刚走进办公室，一阵急促的电话声突然响了。他拿起电话，电话里传来高才那熟悉的声音："昨天到县政府去闹事的女人是我的前妻，我现在与陆倩已经领证，是合法夫妻。"

顿时，副县长好像被蝎子蜇了一下，浑身产生一种被戏弄侮辱的感觉，但面对上级领导，他仍然不紧不慢，嘴里说着冠冕堂皇言不由衷的祝贺词："好，我知道了，抽时间一定讨一杯喜酒喝，为你们热烈祝贺。"

通完电话，副县长终于忍不住心中的愤怒，对着雪白的墙壁，厉声骂道："高才、陆倩，两个狗男女，你们这不是唱双簧戏吗？幸亏那个泼妇闹了一出，不然的话，还不知你们要隐藏多久。哼，竟敢把老子当猴耍，可恶至极！不是想提拔吗？老子坦率地告诉你们，没门！！"

从此，当副县长再看到陆倩的时候，就没有用正眼再看过她一眼，心中的鄙夷可想而知。

秦奋同学保研记

　　高考往往存在不确定性，我的秦奋同学就是这样，参加高考时发挥失常，高考成绩远远逊于平时成绩。怎么报志愿呢？她根据自己的成绩，报考了豫州大学国际学院法学系，结果被录取了。

　　这是一所要掏高价上的学校，在全国的位次比较靠后。看着平时成绩不如自己的同学上了理想的大学，她倍感憋屈，本来想再复习一年，但在爸妈的劝说下，勉强入学，不过呢，私下憋了一肚子火。她暗暗下决心，要用自己的勤奋改变眼前落后的局面。

　　为此，她把所有的精力放在学习上，想通过自己的努力，在考研时考上一所比较理想的重点大学，弥补自己的失落。功夫不负有心人，大学前三年的学习成绩决定一个同学是否保研。她的学习成绩始终排在全系第二名，而全系保研名额有六名，她的优异成绩使她理所当然地获得了保研资格。同时，她担任全班团支部书记，积极向上，靠拢组织，被组织发展为预备党员。在这一所全国名次靠后的大学里，她得到了在其他大学难以得到的东西。

　　她没有沾沾自喜，她深深地知道，获得保研资格的她还有很长的路要走，她并没有十拿九稳地进入一所重点大学的把握，她与那些考研的同学同样需要付出艰辛的努力。为了实现五彩斑斓的梦想，她激情四射，四处递申请，有的名校如北京大学、清华大学、复旦大学、南京大学对她这样的所谓的国际学院大学生根本顾不上看一眼，她饱尝辛酸苦辣。一次次的失败让她对自己有了一个清醒的认识，她迅疾调整好心态，退而求其次。还好，湖南大学、中南财经政法大学、山东大学、上海财经大学、华东政法大学对她表达了招生意向。她不辞辛苦，东奔西跑，通过了湖南大学、中南财经政法大学的笔试和面试。

两所学校都不是她最理想的学校，但有它们保底，她的心情比原来好多了。她的爸爸是那类小进即安的老实人，对她取得的成绩不吝褒奖，劝她要满足："中南财经政法大学法律专业比较强，就业面比较宽，区里好几个领导都是这个学校毕业的，我看好这个学校。"

"我也觉得中南财经政法大学的法学比湖南大学的法学强，就业面比较宽，但比起其他重点大学，好像还差一点。"秦奋在中南财经政法大学和湖南大学两所学校里，比较倾向于中南财经政法大学，但心中仍不满意。

但当她听说学习名次不如她的第三名同学被人民大学拟录取时，她心中的天平严重不平衡了。她重新递申请，包括那些原来看不上她的名牌大学，她的优异成绩及良好的政治面貌被天济大学在第二轮复选中看中了。她经过精心准备，艰苦打拼，用英语接受了八名评委的苛刻筛选，极不容易地通过了天济大学的笔试和面试。

她顿感释然，觉得自己的努力没有白费，她把这个好消息及时告诉爸妈，与爸妈共享。爸妈心中说不出有多高兴，连声夸她有出息，光耀门庭。她的爸爸激动之余，赋诗一首："不到最后不言弃，女儿保研进天济。人生基础从此定，倚马天下会有时。"全家顿时有一种鲤鱼跳龙门的感觉。老师得知后，觉得自己的学生表现突出，为学院增了不少光，添了不少彩，值得肯定；同学们得知后，有的羡慕不已，真心祝贺，有的则是心里酸溜溜的，嘴上用尖刻的语言进行挖苦。一千个人有一千颗脑袋，一千颗脑袋有一千种想法，不必大惊小怪。面对表扬和鼓励，秦奋表示由衷的感谢；面对不友好的目光和刺耳的揶揄，她淡淡一笑，像抹去蜘蛛网一样，该干什么干什么。在社会这座大熔炉里，她变得百炼钢可化绕指柔。

等保研的狂喜落定，秦奋同学恢复了正常的学习，在大学里继续孜孜以求，没有丝毫的骄傲。放寒假回到家中，她按照原来的计划，准备秋季的法考。如果照这样发展下去，她的研究生录取不成任何问题，前途一片光明。

天有不测风云，2020年刚进入1月，秦奋同千百万学子一样，开始在家隔，她无时无刻不在为自己的学业担忧。

"真倒霉。"秦奋望着爸爸额头上几道深刻的皱纹，心中涌起无限的怅惘。她不再多问，而是用实际行动遵守小区的规定，吃了饭，坐在书桌前静静地读书，读累了在客厅里锻炼。有时，她立在窗前、躺在被窝里，甚至蹲在卫生间，双手合十，默默祈祷，祈祷国家早日恢复从前的秩序，让她和其他学子顺利毕业，顺利收到研究生录取通知书。

四月份，形势明显好转，但各地对学生开学仍持谨慎态度。秦奋早在家里待烦了，恨不能赶紧到大学里履行各种手续，完成大学学业。到了六月初，学校通知学生返校，对这个期盼已久的好消息，她欣喜若狂。随着同学们陆续返校，进行论文答辩，走完所有应该走的学习程序，她与老师和同学们高高兴兴地举行毕业典礼，穿上学士服，戴上学士帽，留下珍贵的合影照，然后领取学士证和毕业证，欢天喜地地回家了。

翻过大学的一页，秦奋在家认真准备法考。其间，她选择了将来专业主攻方向，与硕士生导师进行了良好互动，硕士生导师提前安排她做一系列的工作。她强压心中的不愉快，较好地完成导师布置的各项任务。导师满意地说："像秦奋这样的学生，我们真是选对了。"并向她保证录取不成问题。

尽管得到导师的保证，但并不等于她接到录取通知，她只好在家耐心等待研究生录取通知书的到来。等待的日子是难熬的，她等啊等，等得心急火燎，等得望眼欲穿，终于等来了一则消息：校内主管政审的吴老师通知她，说她的政审表不见了。这则消息犹如一道晴天霹雳，把她吓坏了。她知道，政审表在录取工作中起到举足轻重的作用，此时政审表丢失，无疑是要她的命。

她首先联系第一位负责政审的王老师，通过微信，亮出当初政审表的电子版，告诉王老师："我当时真的把政审表邮寄给您了。"在铁的事实面前，王老师解释说："我把政审表给了一位姓赵的老师，至于她是不是转交给吴老师，我就不得而知了。为了不影响你的录取，你最好再补开一张政审表。"

她又拨通吴老师办公室的电话，说明情况，吴老师明确告诉她："我没有见到你的政审表，为了不影响你的录取，你最好再补开一张政审表。"

两个老师都让秦奋重开政审表，秦奋暗暗埋怨："我在学校的时候，补开政审表不费什么劲。现在离校了，假期中间找人多难呀。"可埋怨归埋怨，不补开政审表，录取工作将受到影响。无奈之下，她不得不联系她在大学的辅导员。辅导员是个女同志，孩子还小，接到她的电话时正在喂孩子奶，一听说要她补办证明，烦躁地说："现在学校都放假了，八月十日才开学。主管政审的系党支部书记没上班，没法子给你补办证明。"手机还没挂，竟然说了句："好不烦人啊。"

天济大学没有政审表不录取，豫州大学正在放假无法补办。二者不能同步进行，这对一个涉世不深的女孩来说，是个不小的考验。秦奋流着眼泪，把这件事告诉爸妈，爸爸懊恼地说："天济大学的老师太随意了，学生的政审表怎么说丢就丢了呢？简直就是渎职。"

妈妈也很恼火，但她知道，女儿目前处于不利状态，便说："不管怎么说，女儿现在没有政审表，将影响下一步录取，你说怎么办？"

"大学在我的心里是神圣的，老师在我的心中是严谨的。"秦奋说，"没想到学校把学生的政审表丢失了，而且还不止我一个。"

"还什么而且，工作人员真是儿戏，真是儿戏。"

"怎么办？"

爸爸不愧是多年的机关干部，他从极度愤怒的情绪中冷静地走出来，略微沉吟，想出一条自以为可行的妙计："一是从天济大学方面做工作，看看哪个环节出了问题，王老师说转交给赵老师，赵老师是不是没有转交给吴老师？政审表是不是还在赵老师的身上？二是给他们说一下，看能不能通融一下，等八月十日豫州大学开学后补开证明？"

"整整一年了，时间太长，即使问赵老师，也未必能问出个所以然。"妈妈受到启发，补充说，"豫州大学能不能另辟蹊径，直接给系党支部书记说补办？"

"火燎屁股，情况紧急，没有什么不可以的。"爸爸断然说，"只是系党支部书记的手机号码，怎么才能得知？"

爸妈想的两个办法，秦奋听起来很有道理，她给王老师打电话，把豫州大学的实际情况告诉她，看能不能宽限一段时日。王老师告诉她："我已与吴老师商量好，知道你是个好学生，等你上学来的时候，把政审表拿来即可。"王老师的话等于承认了他们工作中的疏忽，对她做了变相照顾。听了王老师的话，她像吃了一粒定心丸，心里猛然轻松。

　　搞定天济大学，秦奋觉得找豫州大学补办证明的脚步也不能放缓。她想了想，想到与她平时关系不错的学生会主席，人比较活跃，与系党支部书记关系密切，肯定知道系党支部书记的联系方式。"对，就找他。"她打通学生会主席的电话，问系党支部书记的手机号码。学生会主席开始吞吞吐吐，不肯给她说。经不住她连声催问，才告诉她，并反复叮嘱她："千万不要说是我告诉你的。"秦奋信誓旦旦地说："你放心，我绝不会出卖朋友。"然后鼓足勇气，直接打通系党支部书记的手机，没想到系党支部书记是一个干脆人，也是一个替人着想的人，当即表态："你重新找辅导员，就说我说的，让她立即补办。"为了提高办事效率，秦奋豁出去了，通过微信联系辅导员，把截屏发给辅导员，也不怕辅导员责怪她。辅导员看了截屏，尽管心里极不情愿，但碍于系党支部书记的面子，态度还是来了一个一百八十度的大转弯，立马放下孩子，主动跑到系里给她重开证明，邮寄过来，并客气地问她："不误事吧?"前后迥异，判若两人。

　　本来几个月的居家隔离就让秦奋十分闹心了，政审表的丢失更是让她把心悬在了嗓子眼，幸而在各方的共同努力下，得到圆满解决。她可谓有惊无险，虚惊一场。通过这些事的历练，她变得更加坚强、成熟。

一张别致的判决书

20 世纪 90 年代初，在一个地处偏僻的乡法庭上，一场关于是否赡养亲爹的官司正在激烈进行。

法庭庭长长着一张黝黑的"国"字脸，大高个，一双眼睛射着冷峻、凌厉的目光，看上去很严厉。他手里拿着几张带着油渍的状纸，冲着被告席上一个梳着分头的中年汉子，威严地喊道："你是不是叫张金友？"

"我叫张金友。"中年汉子镇静地回答。

"现在从事何种职业？"

"电焊工。"

庭长问了一下中年汉子的基本情况，指着旁边座位上一个佝偻的老头问道："原告张立可是你爹？"

张金友稍微犹豫一下，瞥一眼旁听的妻子，只见妻子射来两道恼怒的、阴森森的目光，他赶紧把头扭向一旁，迟疑地说："这，这……"

"这什么？"庭长冷冷地问道。

"我从小的时候就没了爹娘。"他偷偷看一眼妻子，妻子朝他满意地点了点头，顿时，他的一颗怦怦乱跳的心暂时得到安慰。

"不，他小子在撒谎。"坐在原告席上的老头突然变得像一头发怒的公牛,一只瘦骨嶙峋的手不停地颤抖,声嘶力竭地喊道。

"我说得句句是真。"张金友嘴角泛着白沫,一张一合,一副心安理得的样子。

"你说这话就不怕五雷轰顶?早知道你是个不孝之子,当初就把你捺到尿盆里溺死。"老头终于忍不住了,开始粗野地叫骂。

张金友鼻子轻轻地哼一声,不屑一顾地说:"我才不怕什么天呀,地呀,雷呀,有本事你把它们统统请来,看能把我怎么样?"

"孽子。"

"老不死的。"

双方开始由争吵发展到对骂,声音越来越大,情绪越来越激动,如果不是法官在场,也许会出现大打出手、不可收拾的现象。

"安静一下。"庭长拿着法槌,在桌子上猛敲一下,气愤地喊了一句,双眼射来两道令人畏惧的目光。

这一招还真灵,双方顿时坐下来,变成闷葫芦,但你瞪我,我瞪你,相互怒视着对方,谁也不肯服输和让步。

"法庭继续展开调查。"庭长一张黑色的脸突然变得柔和,仿佛与张金友套近乎,"既然你从小就没了爹娘,那你是怎么长大的?"

"我是依靠吃百家饭,穿百家衣,才长大成人的。"张金友扭过头,看着妻子,闪烁其词,没有一点负罪感和羞耻感。

妻子跷着二郎腿,得意地一颤一颤,一只手轻轻地富有节奏地叩击桌子,脸上带着灿烂的微笑,向他投来欣赏默许的目光。

庭长的眼睛很厉害,马上发现这个问题,及时提醒张金友:"金友啊,你回答问题的时候,能不能不看老婆的脸色,自主回答?"

"我们家全因这个泼妇搅和,没有她,金友就不会不孝顺。"一提到儿媳妇,老头张立的气就不打一处来。

谁知黑脸庭长白了老头一眼,佯装生气地训了他一句:"你能不能不说话，让金友先说？"然后换上一副笑脸，温和地对张金友说："我知道你在气头上，难免说错一些话。据我调查，你从小没了娘，是你爹一把屎、一把尿，好不容易才把你拉扯大。"

庭长的话触动了张金友的心思，他仿佛又回到童年时代，回想起爹起早贪黑，含辛茹苦，挣来钱供他念书，自己长大后，娶了媳妇。谁知过门的媳妇与爹天天生气，自己夹在中间，日子难熬得很。想到这里，他为难地看一眼妻子，看见妻子正板着一张又长又瘦的驴脸，一双铜铃似的眼睛瞪得溜圆，恶狠狠地盯着他，不禁浑身一个哆嗦，指着张立，嗫嚅说："不，他不是我亲爹。"

听了他的话，黑脸庭长心中先是一惊，愣了一愣，继而用讥讽的口吻问道："他不是你亲爹，那你亲爹是谁？"

"我从来没有亲爹。"张金友内心充满矛盾，抬起头，又低下去，最后又抬起头，鼓足勇气说。

"那你是怎么出生的？"庭长满腹狐疑，一脸诧异。

"我是电打的。"张金友被逼无奈，又是抓耳挠腮，又是如坐针毡，好久才从牙缝蹦出一句让全庭人都震惊不已的浑话，就连他的妻子也吃惊地看着他，至于老头张立，早就气昏了。

再看看黑脸庭长，只见他嘿嘿一笑，不愠不火，不急不恼，诙谐、幽默、机智地说道："对不起，既然你是电打的，那得掏电费。"说罢，他强抑心中的怒火，腾地站起来，拿起临时拟好的宣判书，朗声念道：

"经过法庭认真调查，张金友素来不孝顺亲爹，而且荒谬宣称自己是电打所生。本法庭判决如下：张金友电打所生电费，每月需要缴纳四百元。本判决即日生效，如有不服，可在判决书下达十五日后，向上一级人民法院复诉。"

张金友听了判决，顿感天旋地转，瘫倒在被告席上。而那位坐在一旁自始至终操纵他的妻子，十分恼火地抬起屁股，穿着高跟鞋，走至他的身边，鄙夷地睨他一眼，扬长而去，身后发出咯噔咯噔的声音。

散文

雄鹰之歌

——谨以此献给安阳人民公安

一

在巍巍的太行山巅，一只雄鹰傲然独立，从容地环视四周，只见举世闻名的红旗渠，宛若一条长长的亮丽的玉带，弯弯曲曲盘旋在半山腰，神话般地飘落在你的脚下。风光旖旎的大峡谷，也弯下那雄壮、健美的身躯，在偷偷地为你喝彩、祝福。高不可攀的天穹，此时近在咫尺；一望无垠的长空，尽在囊括之中。你笑了，嘴角露出一丝会意的微笑。

二

凛冽的寒风，卷着尖厉的哨声，从白雪皑皑的山脊掠过，从幽深的山谷呼啸穿越，大地为之瑟瑟发抖。然而，没有裹着貂领裘皮的你，却自信地屹立在不胜寒冷的高处，经受着霜粒刀子般地吹打，岿然不动，顾盼自雄。你始终抱着一个执着的念头，漫漫的严寒过后，将是阳光明媚万物复苏的暖春，那是一个激情燃烧的浪漫季节。斜斜的山坡上，盛开着一簇簇姹紫嫣红的鲜花，那是特意为你准备的五彩艳装哟；碧绿的山水间，荡起一层层涟漪，那是让你保持昂扬精神的如诗如画的仙境。

三

浓厚的阴霾，从远处铺天盖地般卷来，无情地遮住光芒四射的太阳，也残酷地遮住皎洁明亮的玉盘。蓄势待发的你，展开强劲的翅膀，霍然飞离峭石，像一位剽悍的斗士，冲开千重雾幛。太阳神羲和露出骄傲的笑脸，金灿灿地向你走来，来表达诚挚友好的谢意；月宫嫦娥展开漂亮的长袖，静悄悄地向你走来，来展示明快轻盈的舞姿。

四

恐怖的闪电，像一柄长剑划过玉宇，闪出刺目惊心的寒光；沉闷的雷声，像一群滚滚而过的车队，发出震耳欲聋的音响。叽叽喳喳的百鸟，纷纷收起美丽的羽毛，躲在不显眼的暗处，在惊恐地观看动静，在默默地祈祷平安。只有你，昂起不屈的头颅，张起锋利的钢爪，把迎击闪电当作培养乐趣，把聆听雷声当作陶冶情操。展翅飞翔，给了你坚定；迎接挑战，给了你果敢；奋力搏击，给了你深沉。闪电啊，那是为你勾出的一幅沸腾激扬的彩图；雷声啊，那是为你奏出的一曲雄浑有力的交响。

五

疯狂的暴雨，在哗哗地倾泻。茫茫宇宙间，织出一道最壮观最精密的水帘。你像一只永不消失的精灵，在浩瀚的天幕上，执着地上下翻飞，发出强者的呐喊，彰显枭雄的尊严。密密麻麻的雨点，淋湿你的双翼，仿佛是你百折不挠的试金石；淅淅沥沥的雨声，敲响你的鼓膜，好像是你向天长歌的音符。

六

你是百鸟的王首，群兽的克星，勇敢的化身，无敌的象征。你掠过云霄时，所有的害鸟为你让路。你翱翔在蓝空，却搜寻着地上的目标，即使躲藏在灌木丛中的狐鼠，不论它藏得多么隐蔽，也难逃你一双锐利机警的眼睛，你毫不犹豫地斩断荆棘，在最隐秘的地方攫起它，腾空而起，去饱享劳动的果实。你笑了，那是胜利者所特有的微笑哟。

七

因为你是志存高远的理想者，所以你要去迎接绚丽的彩虹，去拥抱灿烂的曙光；因为你是浩气长存的正义者，所以你要还世界一片光明，给神州一股正气；因为你是百炼成钢的成功者，所以你要以辽阔的长天为遨游的地方，以狡猾的强敌为猎取的对象。

八

沧海横流方显英雄本色，安阳人民公安，你有一个响亮、高尚、英雄的名字，你有一个纯洁、奉献、爱民的名字。

说你响亮，因为你是一支政治合格的队伍，正在努力做学习型的优秀民警，打造学习型的荣誉集体。为的是，用更先进的思想武装头脑，勇做时代的弄潮儿。

说你高尚，因为你是一支作风优良的队伍，五条禁令六个绝对不允许，真金不怕烈火炼，在淬炼中成长壮大；响鼓不用重槌敲，越敲越激昂越振奋。为的是，拉得出打得赢，甘做党的忠诚卫士。

说你英雄，因为你是一支本领过硬的队伍，冬练三九夏练三伏，龙腾虎跃挥汗如雨，湿透你的衣襟也模糊你的双眼；闪展腾挪擒拿格斗，磨破你的双肩也磨出厚厚的老茧。为的是，首战用我用我必胜，打造一把把让罪犯闻风丧胆的利剑。

说你纯洁，因为你是一支纪律严明的队伍，铁腕抓队伍大爱润无声，谁有损公安的形象，就砸谁的饭碗；谁违反公安铁的纪律，谁就是公安的罪人。为的是，热血铸就金色盾牌，培养一批批完美无瑕的模范先锋。

说你奉献，因为你是一支无私无畏的队伍，春夏秋冬恪尽职守，没白天没黑夜无怨无悔，浑身有用不尽的力量哟。为的是，保一方平安，争当正义的护法使者。

说你爱民，因为你是一支构建和谐的队伍，常怀感恩心视民如父母，走千家企业保驾护航，访万户百姓排忧解难。为的是，全面可持续发展，永做不脱离人民群众的公仆。

三千多个铁骨铮铮的民警，塑造平安安阳的丰碑；三百六十五个不眠的日日夜夜哟，铸就百战百胜的永恒警魂，让警徽绽放出更加璀璨的光芒。

你们是一群展翅高飞的雄鹰啊，你们是一群无愧于时代的英雄。我愿为雄鹰纵声放歌，愿为英雄的安阳人民公安纵声放歌。

文峰之歌

——谨以此献给勤劳的文峰人民

一、厚重的文化历史

　　东方的天际抹起一道绚丽的朝霞，沉睡一夜的五层"伞"字形文峰塔，又恢复往昔俊美、雄浑、豪迈的英姿，倒映在澄澈的碧波荡漾的西营湖面。站在视野开阔的塔顶，柔和的清风徐徐吹来，像薄薄的轻纱拂过深陷的笑靥，只见辽阔的河朔风光尽收眼底。你是安阳的标志，透析着远古的文明，印证着历史文化的积淀，仿佛把人带回一千多年前那个漆黑的黂夜，在摇曳的烛光下，历史学家李延寿高耸两道浓浓的眉毛，《南史》《北史》在他的妙笔下熠熠生辉；出将入相的三朝元老韩琦，曾三次在这块美丽富饶的土地上辛勤耕耘，除民疾，理武库，取得了彪炳史册的斐然政绩；明代吏部尚书郭朴居高官而不傲慢，在家人与邻居发生纠纷时主动退让，豁达谦让的美德被编成脍炙人口的仁义巷故事，作为构建和谐社会的楷模久传不衰；大学问家崔铣潜心著书《洹词》《彰德府志》，被后人美誉为"小颜回"。还有昼锦堂、三绝碑、高阁寺、仓巷街、钟楼，犹如一页页厚重的历史画卷，闪耀着先哲们的光荣足迹，凝聚着他们自强不息的奋斗精神，文峰为拥有他们而骄傲自豪。

二、宏伟的蓝图规划

俱往矣，数风流人物，还看今朝。三十八万文峰人民，站在新的历史起点，以发展理念为引领，以高质量发展为方向，谋大事，抓重点，稳增长，促转型，集全区之智，聚全区之能，举全区之力，正努力把文峰区建设成为繁荣、文明、和谐、宜居的首善之区。

三、崭新的城市面貌

嘹亮的号角吹响了，以"大改造"打响城市新战役。昔日欺行霸市、怨声载道的唐子巷，素有"黑市街"之称，如今商贸云集、民康物阜。坑洼不平、黑灯瞎火的文峰中路，鸟瞰像一艘气势恢宏的航空母舰，倒垂柳婆娑起舞，芳草地绿茵鲜嫩，美丽可爱的百鸟展开色彩缤飞的羽毛，从容地飞翔在姹紫嫣红的花丛中。北大街商业门面鳞次栉比，各式各样的商品琳琅满目，形成旅游、购物、休闲的新景象，"进城不到北大街，等于没到安阳城"。中华路是安阳的景观路，宽敞平坦、气势磅礴，与婀娜多姿、玲珑剔透的易园辉映成趣。文明大道、步行街、解放路、高宝路，整洁优雅、井然有序。

以"一路三街"为核心的商业圈，奠定文峰区在全市商贸中心的地位。只见大商场、大超市、大市场，星罗棋布。肯德基、丹尼斯在风景优美的西营湖畔扎根、开花、结果。红宝石、快乐时光、英皇会所，华灯初上、霓虹闪烁。盛德利、金汤居、景易园、聚宾楼、烧鹅仔、金狮麟、巴奴火锅、卧龙大酒店，香味浓郁、引人入胜。新天地、大润发、义乌城、丹尼斯、洹水湾、海鑫购物、万达广场、红星美凯龙，生意兴隆、财达三江。上档次、有品位的大美城、碧桂园、香格里拉、上城公馆、华城国际、御峰名苑、华富世家、广厦新苑、京林中央花园……拔地而起、错落有致。

孔雀唱着旋律优美的曲子，成群结队向东南翩翩飞来，因为它们知道，这里有温馨的小巢，这里有光明的前景。

四、强劲的工业势头

谁都知道无工不富的浅显道理，区位优越的文峰发展工业更是劲头十足，一批上千万超亿元的项目纷纷落户。在高大的炼铁炉前，炙热的钢花飞溅着，一块块质量可靠的轨距挡板畅销全国各地。薄壁缸套、方块数控锅炉，被列入宏伟的国家火炬计划。金刚砂磨料、稀土抛光粉，广泛应用于航空航天高科技领域。金风科技、中东永电、华中数控中心、斯普机械、高新区火炬研发园、中科院电工研究所海洋研究院提高产业承载力，初步形成一条完整的工业链条，一个崭新的工业强区展现在世人的眼前。

五、希望的绿色田野

特色农业方兴未艾，无公害植物走进农家，一排排树林像站岗的哨兵，一畦畦绿油油的农田长势喜人，麦浪翻滚，瓜果飘香，黄澄澄的瓜篓丰收在望，沼气池变废为宝，猪马牛羊滚瓜溜圆。在那沸腾的田野上，到处是灿烂的阳光和可爱纯朴的农民。

六、领先的教育事业

十年树木，百年树人。市实验小学、东南营小学、三官庙小学，一流的环境、幽雅清香，一流的设施、日臻完善，一流的师资、治学严谨，成为全市教育的领跑者。

听，校园内书声琅琅，一声声都在拨动人的心弦；看，教室里一双双孜孜以求的眼睛，翻阅着厚厚的书籍在渴望奋进。那是祖国未来的希望，那是实现人生理想抱负的基础。

七、先进的党性教育

人民公仆，一个朴素的名字，多么高尚、圣洁。你时刻牢记党的宗旨，把群众的冷暖放在首位，讲党性修养，树良好作风，采用"4+2"公开透明的工作方法，像焦裕禄、孔繁森那样，凝聚、贴近、温暖群众，永远做老百姓的贴心人。那是一种深沉、博大的爱，是儿子对母亲的报答之爱，不论阳光明媚，还是刮风下雨，你忙碌憔悴的身影，总是和基层群众站在一起。那是一种感人肺腑的深情，心甘情愿做群众的"孺子牛"，在三十八万颗滚烫的心中，默默地树起一座无形的丰碑。那是一双双辛勤的手，播撒激情，描绘憧憬，放飞理想，收获希望，织出文峰锦绣，奏响时代乐章。

八、耀眼的和谐新区

你是经济强区、科教名区、人居亮区、和谐新区，宛若一颗明亮的星，在豫北大地璀璨夺目。你是政治中心、经济中心、文教中心、物流中心，犹如一条充满勃勃生机的龙，科技与创新带来腾飞的双翼。你是一面鲜艳的红旗，用最先进、最科学、最文明的重要思想武装全党，在充满金色阳光的道路上阔步前进。到处是盛开的文明之花，和谐之风尽情地吹荡。愿为日新月异的文峰纵声放歌，愿为勤劳的文峰人民加油喝彩。

文峰魂

——为文峰区汪家店城中村改造点赞

一

五月的夤夜，鹅绒般的夜幕像湖水一样平静，密密匝匝的繁星像无数颗夜明珠似的，闪烁着耀眼的光芒。

在文峰区汪家店村临时搭建的城中村改造指挥部里，灯火通明，烟雾缭绕，几个区领导眼睛中布满血丝，正在高一声低一声议论：汪家店这块骨头真难啃，这个村的群众思想工作真难做啊！

听着不同的声音，长治书记一只手托着下巴颏，在宽敞的帐篷里彳亍，两道浓眉下一双眼泛着焦灼的目光，一步，两步，三步……

沙沙沙，沙沙沙，沙沙沙，巨大的身影在墙壁上不停地来回晃动，他心潮澎湃，思绪万千：汪家店进行城中村改造六年，因为部分群众不理解，留下四百多户没有拆迁。面对这个巨大的"尾巴"，他的心中像有几条毒蛇在狠狠地噬咬，一阵阵疼痛，一阵阵难过。难道文峰区真的完不成这个光荣使命？这个念头刚刚闪过他的脑际，对于铮铮铁骨、顶天立地、勇于担当，血液里流淌着永不服输基因的他来说，无疑是极大的讽刺、嘲弄和侮辱，他那张疲倦的、憔悴的、有棱有角的脸变得异常严肃和凝重。他毫不含糊，毅然否决这个幼稚的想法："不，绝不！文峰区的干部队伍具有克难攻坚的能力，具有滚石上山、披荆斩棘的精神，关键在于决心是否坚决，措施是否得力。"

想到这些，他紧紧皱着的眉头豁然舒展开来，快步返到桌前，咚的一拳砸在桌子上，洪亮的声音划破深沉的、宁静的、阒无一人的夜晚："迅即调集全区十三个局委精兵强将，与办事处、村'两委'成员组成工作组，每组平均三十户的任务，要发扬蚂蚁啃骨头精神，发扬咬定青山不放松的精神，深入到群众中，开展促膝谈心、排忧解难活动。"

"李书记，早该这么办了。"区长杜建勋看长治书记拍板，抑制不住内心的兴奋，极力赞同。

二

区委一声令下，一百多名党的好儿女、好干部，以饱满的精神、昂扬的斗志，齐刷刷挺进汪家店村。

四百多家搬迁户，像四百多座雄峻崔嵬的大山横在他们的眼前，像四百多副沉甸甸的重担压在他们的肩上。树立信心乃决胜之本，他们坚信：世界上没有翻不过的火焰山，没有截不倒的参天树，没有做不通的思想工作。

干群关系好比鱼水关系，四百多户群众是他们的亲兄弟、亲姊妹，四百多户群众的疾苦就是他们的疾苦，四百多户群众的忧愁就是他们的忧愁。张大婶生活困难，他们当即跑前跑后给她解决低保；

李大娘长期患疑难杂症,他们帮她寻找全市最好的专家来诊治,嘘寒问暖,关怀备至,如同家人;王大哥的孙子上小学没着落,他们主动上门解决他的后顾之忧。对症下药,具体问题具体分析;解剖麻雀,一把钥匙开一把锁……一件件看得见摸得着的实事,一幕幕动人心弦催人泪下的情节,菜市场、建筑工地、田间地头、茶坊酒肆,只要有搬迁户在的地方,就能看见他们的身影,留下他们的足迹,用真心,用大爱,赢取搬迁群众的信任。

面对一时半会儿不理解的群众,他们一次次上门,一次次吃闭门羹,有的多达四十多次,但他们不气馁、不灰心,愈挫愈勇,愈挫愈从容。烈日下,狂风中,暴雨里,他们一次次敲门,一次次等待,他们相信:群众一定会把他们当亲人看待。等啊等,敲啊敲……精诚所至,金石为开,终于有一天,黑洞洞的大门吱的一声敞开,被感化的群众把他们迎进门。他们拉着群众的手,笑吟吟,算当前的经济账,一个砖混小院换两套框架房子不吃亏;讲未来美好生活,小区树木掩映、窗明几净,像花园一样美好;不厌其烦交流,苦口婆心讲解,直讲得群众心悦诚服,泪水哗哗流哟。

三

经过三十五个日日夜夜的努力,四百多户群众踊跃搬迁。机器隆隆轰鸣,铁臂高高扬起,一座座破旧的小楼轰然倒下。几个月后,在这块美丽的土地上,几十栋漂亮的高楼拔地而起,全村群众欢天喜地乔迁梦中的新居。这是一个个风景旖旎、鸟语花香的小区,这是一栋栋结构坚固、气势恢宏的大厦,勤劳、善良、纯朴的汪家店人民群众,变得更加自信、安详、欢乐和幸福,真正实现安得广厦千万间，大庇百姓俱欢颜。

这是一次永久难忘的记忆，六年忧愤一朝雪，俯首甘为孺子牛；这是一次密切党群关系的好机会，从群众中来再到群众中去，一切依靠群众，改革成果由群众共享。

文峰魂，是一缕缕克难攻坚的魂，滚石上山的魂，披荆斩棘的魂，无私无畏的魂，苦干乐干的魂，干净担当的魂，春风化雨的魂，党群融洽的魂，跨步发展的魂，蒸蒸日上的魂。

创卫进行曲

——谨以此献给勤劳的创卫工作者

来吧，亲爱的朋友，让我们挥舞长长的扫帚，迈着轻盈的脚步，摆动健美的腰肢，把大街小巷扫得干干净净。柔情似水的月光，深沉地洒向人间，仿佛在镌刻一群忙碌的身影。璀璨夺目的星辰，高镶在浩渺的天幕，宛如清洁姑娘的眼睛熠熠生辉。

来吧，亲爱的朋友，让我们紧握园丁的裁剪，去迎接习习的春风，去沐浴和煦的阳光，把花红草绿修得婀娜多姿。鲜嫩细长的柳丝，像少女心爱的裙子，欢畅地婆娑起舞。姹紫嫣红的花卉，像仙子娇媚的笑靥，把迷人的蝴蝶诳来，把活泼的百灵鸟诱至，飞翔，自由自在，歌唱，纵情欢声。

来吧，亲爱的朋友，让我们意气风发、豪情万丈，走向繁华的闹市，走向宁静的乡间，去散发五颜六色的传单，把卫生、健康送进千家万户。区长铿锵有力的声音，像嘹亮的号角，久久地回荡在耳畔。书记慈祥的目光，像一泓清澈的水，滋润一颗颗干涸的心田。

来吧，亲爱的朋友，让我们痛下决心、硬起手腕，向拥挤不堪的占道经营大胆宣战，使乱摆乱喊的无序市场彻底规范。整治后的市场焕然一新，昔日买菜满脸汗珠的大嫂，脸上带着轻松、愉悦的笑容，在欢腾的人流中娴雅地徜徉。高声吆喝的商贩，经营更加文明、礼貌、周到、温和，给市民带来更多更好的实惠方便。

　　来吧，亲爱的朋友，让我们脚踏实地、埋头苦干，废寝忘食、辛勤耕耘，铲尽眼花缭乱的小广告，刷新胡涂乱抹的墙壁，捡净到处乱扔的纸屑烟头，运清堆积如山的建筑垃圾，涤荡臭味熏天的粪便。再也看不见闹心的脏乱，再也闻不到刺鼻的恶臭，蚊子苍蝇踪影全无，湛蓝的天穹飘着祥和的白云，辽阔的大地披上花花绿绿的盛装，激荡的河流畅游欢快的鱼群，遥远的村落响起牧童悠扬的笛声，喧嚣的市区吹荡和谐的暖风。看，北大街琳琅满目、鳞次栉比，文峰路霓虹闪烁、华灯初上，永明大道万紫千红、芳草如茵。

　　来吧，高亢激越的小伙子；来吧，热情奔放的年轻姑娘；来吧，情真意切的父老乡亲，让我们一起合唱雄浑的创卫进行曲。劳动，像耕牛似的勤奋；欢乐，像饮蜜似的陶醉；激情，像火烧般炽热；记忆，像刻骨般难忘，把我们的家园打扮得更光彩、更亮堂。

评李广

一

说你是名将，你却打败仗；说你骁健，你却当俘虏。凭什么封你的侯，凭什么拜你的爵。迷途失律该当何罪，拔剑自刎免得狱中对案算你明智。

人得势时，人们趋炎附势巴结你；人失势时，人们落井下石砸死你。这是人之常情，而你恩怨分明。在守门小吏对你冷嘲热讽时，你耿耿于怀牢记于心，有朝一日官复原职，充其量招来此人训斥一顿也就罢了，犯得着人家向你苦苦求饶，你硬着心肠把人家送上去西天的路。与那位受胯下之辱却封对方当官的韩信比，你的胸襟你的度量哪里去了？打下一座城堡，你下令把八百名军人屠杀，你的阴德哪里去了？

你能封侯吗？不能，你的度量不具备。你能拜爵吗？不能，你的阴德没有积。皇恩浩荡，圣眷优渥，多少后生超越你，多少名气小的人崛起，唯独你横尸沙漠，留作后人哀息的谈资，仅仅用"数奇"两个字盖棺定论，够吗？

二

谁人无过？为什么对你苛全？遥想七国叛乱，大好河山风云变色，堂堂朝廷畏敌如虎，是谁身先士卒斩将夺旗，是谁冲进敌阵热血飞溅？梁王刘武爱你骁勇送你将印，你接也不是，不接也不是，最后揣在怀里不知所措。假若你多一个心眼一推六二五，朝廷怎好把你排到诸侯队中，皇帝又怎好把你忘掉？一个只知打仗，哪懂那么多微妙玄机，看来政治上还年轻还幼稚还不成熟还不会投机，埋下日后不能晋升的祸种。

三

自古以来，有哪位将军能像你把乱石当虎射，剑簇没入石中拔不出？你的功夫前无古人，后无来者，独一无二。

四

当烽火烟起，匈奴侵犯，你像一座巨山矗在边塞，你像一座雄关横在敌前，强敌、悍敌、穷凶极恶之敌，遇到你丢盔弃戈、望风而逃，穷民、弱民、勤劳善良之民，盼望你立马横刀、守护家园。你是侵略者的克星，你是老百姓的救星。

你的神勇，你的虎胆，你的英明，敌人提起你咬牙切齿、衔恨不休，百姓谈到你拍手称赞、争睹风采。

五

士兵受伤时，你像慈父呵护赤子一样关怀备至；士兵得病时，你像长兄疼爱幼弟一样嘘寒问暖；士兵高兴时，你领着他们驰骋草原狩猎野物；士兵忧愁时，你巡视军帐促膝交心排忧解难。你深深地爱着他们，他们紧紧地跟着你赴汤蹈火，宁可全军覆没，决不投降决不逃生。你带兵没有那么多军纪，打起仗来却能形成拳头；你带兵没有那么多规矩，打起仗来却万众一心。

六

有你在，边关安宁、百姓安定、朝廷安全；有你在，单于丧气、阏氏丧心、胡奴丧胆。上下五千年，纵横几万里，飞将军的名字久传不衰，人生得此足矣，何必为不封侯而失意、沮丧、遗憾。封侯与否是皇帝的特权。岁月易逝唐李无封似乎千古遗憾，好在历史不是由皇帝编写的，当你的死讯传开后，将士们与老百姓的眼泪已对你做了最高的评价：桃李不言，下自成蹊。

让封侯见鬼去吧。

悼念岳母

花圈似海，挽幛如潮，一段段跌宕起伏的哀乐，一阵阵撕心裂肺的痛哭，沉重悼念一位老太太，一位活了七十六个春秋，被突如其来的摩托夺走生命的老太太。苍天动情，阴云沉沉，雨滴像串珠不断。大地变色，暮霭纷纷，春柳似垂首俯耳。

忆岳母辛劳，朝耕晚归，面朝黄土背朝天，七十六个春秋手脚不闲，儿女们劝您颐养天年，您回答劳动惯了可以健身。您是一个真正的劳动者，一个不知停顿的劳动者。

念岳母仁慈，一把屎一把尿把儿孙拉扯大，头痛脑热到处把医看，看孩子做饭接送上学全包管，四代人的感情像海一样深，没有口角，没有斥责，有的是母爱，有的是关怀。

岳母啊，一位伟大的母亲，家中的房子等您看，野外良田等您管，膝下孙辈等您怜。如今您却脚步匆匆离去，让儿孙们何以忍心把您悼念。天国的道路遥远，不要急，慢慢走；天宫的被褥寒冷，多盖几张，不要冻着；天堂的饭若生硬不合口，切记托梦儿孙常祭祀。再也见不着慈祥的笑容，再也听不到畅怀的笑声。心中的悲痛只有用眼泪表达，用一首微不足道的纪念文章寄上哀思。

涨工资后的慨叹

君的工资涨了，顿时腰中钱袋鼓了，家中的菜篮子丰富了，四口人小日子宽裕了。君的眉头舒展，心扉像鸟一样飞翔。走进宽敞明亮的卧室，堆万卷书任君批阅，一切无忧无虑优雅娴容；走到姹紫嫣红的大道上，倒垂柳婆娑起舞，胸襟坦荡磊落一展亮嗓。

然而君在喜悦之际，切莫得意猖狂。君不见多少下岗职工愁生计，到市场捡菜叶度时光，看不起病上不起学望医院望学校兴叹者比比皆是，更何况每一次涨工资后，物价都要跟着上涨。太平盛世有隐忧，饱汉要知饿汉饥，富人不能忘记那些穷人，微薄捐献赈灾济穷，乐施好善略表寸肠，让贫穷远离城乡，让富裕让爱心让歌声充满人间。

假若我们十几亿的大国，每一个人都不用因贫困犯愁，那我们的国家在世界上才算真正的富裕。

站在愚公雕塑前

　　我站在愚公雕塑前，心潮澎湃，热血沸腾，思绪万千……

　　遥想两千年前的愚公，移山填海的豪情直逼霄汉，朴实不多的语言仿佛在昨天，萦绕耳畔，难以想象，一个耄耋长者，率领一群勤劳孝顺的子孙，向巍巍耸立的大山挑战。挽起袖子抡起千钧重的铁锤，叮当叮当，没日没夜地苦干；挑着最原始的簸箕，嗨哟嗨哟，磨破双肩把乱石运担。迎着风吹，冒着雨打，锐志终年不减；受着冷嘲，忍着热讽，一根筋走到底，永不回头。

　　这是一种什么精神？无私无畏战胜一切，气吞山河改造一切。据说上苍受到感动，为这样一位老者叫好助威，派来两位法力无边的神仙，一夜之间把横在人前的高山搬移。

　　虽说列子这个寓言纯属虚构，太行山、王屋山依旧绵延相连，但千百年来，优秀的中华儿女正弘扬愚公移山的精神，自强不息，改造贫瘠落后的故土，正在谱写更美丽更精彩的诗篇。

　　听，高速路绕山盘旋喇叭声声；看，小浪底波光潋滟鱼跳船舷。

浓郁的书香

在迈进知天命之际，回顾自己的人生道路，最快乐的事莫过于读书，那浓郁的书香让我如痴如醉，流连忘怀。

还记得从郑州畜牧兽医专科学校刚刚分到基层时，整天事务性工作一个接一个，我忙得不亦乐乎，难有闲暇。后来凭着自己的勤快能干，当了乡领导，每天遇到的工作更多，肩上所承受的担子更重，闲暇更少。但我见缝插针，手不释卷，从中汲取知识，增加智慧，享受快乐。身边的同志认为我在大学所学的知识足以胜任现行的工作，纷纷投来不理解的目光，甚至有人讥笑我是一个书呆子，我不以为然，照旧阅读着，快乐着。

随着阅读量的增加，我逐渐萌发了著书立说的念头，利用晚上不回家的时间，结合长期的工作实践，写出反映农村题材的长篇小说《黑脊梁》，在社会上引起强烈轰动，之后一发不可收，接连写出长篇历史小说《宋武帝刘裕》（上、下）、《文景之治》（1—4卷），文字多达三百多万，分别获得安阳市"五个一工程"奖，是安阳市获得此项荣誉最多的作家。有个区主要领导问我所在单位领导，我平时写作是否影响工作？当他听到我平时工作没少干一点、省级荣誉获得十几项、市级荣誉获得五十多项时，顿时睁大眼睛，表示惊讶。我也因这三部小说而感到自豪，写下"板凳要坐十年冷，不写文章半句空。人生铸就三部曲，不枉红尘来一遭"的豪言壮语。

根据工作需要，自己从农村进了城市，每天可以回到自己构筑的温馨的家，回到家第一件事就是细读文学名著。也许我的习惯对我的妻子、两个女儿有所影响，她们也都抱着书，在津津有味地啃读，整个家散发着浓郁的书香。

俗话说："种瓜得瓜，种豆得豆。"老天爷历来是公平的，2011年高考，大女儿以无可争辩的优势，在文科排名榜上位列全省第七、全市第一，清华、北大争相录取，全家沉浸在惊喜中。2016年，二女儿高考以优异成绩被郑大法学院录取，2019年保研同济大学。

曾有一个区领导跟我谈话，问我学习诀窍，其中她说到一段非常有趣的话："你的两个女儿上的小学、初中都是一般的学校，中考时都考上一中（在全市排名中大女儿第18名，二女儿387名），都没有掏高价，省了好几万。按说你的脑子也不是出类拔萃的，取得这么好的成绩，到底是什么原因？是不是你家的风水好？"我听完呵呵一笑，然后一本正经地回答："归根到底，是她们刻苦勤奋的结果。"我从几十年的学习中得出两个体会，也就是八个字："刻苦勤奋，扬长避短。"至于刻苦勤奋，女儿和其他同学一样，每天面临没完没了的作业，常常熬到深夜，这是每一个家长都十分心疼的事。说到扬长避短，这是我多年得出的一个重要结论，作为从高考中走出来的人，应该说当初我的高考成绩并不理想，这深深刺痛了我，我得出理科不好学的结论，因而时不时提醒女儿，特别在大女儿分科时起到关键作用。须知当时大女儿在文理兼优（综合成绩在市一中排到第二名）的情况下，说服她学文科非常困难，她一直不同意学文科，中间我们发生争论，而且很激烈。我的理由很简单，人生几十年很短，要扬长避短，因为她的文科成绩在一年级的时候一直是全年级第一名，为何不报文科呢？她回答说自己的理科也很强，将来选择面宽，到最后她采纳我的建议，报了文科。高考结束后，理科估分高，文科估分低，她再次埋怨我让她报文科，等成绩出来，估分的确像学生估计得那样，大女儿考了 649 分，与理科生比，分数并不高，但在文科生中名次非常靠前。一时间不仅女儿成了安阳的名人，我也成了文峰区的名人。截至目前，安阳市一中文科高考仍然没有哪个学生突破她的分数。

也有的人把这一切归功于家长的遗传基因，我淡淡地一笑，因为我知道成功的背后离不开艰辛的付出。

读书使人进步，书香让人陶醉，这就是我最大的人生感悟。

豆公游记

四月六日，春风骀荡，丽日明媚。应王朝君副主席之邀，安阳市作家协会将在内黄县豆公镇举办"门泊桃红，水色豆公"文学采风活动。

豆公镇离市区一百二十多里，六名正、副主席分乘三辆小车，沿着高速公路，风驰电掣，没用多长时间便来到该镇。该镇是个农业小镇，透过车窗，我欣喜地看到，道路两旁栽满经过修葺的白杨树，笔直挺立，刺向苍穹。一块块田地好像刻意规划过一样，方方正正，整齐划一，一垄垄麦苗绿油油的，长势非常喜人。这使我对这个农业小镇产生一种不错的印象，好像重新回到暌违多年、阔别已久的故乡。

大约十时，车子来到已经开辟好的停车场，大家走下车，看到几百名小学生、旅行者成群结队，从四面八方蜂拥而至，一时间此处欢声笑语，人头攒动。其中有一个特殊的群体，引起我的注意，他们从遥远的易园出发，骑着赛车，用了两个多小时的时间，风风火火，不辞劳苦，赶到此处，显现出他们强健的体魄。

随着人流，我们顺着弯弯曲曲的卫河河堤向前走着。河堤两旁，卖地方特色小吃的，卖零食的，卖衣服的，卖鹦鹉的，一阵阵吆喝声、叫卖声，好不热闹。

在河堤上，我把手搭在眉峰，极目远眺，只见万亩桃花盛开怒放，色彩缤纷，姹紫嫣红，不禁为她的美丽、为她的气势、为她的风姿所吸引、所倾倒。在县政协秘书长焦国建的引导下，我与桑明庆、田现庭、王朝君、杨丽娟、刘术香等人，簇拥着著名的大散文家唐兴顺主席，走在水泥硬化的田间小道（为了使桃花种植形成规模，为了旅游者观赏，豆公镇政府可谓下了大功夫），他不停地指着桃花树，讲述着有关桃花的故事，有说有笑，兴致极高。站在桃树旁，观赏一株株桃树，不难发现此处的桃树与自己平时所看到的桃树区别比较大，此处的桃树主干只有半米高，粗一点的分枝不超过五枝，树干扶疏，交相掩映。粉红色的花朵像扇子一样，展开婀娜、隽秀、高贵的身姿，娇嫩的花蕊晶莹透明，玲珑剔透，招来一群群蜜蜂和蝴蝶。蜜蜂嗡嗡叫着，在花蕊间徘徊踯躅，在花蕊间流连忘返，酝酿甜蜜；蝴蝶则舞动着一双斑斓迷人的翅膀，从这朵花飞到另一朵花，翩翩起舞，形成一道亮丽的风景线。树与树的间距是匀称的，有规可循，树下的土地没有一根杂草，由此可见树农的勤恳劳作，倒是一层韵致的落花，让我们每一位都产生怜香惜玉的感觉。我置身其间，大口呼吸着新鲜的、别样的、馨香馥郁的空气，如痴如醉，说不出的美轮美奂，不由得对着桃树林，闭上眼睛，大声背诵朝君副主席的新作："一树桃花开，十里香如海。霞映天际远，锦绣飞瑶台。溪边寻芳姿，枝头蝶徘徊。是谁笑东风，梦中留七彩。"

来到河边，望着发出哗哗声的卫河，一股惆怅像蚂蚁一样，悄然爬上我的心头，觉得这哪是传说中的卫河呢？传说中的卫河曾是一条通往天津的漕运河道，应该河面宽大，河水盛大。而现在河道变窄的卫河，不像一条河，更像一条渠。失望之余，我蹲下身子，捧一把澄澈干净的河水，洗一把脸，尽管是四月的春季，但感觉河水还是有些寒凉。我静静地看着东逝的河水，隐约可看到几条叫不出名的鱼在水中游动，发出喋喋的声音，水面漾出一圈圈的涟漪。不远处，几只黑色的燕子翩若惊鸿，掠过河面，飞向天际。

站起身，向西没走多远，一畦金灿灿的油菜花犹如一团烈火，重新燃起我胸中的激情。我的眼睛为之一亮，和其他几位同游者在其间谨慎走着，唯恐踩踏心爱的花卉。我们驻足此处，欢呼雀跃，摆出各种各样的姿态，拍照留影，平日的烦恼和忧愁一扫而光。

快到中午的时候，大风突至，足有六级，扬起漫天沙土，迷了我们的眼睛，把我们的头发吹得缭乱，逛游的雅兴刹那间减少许多。我们只好返回饭店，进行文学交流，畅谈心得体会，其乐陶陶，倍感融洽。

豆公之行，因为大风的问题，稍存遗憾，但总体是一次赏心悦目之行。在回来的路上，我仍然回味着著名歌唱家谭晶所唱的《桃花谣》歌词："桃花美，桃花艳，开在那三月间……迎风迎雨向太阳，盛开那一年一年。"

特作此游记以纪念。

相约滑县

去年，我与市作协唐兴顺主席、徐慧根副主席共同参加了全国作协在河北石家庄举行的"四力"培训班。培训期间，唐主席希望能在滑县举办一次作家采风活动。采风活动是件好事，但活动期间，如何联系采风景点，如何解决采风人员的衣食住行，都是很具体的事，加上徐副主席已从宣传部副部长、县文联主席的岗位上退了下来，对协调这项活动是不利的。当时，徐颇为踌躇，只是答应"考虑一下"。我觉得实施起来比较困难，因而也就没抱多大希望。

时隔一年，市文联何志臣兄弟突然通知我："七月二十四日至二十五日，全市作家二十多人将走进滑县，进行采风活动。"接到通知后，我心里想，不知道慧根费了多大的劲，才把这件事运作成功，一种佩服之情油然而生。

二十四日晚上，我们所有参加这次采风活动的作家，受到慧根的盛情款待。大家畅谈文学，共叙友谊，气氛融洽，其乐陶陶。

翌晨，上苍也好像格外帮忙，天上没有预想的炎炎烈日，而是蒙着一层薄薄的阴云，偶尔吹来一阵凉爽的微风，使我们根本感觉不到炎热季节的酷暑难耐。

我们采风的第一站是滑县中心医院西院。席连峰院长热情接待了我们，他双肩瘦削，白白净净的脸，一副近视眼镜架在秀挺的鼻梁上，一看就是一个业务精湛、底蕴深厚、精明强干、敢于担当的学者型领导。看到医院在他的坚强领导下，硬件设施样样精良，医务人员的服务态度、医疗技术取得令患者满意的成绩，我们无不被他的先进事迹感动。

从医院出来，我们来到久负盛名的明福寺塔，也称千佛塔。该塔通高四十三米，共建七层，形如八角，各层转角的青砖雕刻着仰俯莲花，象征着佛家净化自我、超凡脱俗的境界。梯级沿着内壁盘旋而上，直至顶层。顶层各角共悬挂二十四个铜铃，铜铃伴着清风，不断地左右摆动，发出叮当悦耳的声音。远远望去，该塔宛如精美的竹节，气势恢宏，布局开阔。

与明福寺塔毗邻的是欧阳书院，我们漫步欧阳修广场，只见欧阳修手持书卷，双目平视前方，脸色从容淡定。在这位大文学家塑像前，我仿佛回到遥远的一千多年前，这位文采翩翩、学问渊博的文学先贤正步履从容地向我走来，深邃的眼睛饱含着无限的期望，好像在说："安阳文学就像一轮喷薄而出的朝阳，只要诸位砥砺前行，就一定能够在全国占有一席之地。"听了他的鼓励，我脉管里的血液流速加快，面对他庄重宣誓："我一定与安阳作家们枕戈待旦，击楫中流，振兴豫北文学。"

离开这位让我崇敬的文学家，我们来到名扬海内的道口镇。一百多年前的道口镇曾是全省四大名镇之一。在铺满磨成细纹的青石路上，我们缓缓前行，道路两侧鳞次栉比的青砖瓦房保持着原来的风貌，尽管有的赋予了新意，开始经营手机、烟酒、饮料等现代商品，但仍有几家老店坚持经营如烧鸡、古线书一类具有本地特色的产品，要知道道口烧鸡可是全国知名的品牌。我们对这几家老店的坚持充满深深的敬意，对店铺沿用明清建筑风格逐一点评，赞不绝口。特别在银行商号，我们伫立在散着古木气味的柜台前、桌椅旁，更是如此。

走到街头尽端，我们来到大运河畔，当然了，这一段叫卫河，是因为滑县在春秋战国时隶属于卫国而得名。先到大王庙，大王庙供着五个治理卫河卓有成效的古人，有战国李冰，南宋谢绪，明朝黄守才、张居正，清朝朱之锡，看来历史最公正，只要是为百姓做过好事的人，百姓就不会忘记他们。在庙的一侧，有两座好像是过去的粮仓，后来经过改造，成为滑县非物质文化产品如战鼓、版画的展示馆。

不知不觉，五个小时已经过去，我们的肚子开始咕噜噜叫了，但此次的安排节拍紧凑，内容丰富，各位的游兴丝毫未减。沿着三千多米长的古城墙，我们欣赏着作为大运河一段的卫河，这个曾经在中国历史上发挥过重要运输作用的漕河，尽管眼下没有船只来往、白帆点点，但仍然是碧波荡漾，水光潋滟，沙鸥翔飞。在第三码头，我们顺着石阶而下，来到河边，只见细长的柳丝像少女的裙裾，沉浸到河里，给人一种诗情画意的感觉。我蹲在河边，看着可爱的鱼儿尽情地游来游去，鱼儿也好像颇通人性，高兴时泼剌一声，跃出水面，把我逗得心驰神往。我忍不住捧一把清澈的河水，洗一把脸，心里说不出的惬意。

相约滑县，我们这些对文学情有独钟的凡夫俗子，像喝了一坛陈年佳酿，喝得醉眼蒙眬，喝得醉态可掬，只好慢慢地等待时光的流逝，去细细地解醒……

忆叶君

在安阳作家群中,一提起邓叶君这个名字,人们就会肃然起敬,因为他是全市有史以来最有成就的作家之一,留下三百多万字的优秀文学作品,并深深为全市人民所喜爱。

他把生命的句号定格在五十七岁,正是他的作品日渐成熟,几家大的出版社争着与他签约,即将丰收的年华,他在最不该走的时候走了。如果苍天再给他几年寿命的话,谁说安阳就不能出现与莫言、贾平凹、陈忠实相媲美的作家?"邺下新落文曲星,士林憔悴泣相逢。"每当文坛好友提到他的去逝时,无不为他感到悲痛,那是一种锥心刺骨的悲痛,一种无法用语言表达的悲痛。

虽然他已经离开我们三周年了,但我总感觉他还没有离开我们,眼前不断浮现他的音容笑貌,仿佛他与几个志同道合的文友仍然在激扬文字,而且历久弥新。我经常伫立在安阳河畔,迎着凛冽的寒风,望着平静的河面泛起一朵朵白色的浪花,好像河神也在为他编织思念之花,就更加怀念这位曾让安阳感到骄傲的作家。

纵观他的一生,是创作颇丰的一生。他用横溢的才华,如椽的巨笔,为这座古老而又文明的城市增添了绚丽的色彩。他早年当过教师、编辑,长期在政府担任部门领导职务,通过自己敏锐的观察,用洗练的文笔,写出了长篇小说《血热胆壮》《浊流》《暗香浮动》

《头品顶戴马丕瑶》《天下为公马青霞》《笔走龙蛇马吉樟》《马氏春秋——中原第一家》，中篇小说《口福》《西门豹治邺》《大路》，诗集《神民》《五彩色》，报告文学集《为了这片土地》，纪实文学《还一个真实的曹操》，共出版文学作品十余部。

读他的小说，就像饮一坛百年陈酿，韵味无穷。他的小说人物丰满，个性鲜明，构思精巧，形象逼真，语言生动。读他的诗，就像在黄河壶口观看飞流直下的瀑布，周身的血液为之沸腾。他的诗激情澎湃，旋律铿锵，格调高昂，雄浑奔放，浑然一体。读他的报告文学，就会让每一个领导干部产生一种为官一任、造福一方、振兴一方的执政热情，像所有的奋斗者一样，脚踏实地，埋头苦干，把党和人民群众的利益放在工作首位。他的所有作品充满了讴歌正义、鞭挞邪恶的战斗精神与热情，让人读起来耳目一新，心灵震撼。

记得第一次见面是在1989年安阳县新闻培训班上，当时他是县广播电视局副局长，在写作上已享有盛名，我还是一个初出茅庐的小伙子。他给我们讲了一些写作知识，下课后，我走上前去，做了自我介绍，从此，我们之间的接触渐渐多了。我经常拿着自己的文章，请他指点，往往一篇普普通通的文章，经过他一修改，就能起到画龙点睛的作用。在他的培养下，我在写作方面进步较快，养成了文笔简洁、立意较新的习惯。

从他的身上，我读懂了什么是才思敏捷，什么是博闻强记。受他的影响，根据多年基层工作经验，我费了大约八个月的时间，写出了第一部反映农村题材的长篇小说，一个人苦思冥想六十多个题目，最后集中到《黑脊梁》和《红脊梁》两个题目，到底定《黑脊梁》，还是定《红脊梁》？在我的心里，比较倾向前者，因为后者太接近张艺谋的《红高粱》，中间只有一字之差，容易被读者误认为作者在剽窃抄袭张的成果，但心里吃不准，难以取舍。

　　我拿着底稿，来征求他的意见。到底是文章高手，旁观者清，记得他冲着我微微一笑，用肯定的口气说："当然是《黑脊梁》好，如果我没猜错的话，你的小说题目是根据鲁迅'我们自古以来，就有埋头苦干的人，有拼命硬干的人，有为民请命的人，有舍身求法的人，……虽是等于为帝王将相作家谱的所谓正史，也往往掩不住他们的光耀，这就是中国的脊梁'起的，对不对呀？"

　　"太对了。经你这么一点拨，我心里亮堂多了。"我坐在他的对面，一下子被他言中心事，不由得瞪大双眼，暗暗为他的记忆所惊叹。

　　就这样，本来一个悬了很久的难题被他瞬间解决，心里甭说有多痛快了。

　　在我的记忆里，他是一个写作狂，生命不息，战斗不止。由于多年写作的劳苦，他不幸患了癌症，他的四弟邓业巍在郑州市人民医院当外科主任，给他做的手术，手术比较成功。我记得第一次看他，他的脸色还可以，精神头也不错，对身体恢复充满信心，说正在赶写《还一个真实的曹操》。当时曹操墓在安阳被发现，受到很多人的质疑，而作为对曹操和曹操墓深有研究的他，觉得有义务、有责任告诉世人真相，为安阳正名。

　　在患病期间，他总是持乐观的态度，一些同行在一块议论起他的病情，也持乐观态度。后来从县文化局局长的位置退下来，却仍然忙忙碌碌，笔耕不辍，在《安阳日报》上不断看到他的连载文章。中间又见了他几次面，看他精神不错，也就没有多往坏处想。

　　时隔不久，他给我打电话，让我拿一本《宋武帝刘裕》去他那里，因为这部小说的序是他写的，他想搜集一下他所有的没有出版过的文章，再编一个集子。我拿着书，买了几件营养品，走进他的家里，一进门，只见他瘦骨嶙峋，病容枯槁，整个人都脱了形，心里顿感不妙。

他见了我，显得非常高兴，说："兄弟呀，告诉你一个好消息，《还一个真实的曹操》这部作品终于完成了，上海人民出版社已答应出版，我的一桩心愿了却了。"

谁知坐在身旁的嫂子白了他一眼，忍不住嘟囔着说："还说呢，你哥的病情刚一好转，就憋不住到安徽、河北等地，实地查访，收集有关曹操的资料，回来后也没白天，也没黑夜，就知道写，写，写！都不要命了，我真拿他没办法。"

听了他们的话，我心里咯噔一下，暗暗叹道：这哪像一个身患癌症的病人？这哪是用笔在写？这分明是用生命在书写文章！不由得眼眶里噙满泪花，强忍着没有流出来，无比心疼地说："哥，今后就不要写作了，写作这个活儿太劳神，你看那些著名作家莫泊桑、巴尔扎克、契诃夫、果戈理，哪个是长寿的？顾命要紧呀。"

听了我的话，他淡淡地一笑，口气轻松地说："命这个问题，谁也看不透，上帝请谁去，谁有什么办法？"言语之间，丝毫没有对死亡的恐惧，把死亡看得很轻很淡。

2011年2月22日，我接到同学程世炜的电话，得知叶君去世的噩耗。尽管在此之前我对他早有一种不祥的预感，但还是不愿意接受这个生死离别的事实，很快赶到殡仪馆，看到他很安详地躺在水晶棺里，只是两腮的肌肉全部熬干了。当我听到在他去世前十天，《还一个真实的曹操》由上海人民出版社正式出版，成了他生命的绝唱时，眼泪再也抑制不住，顺着两颊哗哗而下。从殡仪馆回来，心情仍然无比沉痛，几个晚上睡不着觉。恰值雪花漫舞，远方近处被一层皑皑白雪覆盖，好像苍天也在为他的去世哀思不已，忍不住披上衣裳，提笔写道："雪花漫天舞，疑是纸钱飞。茫茫天地间，文章再问谁？"一种痛失良师益友的感觉跃然纸上。

　　叶君虽然走了，给安阳的文学事业造成了不可估量的损失，但我们欣喜地看到，他的几部佳作仍然以旺盛的生命力在这个城市广泛流传，纯朴的安阳人民并没有因为时光的流逝而忘记这位优秀的作家。我想，如果他在天之灵有知的话，也许能得到一丝安慰吧。

与名家曹文轩在一起

从微信上看到一条消息，全国著名的儿童文学作家曹文轩在安阳举行签售会。我觉得这是一次向名家学习的重要机会，不禁产生与他会面的想法。至于能不能会面，会面之后能不能与他顺利交流，他会不会摆名家架子让我难于接近，这就不得而知了。

说实话，我对曹文轩及其作品并不熟悉，只是通过两个女儿上小学的时候喜爱购买他的书，后来又看他做电视专题节目，才对他有所了解，这说明自己对当世著名作家关注度远远不够。打开网页，关于他的编辑词条把他介绍得一清二楚，他是儿童文学作家、北大教授，1997 年出版小说《草房子》，1999 年出版小说《根鸟》，2005 年推出小说《青铜葵花》。这些对我来说，似乎不太重要，试问哪个作家没有几部安身立命的作品呢？包括我这个在全国名不见经传的所谓的资深作家，也有几部"煌煌大作"。关键是他 2016 年4 月 4 日获"国际安徒生奖"，这是中国作家首次获此殊荣，说明他在该领域已处于巅峰状态。

怀着崇敬的心情，同时也怀着忐忑不安的担心，我拨通市新华书店购书中心副经理莫振宇的电话，打听曹文轩近几天的活动，说明自己想与他见面的想法。莫经理把他在安阳的情况做了简要介绍，告诉我：4 月 19 日晚 8:00，他在高新区新华书店有个签售活动，届时可以介绍见面。

一眨眼到了与名家见面的时间，我吃过晚饭，按时赶到高新区新华书店，只见书店门前已有几十名小学生和家长慕名而来，看上去大家的情绪蛮高的。书店准时开门，我见到该店经理张丽娜。她热情地把我让进去，恰巧徐朝晖副总也在，由于爱买书的缘故，我们都成了熟人。出于对名家的尊重，我临时购买其代表作品《草房子》《根鸟》《青铜葵花》《山羊不吃天堂草》《萤王》《甜橙树》，按价付款，然后立在书架前，浏览琳琅满目的新书，看有没有自己喜欢的。

十几分钟后，曹文轩在天天出版社副社长张弋辉的陪同下，迈着矫健的步伐，进入书店。他中等个子，头发浓黑，四方脸，大大的眼睛，长得蛮英俊。他来到为他准备好的书案前，笑着坐下，于是，家长和小学生们纷纷上前，请他签名、合影，他来者不拒，一一满足他们的要求。家长和小学生拿着他签名的书，带着满意的笑容离去。

等大家都走了，剩下我一个人，经徐总介绍，我有幸认识了这位大名鼎鼎的名家。他站起身来，带着谦和的笑容，与我热情握手，合影留念。我把自己的简介给他一份，他认真看一遍，表示认识我很高兴，并在每本书上签下"请高建军先生惠存"的珍贵笔迹。

看到名家如此平易近人，我知道原先的担心纯属多余，开始进行一段非常有趣的交流。当然，这个交流是在他签名的过程中进行的。为满足更多读者的需求，书店的六七名职工已把他的书准备了好几千册，请他一一签名，他不辞辛苦，不停地签啊签，像机器运转一样飞快，很快被摞成一堆小山。见此情景，我的心好像被什么揪了一样，觉得当名作家尚且如此辛苦，内心不由得五味杂陈，感慨良多，心疼地问他："曹老师，您签这么多名，不累吗？不烦吗？"

孰料他盈盈一笑，说："也累，也烦，但这么多的读者热诚期待你的签名，你总不能冷了他们的心吧。"

"看上去您精神矍铄，身体健旺，不像六十多岁。"

"吃得好，心情好，身体自然好喽。"

"您一般什么时候创作？"

"有时候白天，有时候晚上，你呢？"

面对名家，我觉得没什么好隐瞒的，老老实实回答："在凌晨2:00至7:00，脑子最兴奋，环境也最安静。"

他停下手中的笔，挂着灿烂的笑容，用异常肯定的口气说："那你一定睡得早，否则将影响白天的工作。"

"是啊，我没有因为创作而影响工作，是单位获得荣誉最多的同志。"作家创作的过程很艰辛，需要有大量的时间才能保证，他作为一个名家，对作者创作时间、特点显得很有经验，一下子言中我的作息规律，我不得不钦佩他。

也许是顾及我创作的文学作品大多是历史题材的原因，他没有谈儿童文学，而是谈姚雪垠、熊召政、徐兴业、二月河、孙皓晖和唐浩明，他对他们的创作风格以及获奖情况是那么熟悉，如数家珍，娓娓道来。上述几位作家是我崇拜的偶像，平时对他们的作品爱不释手，我们的共同语言骤然多起来。趁此机会，我"得寸进尺"，向他提出一个在我心中酝酿多年的夙愿："曹老师，冒昧地向您请教一个问题，考虑到我的文学根底较浅，想进修深造，到哪里最好？"

"最好到鲁迅文学院，一般省文联每年有几个指标，如果你争取不到的话，根据你的文学成就，我可以推荐你。"说这番话时，他的脸色是严肃的，他的眼光充满鼓励的神色，不像说说而已。

谁都知道，名家说话是很有分量的，他能说这么一句话，不是轻易的，也不是草率的。我犹如三伏天吃了一个冰淇淋，甭提有多爽:"希望您能指点我今后的创作方向。"

"历史儿童文学。"他三句话不离本行。

…………

时间过得飞快,不知不觉两个多小时过去了,他终于完成任务,搁下手中的笔,拿起水杯,啜一口茶水。在徐总的邀请下,他为书店挥毫泼墨:"书是一盏灯,导君去远方。"并与大家合影留念。

夜色浓浓,霓虹闪烁。在即将分手之际,这位享誉世界的作家痛快地把他的联系方式给了我,欢迎我到北京大学去找他。我执意把这位为广大读者所尊崇的名家送到对面的万汇酒店,依依不舍,挥手告别。

《黑脊梁》是一个响亮的名字

《黑脊梁》是我创作的第一部长篇小说，创作时间从 2002 年 7 月开始，中间经过八个多月，写了三十五万字，才完成初稿。

曾有人问我："你当初创作的动机是什么？"回答这个问题其实很简单，我在乡镇工作十几年，对农村工作十分熟悉，每天所接触的，不是农村干部就是农民。应该承认，跨世纪的中国真是一个万花筒，各类矛盾比较尖锐，有的矛盾甚至尖锐到很激烈的地步，成为整个社会的热点、焦点、难点。我一直在想，镇（乡）村两级干部在"三农"问题上到底发挥了什么作用？通过长期耳濡目染，我可以理直气壮地说："大多数镇（乡）村干部在'三农'问题上发挥了积极的作用，他们能够认真执行党在农村的各项路线、方针和政策，结合本地实际，为官一任，造福一方，是中国农村真正的脊梁！至于那些荼毒百姓、为害一方的干部，不能说没有，但是少之又少。"

这部小说分成一条红线和一条黑线，红线以林枫、刘志安等人为代表，黑线以康超、杨晟等人为代表。有人曾跟我开玩笑："小说中的林枫是否就是你本人？"我笑着回答："我既没有为自己歌功颂德的资本，也没有为自己立碑树传的想法，大家千万不要小心眼。如果一定要说林枫是谁的话，那他应该是成千上万优秀农村基层干部的缩影。"从林枫的身上，我们看到一个有理想、有知识、有血性的领导干部，他两袖清风，一身正气，务实肯干，既有原则性，又有灵活性，既有一颗火热的心，也有一个冷静的大脑。在写他的时候，我的眼前就会不断浮现那些为党的事业披星戴月的领导干部忙碌的身影，周身血液流速加快，文思也像甘洌的清泉一样喷涌而出。

刘志安作为2号正面人物，开头出现于上访代表中，利用拒交公粮的形式反映党支部书记康超的违法犯罪行为，没有得到镇党委、镇政府的认可。在"7·13"事件中，他领着一群像火山爆发的百姓，与镇政府前来抓人的干部发生了激烈的冲突，并占据上风。后来镇党委、镇政府改变治村策略，进行支部大选，他以微弱的优势脱颖而出，担任村党支部副书记，主持全村工作，配合林枫迅速完成公粮任务，然后凭借自己的能力和智慧，带领"两委"一班人，给村里修水泥路，很快赢得民心。尽管他文化水平不高，也有普通人的七情六欲，但他大公无私，关心群众，有强烈的事业心和责任感，身上有一股子挡不住的浩然正气。

相比之下，镇长陆建勋的出场就有些尴尬，由于他受陈家庄村原党支部书记康超的蒙蔽，在突击该村公粮遗留任务中犯了急躁和鲁莽的毛病，致使镇干部在执行任务时结结实实打了一个败仗。令人惊奇的是，他在关键时刻没有要滑头，没有逃之夭夭，明哲保身，而是侠肝义胆，挺身而出，主动到危险的现场替人受过，遭到群众的围攻，完全是"我不下地狱，谁下地狱"的涅槃，赢得了全镇干部的衷心拥护，就连对手也十分佩服他的义举。从他的身上，我们看到了一个领导干部勇于负责、知错就改的高贵品质！这让那些见功就往自己身上揽，见过就往外推的人相形见绌，所以他的形象在这部小说中也是有声有色、有血有肉的，最后他能接替镇党委书记的岗位，有一个圆满的结局，也就顺理成章了。

　　还有一个十分重要的正面人物，那就是镇党委书记吴明，他为了突击陈家庄村公粮任务，组织镇政府干部，夜袭拒交公粮的上访代表，铸成大错。面对纷乱复杂的局面，他迅速调整心态，成立工作组，果断对陈家庄党支部实行大选，使这个乱村迅即稳定下来。为了根治陈家庄这个乱村，他殚精竭虑，用心良苦，甚至对坏人不得不做暂时的让步，搞一些必要的平衡，充分展示了他农村工作经验十分丰富的一面。尤其是故事发展到末尾，他能够主动从镇党委书记的岗位上退下去，推荐陆建勋、林枫顶上来，更加显示了他豁达的心胸、对党对人民负责的态度以及甘当伯乐的精神。

　　在这部小说中，陈家庄村原党支部书记康超是一个阴险、狡诈、凶狠的反面人物，他利用党和人民赋予他手中的权力，贪污受贿，请客送礼，花天酒地，疯狂敛财，干了大量坏事，使党的形象在群众中受到极大损害。在群众告他状的时候，他不是认真反思自己，收敛自己的不法行为，而是别有用心，挑唆领导，打击报复上访的群众。在村支部改选遭到失败后，他本应痛定思痛，洗心革面，然而却不甘心自己的失败，放弃镇党委、镇纪委给他重新做人的宝贵机会，继续与正义的力量为敌，多次破坏村支部的正常工作，直至丧心病狂地杀人，落了一个被法律严惩的恶果。杨晟是一个典型的地痞流氓，在村里助纣为虐，为所欲为，横行霸道，最后强奸妇女，走上可耻的犯罪道路。像康超、杨晟这类坏人，在农村生活中并不少见，是我们这个社会的渣滓、败类和毒瘤，广大人民群众对他们早就深恶痛绝，我们必须毫不手软地铲除他们。

　　在描写小说人物时，我尽量把他们描写得贴近实际，客观真实。对正面人物，在写他们大量辛勤付出的同时，也没有隐瞒他们的错误，因为他们没有生活在真空中，不是完美无缺的所谓圣贤。对反面人物，在写他们为非作歹的同时，对他们的人性也进行了深刻剖析，指出他们走向犯罪的原因。

这部小说出版后，受到广大读者热烈欢迎，许多读者都是一口气读完的，他们普遍反映，小说写得真实而又深刻，富有浓厚的生活气息。我一时间成了本地名人，一个人走到路上，许多人投来钦佩的目光，甚至到理发店理发，上裁缝铺缝补，他们也不给我要钱，认为我干了一件非常了不起的事情，用他们真挚朴素的感情爱着一个从他们中间冒出的"所谓的作家"。

当然，也有极个别人很不高兴，在小说中寻找自己的影子，尽管在此之前我写了故事纯属虚构，请不要对号入座，但他们杯弓蛇影，把小说中的反面人物硬说成他们自己，认为我在搞含沙射影，指桑骂槐。这实在让我感到莫大的委屈，大家都知道我的性格一向比较温和，平素与谁都没有矛盾，只是感到身边发生的事这么多，如鲠在喉，不吐不快，不写出来觉得太可惜，于是就用小说这种方式写了。通过这件事，也让我有了一个新的认识，那就是写现实长篇小说真是不容易，很容易得罪人，好在自己行得正，丝毫没有贬低别人、抬高自己的恶毒用意，因而也用不着自责。

说实在话，我对当作家根本没有什么概念和兴趣，包括作品写成之后，也无心当什么作家，完全是"有心栽花花不开，无心插柳柳成荫"。因为我没有按照常人写作的规律，走短篇——中篇——长篇的道路，而是以自己真实的感受、犀利的笔锋，直接写了长篇，能不能得到更高层次的认可，心中没有底。2005 年，这部小说代表文峰区参加了全市第四届精神文明"五个一工程"奖评选活动，在与评委素不相识的情况下，一举入围。几个评委的评语惊人一致："逼真，让人有一种身临其境的感觉。"他们对小说给予高度评价，让我倍受鼓舞。我从中看到了自己创作的实力，也增加了再写长篇小说的信心。

在以后的岁月里，我不断对这部小说进行修改，历时长达十年之久，也可以说是十年磨一剑。现在，我觉得这部小说更加成熟了，它已经成为我生命中的重要组成部分，同时也深深受到广大读者的热爱与追捧。许多朋友见到我后，建议我出第二版，我经过一番深思熟虑，欣然接受了他们的请求。但愿这部小说以旺盛的生命力，在中国这个美丽的国度传播得更远，也传播得更久。

刘裕是个大英雄

风流人物今何在？大江东去浪淘尽。每当人们站在长江岸边，望着卷起千堆雪浪的江流，不由得就会想起那些曾经推动历史发展的风流人物。是啊，历史的发展离不开千百万人民群众的推动，也离不开少数风流人物的推动。

在中国三百五十多位封建皇帝中，涌现出像秦始皇、汉武帝、唐太宗、宋太祖、明太祖这样震古烁今，让中华民族到现在都引以为傲的风流人物，也涌现出许多不为我们大家所熟知却奋发有为的英武之君。由于每个帝王最开始创业的基础以及当时所处的环境条件，包括后来所遇到的历史机遇不一样，因而他们的作为也不尽相同。宋武帝刘裕就是一位开始一无所有，到最后拥有黄河以南二百八十万平方公里土地面积的有为明君。由于他所建立的历史功绩与上述几位帝王相比，似乎有些逊色，加上从前描写他的作品不多，因而了解他的人也就很少。如果不是南宋大词人辛弃疾《永遇乐·京口北固亭怀古》这首脍炙人口的名词，我们很难想到他，正是"斜阳草树，寻常巷陌，人道寄奴曾住。想当年，金戈铁马，气吞万里如虎"寥寥几句诗词，让我们认识了这位攘外安内、开疆拓域的英雄。

众所周知，五胡十六国是中国历史最混乱的时期，战乱频仍，也就是在这个风雨如晦的乱世，刘裕出生于一个寒微的小官吏家庭，但由于父母的早逝很快衰落，这使他从小就生活在最底层，十分了解穷人的疾苦，然而他没有被贫穷吓到，而是怀着远大的志向到军队当了一名小卒。在当时门阀制度盛行的情况下，像他这样出类拔萃的穷人很难有出人头地的机会，后来经过别人推荐，才当上像司马一类的小官。直到三十六岁，孙恩的叛乱给了他一个展示军事才能的绝好机会。他从此东讨西杀，南征北战，叱咤风云，战功卓著，荡孙恩，平桓玄，伐南燕，诛卢循，除刘毅，收西蜀，逐鹿中原，席卷关中，所到之处，无不披靡。军事上的卓越成就使他迎来人生的政治高峰，他以大无畏的英雄气概推翻腐朽的东晋统治者，并取而代之。他当上皇帝后，采取蠲租减赋、与民休息的政策，号召全国士大夫勤俭节约，并抑制豪强，实施土断，兴办学校，在力所能及的范围内减轻了劳动人民的负担。只可惜上苍仅给了他两年帝王的寿命，否则历史或许会多出一位像秦皇汉武、唐宗宋祖似的有影响的明君。尽管如此，他所建立的不朽功绩在历史的长河中依旧那么璀璨夺目，依旧为后人津津乐道。

《宋武帝刘裕》是一部详细描述刘裕从公元363年出生，至公元422年病死的长篇历史小说，时间跨度六十年，全书共分上、下两册，十二卷，一百九十一章，六十多万字。在这部小说中，作者显示了匠心独运的写作艺术和高超的驾驭语言的能力，如描写人物栩栩如生，活灵活现，就像在人们的眼前刚刚出现一样；描写故事惊心动魄，险象环生，跌宕起伏，特别是描写战争场面的宏大、激烈、残酷和血腥，让人有一种身临其境的感觉。

写长篇历史小说不容易，不外乎以下三个原因：一是年代久远，当时的政治形势、地理环境、风土人情、生活习俗不易把握；二是历史人物之间的关系头绪纷乱，错综复杂，不易查证；三是用什么语言去描写有较大难度，究竟用文言文还是完全用现代的语言去描述，这不仅仅是本人遇到的一个难题，也是许多写历史小说的作家共同遇到的一个难题。本人在学习别人的基础上，反复查阅历史资料，经过十年潜心专研，数十遍修改文稿，尽可能地克服了这些困难。

当然，这部长篇历史小说也不是尽善尽美的，也存在一定的瑕疵，我们应该用批判的眼光去看待，去剔除。

开创中国封建社会第一个太平盛世的明君

　　当今天下，社会安定，经济繁荣，人民安居乐业，完全是一幅太平盛世的美丽画卷，我们每一个人都应该为生在这个美丽的国度和伟大的时代感到骄傲和自豪。由此我联想到历史上的那些盛世，像著名的"文景之治""贞观之治""康乾盛世"，那些创建太平盛世的"仁君""明君"和"令主"，无疑像一朵朵美丽的奇葩，留给后人大笔有形和无形的财富，在中国历史长河中璀璨夺目。"文景之治"是中国封建社会第一个太平盛世，时间从公元前180年九月开始，到公元前141年正月止。纵观这段历史，政治清明，经济繁荣，汉文帝、汉景帝体恤百姓，勤政爱民，国库充盈，钱堆如山，连穿钱的绳子都烂断了，各地仓廪中盛不下过多的粮食，只能露天堆放，老百姓过着家给人足、安定和谐的幸福生活，是中国历史上最好的发展时期之一。在开创这个盛世的过程中，汉文帝刘恒起到关键性作用，是一个千载难遇的好皇帝，我因而产生了写汉文帝的强烈欲望，但此时的思想仍停留在写汉文帝的层面，还没有上升到写《文景之治》的高度。纵观汉文帝的一生，当然是一个伟大帝王的一生，有许多感人的事例值得大书特书。现在，我就谈谈对汉文帝的浅陋看法。

　　传奇人生，富有戏剧性。汉文帝出生于公元前202年，卒于公元前 157 年，是汉高祖刘邦的第四个儿子，由于母亲薄姬不受皇帝的宠爱，他在八个皇子中的地位也比较低，被分封到最偏僻、最贫穷的代国。汉高祖驾崩后，其结发妻子吕后掌权，开始清除异己，除了汉惠帝刘盈、齐王刘肥病死外，高祖的其他六个儿子被她害了四个，最后只剩下代王刘恒和淮南王刘长。刘长是吕后从小带大的，与她感情笃深，因此她没有加害刘长。在吕后竭力铲除异己的特殊年代，刘恒母子能平安生存下来，本身就是一个奇迹，如果问及他们的保全之道，不外乎当初汉高祖冷落他们，他们安分守己，与世无争，吕后根本没有把他们作为竞争对手。吕后死后，以陈平、周勃为首的大臣铲除诸吕，平定叛乱。经过诸位大臣反复商议，决定把外戚力量小、性格仁爱的刘恒迎回长安，立为皇帝。这对一向谨慎的刘恒来讲，认为这是一个美丽的陷阱，托病不敢前往。中尉宋昌一番独到精辟的分析，让他似信非信。谨慎起见，他派舅舅薄昭前去京都打探虚实，得到确切消息，方才动身。面对朝中群臣，他一而再、再而三地推辞皇位，谦卑到了极点。即位的当天晚上，他安排亲信宋昌为卫将军，统管驻守长安的南、北两军，张武为郎中令，负责宫内安全，确保自身的安全，致使功臣宿旧不敢恃功放纵，显示出超人的政治智慧。

仁慈爱民，德泽深厚。汉文帝即位之初，政治斗争形势非常严峻，他的皇位尚且不巩固，然而他却颁布了一道感人至深的爱民诏书，也就是后人津津乐道的《养老诏》："老者非帛不暖，非肉不饱。今岁首，不时使人存问长老，又无布帛酒肉之赐，将何以佐天下子孙孝养其亲？今闻吏禀当受鬻者，或以陈粟，岂称养老之意哉！具为令。"在古代中国，这是最早的养老制度，甚至在世界上可能也是最早的。他不仅自己是个大孝子，以身示范，做好天下人的楷模，而且宣扬以孝治天下的道理，经常对大臣说："父母是我们的生命之源，从小给我们衣食之需，老了之后理应得到我们的孝顺。"在诏书中明确规定，慰问物品从县财政中支出，给八十岁以上老人送慰问物品，由乡吏送达，给九十岁以上老人送慰问物品，由县丞、县尉送达，并作为一项固定的制度被确定下来。他采取"轻徭薄赋、与民休息"的政策，大规模免除赋税，鼓励农耕，劝课农桑，安抚百姓。如公元前 178 年九月实行的三十税一的赋税政策，在历代王朝中是最轻的，特别是他统治的最后十二年，完全不征农田赋税，更是被传为佳话。即使比较苛刻的历史学家司马迁、班固、司马光等人，也一致赞扬汉文帝是"仁君""明君"。

倡导节俭，不修宫苑。汉文帝常常感叹自己继承祖宗基业，没有什么功德，住在先帝留下来的宫殿已经足够了。据说，他所使用的帐帷多年不肯更换，旧得连宫女都看不过眼，偷偷地更换，被他发现，他责备宫女道："奢华的锦缎会让人丢失简朴的本色，帐帷虽旧，仍然能用，还是保留的好。"宫女听了，既感动又惭愧。他平时穿着质地粗厚的衣服，后宫皇后、妃子、宫女都很简朴。单脂粉钱一项，每年节省几十万，从根本上杜绝了奢侈浪费之风。即使他最宠爱的妃子慎夫人，所穿的裙子也不允许拖到地面，以此来表示俭朴，为天下人做出榜样。随着国家经济的发展，国库渐渐丰盈，有的大臣建议建造一座供饮宴游乐的露台，彰显皇权国威，他觉得自己即位后比较节俭，从来没有兴建工程，便欣然采纳大臣的建议。当他听说修建这座露台需要花费一百金时，无比心痛地说："一百金相当于十户中等人家的财产，我本来住在先帝的宫殿就感到很奢侈，现在再花费这么多的钱建造一座露台，实在没有必要。"立即打消了施工的念头。有人说他的简朴带有矫饰的成分，我们通过下面一个活生生的事例，就会发现他的简朴是发自内心的，不带有任何矫饰成分。一次出游，他的备用马匹踩塌了庄稼，他知道后非常不高兴，下诏清点皇宫和下属部门的公用马匹，多余的一律送到驿站，并严令各级官员的出行只要能保证安全，一律轻车简从，不准铺张浪费，不准骚扰百姓。

有的历史学家评价汉文帝刘恒资质平平，因循守旧，不善于开拓创新，终生没有多大建树，我觉得这种说法有失公允。他即位之后，鉴于前朝刑罚的残忍严酷，首先废除株连法，认为一人犯罪，株连全家，野蛮落后，不近人情。在他统治的二十三年间，这项野蛮的制度基本没有使用，只使用过一次，那就是新垣平之案。新垣平是一个大骗子，故意欺骗他，说如果设立"渭阳五庙"，当有吉瑞出现。迷信鬼神的他上当了，亲自到渭阳五帝庙祭祀，并于公元前164年得到一只玉杯，上面刻有"人主延寿"的字样，他一时不辨真假，竟要普天同庆，实行"改元"，闹得沸沸扬扬。尽管新垣平造假的事情很快被发现，但这件事让他和朝廷丢尽面子，一种被骗子玩弄于股掌之上的羞耻感觉顿时涌上他的心头。他恼怒至极，断然对新垣平采取夷三族的严厉惩处，说明他对骗子多么痛恨。为广开言路，避免周厉王止谤，导致被流放的悲剧再次发生，汉文帝刘恒于公元前178年五月，废除以言治罪，鼓励臣民百姓议论朝政，各抒己见，畅所欲言。每当他的车驾出入的时候，遇着官吏、百姓上书，立即停车。如果上书说得好，极口称善，颇为嘉纳，虚怀若谷，从谏如流；如果上书说得一般或者不好，也不计较，格外包容。这在中国历史上是很少见的。西汉王朝建立之初，沿用了秦朝的刑律，刑罚很残酷，其中黥、劓和斩左右趾三种肉刑摧残受刑者的肉体，常常使受刑者痛不欲生，形同废人，也深深伤害他们的人格尊严。他极富同情心，决心以孝慈治天下，改变秦朝以来严刑峻法治天下的习惯，让天下百姓生活在淳朴厚道、宽松和谐的环境里。公元前167年，太仓令淳于意给富商的妻子看病，没有看好，结果被判处肉刑，小女儿缇萦跟着父亲一起到长安，要求拜见皇帝，替父申冤。宫廷的侍卫和宦官为她的孝心所打动，给文帝直接禀告。文帝宣见缇萦，亲自询问案情，不仅赦免淳于意，而且废除野蛮残酷的肉刑，这是中国法律制度方面的一次重大变革。以上内容说明文帝不仅仅是一位守成之主，也是一位勇于革除弊政的改革家，这需要很大的政治勇气。

谦卑真诚，勇于负责。汉文帝是中国历史上最谦卑的皇帝，善于自我批评，勇于指出自己的错误和不足，即使不是自己的过失，也勇于承担责任。在封建社会，祭祀为皇帝祈福是天经地义的事情，然而文帝却感到受之有愧，觉得这项活动不应该仅仅为皇帝本人祈福，还应该为天下百姓共同祈福，于十四年春下诏自责："朕获执牺牲珪币以事上帝宗庙，十四年于今。历日绵长，以不敏不明而久抚临天下，朕甚自愧……昔先王远施不求其报，望祀不祈其福。右贤左戚，先民后己，至明之极也。今吾闻祠官祝釐，皆归福于朕躬，不为百姓，朕甚愧之。夫以朕不德，而躬享独美其福，百姓不与焉，是重吾不德。其令祠官致敬，毋有所祈。"这种先民后己、以天下苍生为念的宝贵思想，让他的臣民无不感激涕零。为了不扰民、不铺张，文帝主张丧葬从简，免除繁文缛节，节省费用，遣散后宫侍女等，并在临死前留下遗诏："朕闻盖天下万物之萌生，靡不有死。死者天地之理，物之自然者，奚可甚哀！当今之时，世咸嘉生而恶死，厚葬以破业，重服以伤生，吾甚不取。且朕既不德，无以佐百姓。今崩，又使重服久临，以离寒暑之数，哀人之父子，伤长幼之志，损其饮食，绝鬼神之祭祀，以重吾不德也，谓天下何？"诏书语气谦抑，显示了他谦虚宽厚的性格。据历史记载，他的陵墓中只有竹木、泥陶和器皿，没有金银珠宝。在历史的长河中，许多皇帝的诏书都不乏自谦，但如果我们认真比较一下，就会发现汉文帝是很真诚、很谦卑的皇帝。

在处理外交关系上，自汉高祖刘邦白登之围以来，汉廷对匈奴实行"和亲"政策，虽然收到一定效果，但并未从根本上解除匈奴的威胁，双方一直处于战和不定的状态。文帝在位期间，采纳晁错"募民实边"的策略，在西、北边地建立马苑三十六所，役使官家奴婢三万人，养马三十万匹，同时奖励民间养马。这说明文帝对匈奴的防御并不是消极的，而是一种积极防御，通过长期积蓄力量，为后来汉武帝彻底解决匈奴问题，打下坚实的物质基础。吕后统治时期，南越王赵佗与汉王朝兵戎相见，分庭抗礼。文帝即位，沿袭汉高祖所采取的安抚政策，派官员修葺赵佗在真定的祖坟，置守邑，岁时祭祀，又撤掉进攻南越的官军，拜赵佗的兄弟做官，遣陆贾再次出使南越。在文帝诚意的感召下，赵佗撤掉皇帝的尊号，谢罪称臣。这些举措有利于内地百姓休养生息，发展经济，有利于各民族之间的团结、交流和融合。

皇帝爱百姓，百姓爱皇帝。公元 25 年九月，赤眉军打到长安，开始大肆掠夺王室的财物，并挖掘皇帝的陵墓，盗用金银珠宝，西汉所有皇帝的陵墓一个个被挖掘，陵墓里的珍宝被洗劫一空，只有汉文帝的陵墓被保护得完好无损，"盗贼"的头目解释说："我们曾读过文帝遗诏，无不被他爱民的情怀深深感动，我们爱戴、尊崇他，特令不许破坏。"足见文帝一生爱民，深得天下民心。

当然，汉文帝不是十全十美的皇帝，还具有历史的局限性。如他比较迷信，追求长寿，梦想登天，这才为方士新垣平所迷惑、所欺骗。又如他宠爱弄臣邓通、宦官赵谈，特别是他听到相士说邓通将来要被饿死，很不高兴，竟然允许邓通私铸钱币，富可比国，扰乱国家经济秩序，这无疑是错误的。尽管他的身上存在这样那样的错误、缺点或不足，但这并不影响他作为一个伟大的帝王名垂青史。

按常理说，我写完汉文帝，应该搁笔稍息，但直觉冥冥之中，好像有一股强大的力量在推动我继续创作，便意犹未尽写出第三卷、第四卷，构成完整的《文景之治》，超过我原来的预想。

客观地讲，历史上的"文景之治"分为两个时期：一个是文帝执政时期，一个是他的儿子汉景帝刘启执政时期。文帝执政二十三年，景帝执政十六年，都是治世的重要组成部分，都不可缺少，都很精彩，二者相辅相成，不可割裂，其影响一直延续到汉武帝反击匈奴前夕。其间，景帝继承文帝所开创的"海内殷富，兴于礼仪，断狱数百，几致刑措"的盛世局面，继续实行"轻徭薄赋，与民休息"的政策，勤政爱民，励精图治，取得"天下翕然，大安殷富"的治绩，为武帝时代繁荣强盛打下雄厚的物质基础，其意义之重大不言自明。其主要做法可概括为以下几个方面。

以农为本，发展经济。汉初，百姓未得到政府许可，不得随意迁徙。为改善百姓生产环境，刘启于公元前156年正月下诏："间者岁比不登，民多乏食，夭绝天年，朕甚痛之。郡国或硗狭，无所农桑（系）畜；或地饶广，荐草莽，水泉利，而不得徙。其议民欲徙宽大地者，听之。"准许百姓从土地贫瘠、水源不足的地方迁移到土地肥沃、水源充足的地方，准许他们租借长陵之地，让利于民，极大地调动了百姓的生产积极性。对于阻碍农业生产、滥用民力的官吏，景帝高举法律之剑，坚决打击，毫不手软。公元前142年四月，他下了一道诏书："雕文刻镂，伤农事者也……今岁或不登，民食颇寡，其咎安在？或诈伪为吏，吏以货赂为市，渔夺百姓，侵牟万民。县丞，长吏也，奸法与盗盗，甚无谓也。其令二千石各修其职。不事官职，耗乱者，丞相以闻，请其罪。布告天下，使明知朕意。"这道诏书以法律为依据，制定严格的制度，确保农业生产正常进行。公元前141年正月，他又一次下诏强调农业天下之本的地位："农，天下之本也。黄金珠玉，饥不可食，寒不可衣，以为币用，不识其终始。间岁或不登，意为末者众，农民寡也。其令郡国务劝农桑，益种树，可得衣食物，吏发民若取庸采黄金珠玉者，坐臧（赃）为盗。二千石听者，与同罪。"鼓励百姓多种树，多发展农业生产，对官员违背农时、强逼百姓采集黄金珠玉者，要按偷盗罪论处。享受两千石俸禄的高官，如果听任下属任意妄为，要按同样的罪进行处理，可见他保护、发展农业的决心和意志。面对以谷酤酒者增多的现象，朝廷及时出台禁止政策，减少粮食的消耗；遇到旱灾、蝗灾、水灾、地震灾荒之年，粮食歉收，朝廷颁布全国节约用粮的诏令，严禁以粟喂马，严禁用马舂米，严禁不到收获时节就把口粮吃完。因为重视农业生产，米价连年下跌，社会稳定，百姓富足，积蓄日增，府库充实。

实行削藩，平定叛乱。汉高祖接受秦朝灭亡教训，分封刘氏宗亲为王，让其享有治民、治军、任命官吏的权力，同时享有征收租税、开采矿山和渔盐之利。这些诸侯王拥有大片土地，逐渐萌生不轨之心，对朝廷构成极大威胁。御史大夫晁错以敏锐的观察力发现这个问题，及时提出削藩的主张，根据各诸侯王的不法行为，先后削掉赵国常山郡、胶西国六个县和楚国东海郡。吴王刘濞本来与刘启有杀子之仇，接到朝廷削夺会稽、豫章两郡的诏书，以"清君侧，诛晁错"为借口，联合赵国、楚国、胶西国、济南国、菑川国和胶东国，发动了有名的"吴楚七国叛乱"。七个诸侯国实力强大，气势汹汹，一时间吓住景帝。为让反叛的诸侯退兵，他错听谗言，把晁错押赴市曹腰斩。谁知诸侯不但不退兵，反而认为他昏庸无能，刘濞干脆宣称自己为"东帝"。到这时，他才明白自己上当，不再问计别人，愤然而起，决心亲自指挥平叛。在国家处于万分紧急的情况下，景帝果断启用大将周亚夫，统领三十六路大军讨贼。周亚夫是有名的战将，采取"深沟高垒，不与敌战"的策略，另派骑兵断绝叛军粮道，不到三个月的时间，彻底镇压叛乱。

轻徭薄赋，约法省禁。公元前156年，景帝下令将田租改为三十税一，成为西汉定制，终汉之世，不加改变。次年，他废除秦朝男子十七岁服役制度，改为二十岁，推迟男子开始服徭役的时间，是减轻徭役的重要措施。

法律是控制社会的重要工具，秦王朝的严刑峻法、暴虐民众遭到极大反抗，汉王朝在继承秦朝法律的基础上，注意约法省刑，缓和矛盾。文帝废除肉刑，改为笞刑，在中国历史上作为仁政、德政和美政，留下浓重的一笔，其本意是好的，但在执行过程中，犯人往往受刑不过而死亡，仁政、德政和美政有其名而无其实。为改变这一局面，景帝于公元前156年下令改笞刑五百为三百，改笞刑三百为二百，并于公元前144年，制定新《箠令》："笞者，箠长五尺，其本大一寸，其竹也，末薄半寸，皆平其节。当笞者笞臀。毋得更人，毕一罪乃更人。"新箠令实行之后，犯人被打死的情况得以杜绝。景帝认为，执法必须严格，但执法应该审慎，只要达到禁暴止邪的目的即可。公元前145年九月，他下了一道很有名的诏书："法令度量，所以禁暴止邪也。狱，人之大命，死者不可复生……诸狱疑，若虽文致于法而于人心不厌者，辄谳之。"对执法过程中的不奉法令，随意判案，致使刑狱不公，都要重新复议。公元前143年正月，为减少执法过程中不奉法令、徇私枉法、朋党比周和草菅人命现象，朝廷进一步规定："狱，重事也。人有智愚，官有上下。狱疑者谳有司，有司所不能决，移廷尉。有令谳而后不当，谳者不为失。欲令治狱者务先宽。"犯人不服判决，可向上一级上诉，直至廷尉府。在鼓励不服者上诉的同时，加强对审判官吏的约束。针对弱势群体，景帝本着保护的原则，颁布诏书："高年老长，人所尊敬也；

鳏、寡不属逮者,人所哀怜也。其著令:年八十以上、八岁以下、及孕者未乳、师、朱儒当鞠系者,颂系之。"规定年纪在八十岁以上的老者、八岁以下的幼童、怀孕哺乳、盲聋和侏儒等特殊群体犯罪,被捕时不上桎梏刑具,体现了一定的人道主义。

削弱王侯,打击豪强。景帝平定叛乱,挟得胜之威,采取一系列削弱诸侯国势力的措施,强化中央集权。首先封皇子为王,包括平叛之前所封的,一共十四位,他们分别是皇长子临江王刘荣、二皇子河间王刘德、三皇子临江王刘阏于、四皇子鲁王刘余、五皇子江都王刘非、六皇子长沙王刘发、七皇子赵王刘彭祖、八皇子胶西王刘端、九皇子中山王刘胜、十皇子胶东王刘彻、十一皇子广川王刘越、十二皇子胶东王刘寄、十三皇子清河王刘乘和十四皇子常山王刘舜。尽管皇长子刘荣被迫自缢,三皇子刘阏于半途夭折,十皇子刘彻被立为太子,但仍收到以亲易疏之效。其次,下诏明确规定:"令诸侯王不得复治国,天子为置吏,改丞相曰相,省御史大夫、廷尉、少府、宗正、博士官、大夫、谒者、郎、诸官长丞,皆损其员。"剥夺诸侯王的治权,减损其官吏队伍,把任免权收归中央。通过名目繁多的削藩方式,王国越来越多,土地越来越少,力量越来越小。对于离心离德的侯国,刘启以叛乱罪、谋杀罪和伤害罪等罪名,削减六七十个侯国,将其收归朝廷,强化中央集权。

一批地方豪强之族雄张闾里,武断乡曲,横行霸道,为非作歹,甚至欺压官府,连两千石的官员都拿他们没办法。面对这些不安定因素,景帝任用郅都、宁成和周阳由等干吏,对济南郡的氏、江淮之间的王孟等豪强,采取血性手段,坚决镇压,起到杀一儆百的效果,使不法豪强、皇室宗亲、官员人人股栗。同时迁徙豪强到关中阳陵,以达到强本弱末的目的。

景帝即位之初,亲自改革宗庙乐舞,如他改"武德"之舞为

"昭德"之舞，以尊文帝之庙；礼官大夫建议在中央郡国设立皇室宗庙，得到他的许可。他任命礼官大夫徐生的儿子徐延、孙徐襄为礼官大夫，负责礼仪事务，下诏保存礼仪之书……

在选拔太子时，景帝充分汲取吕后专权的历史教训，本着选贤选能的原则，排除来自各方的干扰，毅然把排名靠后但聪悟通达的皇十子刘彻立为太子，显示出卓越的政治远见。

景帝虽然是一个明君，但也犯过两次饱受诟病的错误。一是听信谗言，错杀名臣晁错；二是为给年少的太子刘彻扫除障碍，故意试探名将周亚夫的脾气是否改变，当发现周的脾气仍像原来一样，傲岸不屈，守正不阿，非少主臣，他便产生除掉周的想法，借周的儿子犯法之机，将其逮捕入狱，使一代名将在狱中受尽凌辱，绝食而亡。这充分反映出他残忍的一面。

著名历史学家班固曾高度评价文帝、景帝："汉兴，扫除烦苛，与民休息。至于孝文，加之以恭俭，孝景遵业，五六十载之间，至于移风易俗，黎民醇厚。周云成康，汉言文景，美矣！"总而言之，文帝、景帝是两位在历史上发挥过重大作用的皇帝，他们所共同开创的"文景之治"将伴随着他们的英名彪炳史册，永远为后人所敬仰传颂。

一个让我喜欢的版面

在《安阳日报》八个版面中，我最喜欢看副刊，因为这是一个文艺版面，上面刊载了许多优秀的文艺作品，而我又是一个如痴的文学爱好者。

在一次如何办好《安阳日报》副刊第七版研讨会上，报社领导曾兴致勃勃地说："在豫北几座城市报纸的同类版面中，《安阳日报》副刊第七版点击率最高。"让我们在座的几位撰稿人感到喜出望外，笑得久久合不上嘴，在倍受鼓舞的同时，也为它取得的不菲成绩表示热烈的祝贺。

副刊第七版之所以能取得如此大的成就，肯定有它的过人之处。细想一下，办报风格灵活、文章隽秀应该是它成功的最主要原因。它改变了过去单调、枯燥、刻板的作风，采用灵活、强健、简洁、高效的工作机制，定期和不定期与一些知名学者、作家以及普通的工人、农民、军人、学生、老师、退休干部等方方面面的代表举办座谈会，主动邀请他们为本版撰稿，极大地调动了人们的投稿积极性。所选文章的范围也比原来有较大拓宽，不仅有诗歌、散文、小说、杂文、学术讨论、小学生作文，还有关于书法、美术、摄影等题材的作品，给人一种色彩缤纷、绚丽多姿的感觉。每篇文章经过反复修改，精雕细琢，往往能做到观点新颖而又独到，语言优美而又缜密，内容丰富而又多彩，像一朵朵姹紫嫣红的鲜花、一株株翠色欲滴的绿树、一座座挺拔耸立的山峰、一泓泓清澈见底的湖水、一幅幅美丽的画卷呈现在世人的面前。人们忙忙碌碌一天后，坐在明净的茶几前，浏览着一篇篇字字珠玑的文章，犹如一股甘洌的清泉在心间流淌，怎能不心旷神怡呢?

篇幅长短一直是困扰作者的一个难题，想突破是不容易的。原来报社在文章篇幅上有严格规定，一般不能超过一千五百字。这样一来，许多作者觉得束缚了自己的手脚，写出来的文章没能完全表达出作者的本意，艺术效果受到一定限制，大家对这一点意见较大。报社领导认真听取大家的意见，毅然决定改变这一现状，只要遇到优秀的文章，可以不受篇幅的限制，终于解掉一个锁在大家脖子上多年的枷锁。

一般党报以表扬性文章为主，极少有批评性文章。我们不得不承认，表扬性文章固然可以弘扬主旋律，传递正声音，凝聚正能量，树立正形象，但批评性文章又何尝不能起到激浊扬清、振聋发聩以及纠错纠偏的效果呢? 也许一些鞭辟入里、熠熠生辉的文章在报纸上发表后，能够唤起更多读者的良知、深思和震撼，宣传教育效果会更好。报社领导经过慎重考虑，勇敢地打破这个神秘的禁区，一些批评性的文章如雨后春笋，破土而出，在社会上引起良好的效果，这需要多么大的勇气和魄力呀。

愿副刊第七版越办越好，愿广大读者更加关注、支持它。

墨痴

——评安阳市年轻书法家王宏方

　　中等个头，沉默寡言，走在大路上绝不显眼，这是人们对王宏方的第一印象。但是了解王宏方的人都知道，他是安阳市不可多得的年轻书法家，且不说他是中国书法家协会会员、中国硬笔书法协会会员、教育部等级考试高级培训师、文峰区书法家协会主席，单就他的作品而言，已深得国内外同行称道。

　　让我们看一看他近年来获得的奖项，2010 年获得中国书法家协会主办的中国书协教学成果最高奖；2011 年在中国书法家协会主办的全国首届手卷展、全国第二届册页书法展、全国第三届隶书艺术展、齐白石国际书法艺术节书画展等权威大赛中入展；2012 年受国际邀请，作品在美国纽约展出；2013 年在纪念袁崇焕诞辰 428 周年"袁崇焕杯"全国书法大赛中获得最高奖，作品被中国文字博物馆、中国军事博物馆、张海书法艺术馆以及国内外的团体和个人收藏……

　　他的书法五体皆能，以蝇头小楷、隶书、篆书最受欢迎。小楷风格俊朗，清新淡雅，虽无雄浑奔放之势，却有钟繇、王羲之、王献之和文徵明的高古之气，丹穴凰舞，清泉龙跃，珠秀玉润，秀美飘逸；隶书刚中带柔，柔中带刚，巧中带拙，巧拙互补，凝重而不失活泼，老成而不失温润，肃括而不失清越；篆书笔势委婉含蓄，结构优美，寓含宽博，有铁山之厚重，兼沙翁之石韵。

"宝剑锋从磨砺出，梅花香自苦寒来。"他之所以取得如此高的成就，与他虚心求学、勤奋苦练是分不开的。

投师名门，虚心学习。他自费报名了中国书画函授大学，有缘受到我国著名书法家欧阳中石先生的点化，从此他的书法走上快车道。他博采众长，虚心请教，向名宿徐学萍、朱长和学习，耳提面命，如痴如醉，深得楷书、隶书、篆书及篆刻之道。

勤奋苦练，天道酬勤。他1991年师范毕业，被分到文峰区宝莲寺一中，暂时寄宿于校外的半间小屋子，除了一床、一桌、一椅、一笛、一箫外，小屋子摆的全是字帖、理论大部头和文房四宝。暑去寒来，他每天起床第一件事，就是拿起自制的海绵大笔，以地为纸，以水作墨，把门前长约百米的水泥地面写刷三遍。炎炎夏日，他挥毫泼墨，汗流浃背浑然不觉，前胸后背都生出痱子，两只胳膊被太阳晒得褪了一层又一层皮；数九寒天，他满手冻疮，几乎握不住粗大的笔杆，但他以苦为乐，持之以恒，苦练不辍。长期的教学和苦练书法，使他患上痔疮，不得不住院治疗，让人吃惊的是，住院的他仍然以顽强的毅力，趴在病床上，不断地揣摩、模仿王羲之的《兰亭序》，书圣的墨宝成了他治病的最好镇痛剂。

心静如水，淡泊名利。他经常读禅、悟禅，将宁静、平和之心融入小楷创作之中，顿时满纸静气，浑如其人。随着他在书法艺术上的造诣越来越深，他在海内外的知名度也越来越高，但是他不急不躁，做到心静如水，耐得住寂寞，守得住清贫，这与那些急功近利、心浮气躁之徒相比，有着天壤之别。

他是一个典型的墨痴，对书法艺术孜孜以求，日臻完美，在豫北这块美丽而又肥沃的土地上大放异彩，相信他的墨宝会像其他大家的墨宝一样，以极其旺盛的生命力飘香四海。

没想到的一等奖

2019 年 9 月，我在石家庄参加文学培训班，其间参观了河北文学馆，这是一次难忘的行程。

面对众多享誉中外的作家，我详细了解他们每个人的成名作。在作家浩然的画像前，我看了他的简介，没有因为他的作品不合乎当下的世俗而改变对他的敬意，而是恭恭敬敬地向他三鞠躬。当我步至梁斌的画像前，看到他为了写好《红旗谱》，淡泊名利，三次辞官，不禁为他心无旁骛的创作精神所感动，于是，我无比虔诚地向他六鞠躬，当时并不知道有全国梁斌文学奖。

2020 年 6 月，天津"东丽杯"第二十九届全国梁斌小说奖开始在全国征集作品，我怀着试试看的态度，把长篇历史小说《文景之治》报给河南省文化馆，心想全国文学高手如樯如林，咱与评委素无渊源，怎能轮着咱获大奖？心里虽想入围，但并不抱多大希望。到了 11 月份，省文化馆的一位女同志打电话，要求我三天内再报两套书。我问对方："我的这套书有希望吗？"

对方明确告诉我："你这套书竞争力还不小呢。"

她的话让我看到了一线希望，我赶紧按照她的要求，发了快递。书发过去后，适值省委宣传部抽调我督查六所高校意识形态工作，因为忙着这项工作，就把这件事淡忘了。

　　到了 12 月初，评比活动揭晓，河南省报了十几部长篇小说，只有这套书入围。我一时抑制不住内心的兴奋，暗暗庆幸自己入围，同时为其他的作品没有入围深深地感到惋惜。我把入围的消息汇报给领导，领导很高兴，善意地提醒我："你不能局限于优秀奖，看能不能搞一个好的名次。"

　　这把我难住了，天津这么远，我又不认识评委，一下子犯了愁，也真是，现在文学评奖，圈子评奖屡见不鲜。我搜肠刮肚，想到几个同学，给他们打电话，把自己的想法说给他们："全国这么大，作品这么多，关系这么复杂，咱不想一等奖，弄个二等奖、三等奖，实至名归。"

　　他们的回答全都让我失望："不认识这方面的人，你耐心等待吧，反正最差是个优秀奖。"

　　事情发展到这一步，只好听天由命。短短的几天，我好像熬了几个世纪。12 月 21 日，我在群里突然看到河南鲁山县的叶剑秀荣获短篇小说一等奖的消息，赶紧查看自己的情况，没想到是长篇小说一等奖，分量更重，真是出乎自己的预料。事情往往就是这样，个人刻意追求的，往往追求不到手；不抱希望的，反而天遂人愿。

　　我欣喜之余，冷静下来，开始总结获奖的经验。难道是 2019 年我在河北文学馆向梁斌老前辈六鞠躬，感动了他，他在冥冥之中对这部厚重的作品格外庇佑？这个迷信的念头在我的脑海里只是一闪而过，便被我笑着否决了。

　　都说历届梁斌小说奖评委会公平公正，以前没有亲身经过，这一次我想才想二等奖和三等奖，结果超过我的期望值，完全是无心插柳柳成荫，不得不相信评委们的公平公正。不过话又说回来了，万一当时我托到人，一等奖变成二等奖或三等奖，岂不成了文学史上的大笑话？也有人开玩笑说，即使你托人到家，也是一个一等奖。

不同的说法，都是事后诸葛亮。

　　说到底，评委的眼睛是雪亮的，不夹杂任何个人感情，看中的还是这部作品题材新颖，篇幅宏大，想象丰富，构思精巧，情节曲折，语言瑰丽，融文学性、历史性和艺术性为一体，在同类作品中出类拔萃。

　　通过这次获奖，我看到了这部作品旺盛的生命力，深刻认识到了好东西迟早要闪光那句话，对未来的文学之路充满信心。再次感谢梁斌老前辈，感谢"东丽杯"梁斌小说奖评委会，感谢所有支持这部作品的领导和朋友。

诗词

游中山陵

日照钟山彩云生，

帝王紫气荟城东。

两朝英君①墓何在？

一代伟人碑犹雄。

苍松翠柏周匝绿，

甜菊香芍遍地红。

欲问石像②兴衰事，

多少尽付笑谈中。

注释：

①两朝英君：三国时期东吴的孙权和明朝开国皇帝朱元璋。

②石像：明孝陵甬道两边的石像。

游岳阳楼

书生不负万里游，
雄姿登上岳阳楼。
少陵①漂萍千滴泪，
范公②凭轩九肠愁。
洞庭湖波浮日月，
君山芦荻送沙鸥。
一曲长歌动帝妃，
寂寞寒碑空怀旧。

注释：

①少陵：杜甫。

②范公：范仲淹。

游太湖

太湖佳绝各不同，
鼋头渚岸乘舟行。
桂香十里天外飘，
松涛千仞水中映。
摩云亭边石径斜，
摘星楼上月色明。
凭栏把酒对清风，
仙岛游客觅诗情。

游西湖

平明吹箫大堤行，
芳草萋萋绿掩映。
三面黛峰秀似妆，
一泓碧水平如镜。
西子①浣纱亡国恨，
王嫱②出塞故乡情。
江南桃李不识君，
秋雨垂钓湖心亭。

注释：

①西子：春秋时期越国的美女西施。

②王嫱：汉朝的美女王昭君。

游苏州园林

休道苏州园林老，
五百年前住富豪。
青竹节节庭中开，
兰香袅袅梁上绕。
丘小草绿任客游，
池浅水碧凭鱼跃。
长恨曲径浮白云，
冠云峰下夕阳照。

游灵隐寺

圣帝①题匾千古传，
文人不纳亦自然。
佛祖神肃坐正位，
罗汉威猛立偏殿。
香火缭绕驱邪魔，
游吏虔诚求平安。
一方净土供朝拜，
万种念头离此间。

注释：

①圣帝：康熙皇帝。

游黄龙洞

白云峰下怪洞生，
俯首鱼贯探骊宫。
黄土坡上悬飞瀑，
黑河岸边照明灯。
海螺吹落千滴雨，
石笋惊醒万古梦。
金枪银矛相对峙，
独秀神针价连城。

游袁世凯坟有感

洹上垂钓一朽翁，
宦海浮沉仍从容。
风云际会武昌城，
孩童逊位乾清宫。
重演帝制闹恶剧，
再造共和赖群雄。
故冢萧萧枕寒流，
长歌悲哀哭秋桐。

吟文峰塔

遥望古塔似伞形，
雄踞河朔半天倾。
江山万里收眼底，
金瓯千载主替兴。
风吹桃花人欲醉，
月追乡魂愁弄影。
石碑犹记年年雨，
依稀泪痕诉衷情。

独评留侯张良

楚汉逐鹿起烽烟，
金戈铁马控雄关。
敌阵若云望无边，
兵锋如潮涌在前。
郦生分疆说天下，
子房借箸弄乾坤。
长缨缚龙会有日，
运筹帷幄智全歼。

春燕

南国多情相思燕，
不辞万里遨云天。
王母桃花落红尘，
隋堤杨柳起翠烟。
衔草复修堂前居，
戏水重温梦中颜。
低声细语诉衷肠，
阔别旧识今又还。

咏雪二首

其一

寂寞嫦娥舒袖长，
层峦叠嶂新样妆。
窗外琼花①千片碎，
灯下玉液②万盏香。
青松笑迎瑞祥雪，
红梅冷对严寒霜。
三十八载弹指过，
时不吾待须向上。

其二

圣诞佳节喜相逢，
举杯醑酒论精英。

狂飙吹落千片雪，

寒崖悬挂百丈冰。

玉瀑尽涤昔日愁，

瑶池畅游周身轻。

故友笑问回家时，

雄鸡一唱天下明。

注释：

①琼花：雪花。

②玉液：美酒。

感遇

陆离①炎炎埋狱下②，

夜夜冲天荃不察。

怒向官场几人公？

忍视群肖一团麻。

冯骥③弹铗④怨无车，

桓灵鬻爵喜有价。

欲学当年陶朱公⑤，

政绩用人纯假话。

注释：

①陆离：传说中一把锋利无比的宝剑。

②埋狱下：三国狱吏雷焕发现狱下埋着一把宝剑。

③冯骥：春秋战国时期孟尝君手下有建树的门客。

④弹铗：弹剑。

⑤陶朱公：范蠡。

纺纱女工

纺纱女工泪凄楚，
艰辛劳累命运苦。
千家沉睡闻鸡鸣，
万盏明灯听天籁。
高额利润年年创，
烦苛罚款月月出。
稍不留神即面壁，
剜心医疮向谁诉。

停笔

屈子①当年赋《离骚》,

泽畔行吟空烦恼。

长吉②蹇驴索好句,

浪仙③信步费推敲。

自古诗人多清贫,

从来墨客少富豪。

悟破天机从容退,

扔下神笔去逍遥。

注释:

①屈子:屈原的尊称。

②长吉:李贺的字。

③浪仙:贾岛的字。

自祭文

邺下新落文曲星，
寒光照夜天自明。
太白卓荦惊士林，
子厚激昂唱笼鹰。
慷慨击剑燕赵风，
从容煮酒峨眉岭。
忍睹妙笔藏青简，
一缕诗魂化漂萍。

春柳

朝游邺城四野青，
碧玉招魂泪相迎。
疑是楚宫细腰女，
风姿绰约烟雨中。

春桃

春风吹开桃花扇，
彩蜂云游丛瓣间。
至今犹忆陶令公①，
千古奇文②垂宇寰。

注释：

①陶令公：陶渊明。

②千古奇文：这里指《桃花源记》。

咏春

远看翡翠近碧玉，
细丝婆娑飞黄鹂。
千姿百态谁装饰？
花香十里总浓郁。

游周庄

双桥云集天下商，
水乡处处话沈张①。
仙乐难得几度闻，
近看村姑摇船桨。

注释：

①沈张：沈、张是周庄两个富可敌国的家庭姓氏，其中沈家的
沈万山更出名。

游韶山冲

群岭环抱小山冲，
一方水塘横桥东。
游客临景尽慨叹，
天下龙首在湘中。

游飞来峰

神奇险峻飞来峰，
鸟瞰吴越傲名城。
龛中佛像笑客痴，
骊宫探珠暗中行。

赞孙武

孙子思想放光芒，
至今研读十三章①。
虎丘台上论征伐，
月黑风高夜点将。

注释：

①十三章：这里指代《孙子兵法》，该书共有十三篇，故称。

叹吴王阖闾

小桥流水浣溪沙，
吴王葬于剑池①下。
千古遗恨失吞越，
望苏台上寻酒家。

注释：

①剑池：吴王阖闾埋葬的地方。

悲子胥

一夜白发①出绍关，
鞭尸②未足慰英灵。
吴越征战空悲切，
悬首国门③望敌兵。

注释：

①一夜白发：相传伍子胥逃亡过绍关时，因楚兵把关很紧，伍子胥无计可施，一夜愁白头发，乘机蒙混过关。

②鞭尸：伍子胥的父亲因进忠言被楚平王诛杀，其兄被株连。伍子胥逃到吴国，扶助吴王阖闾攻破楚国郢都，但楚平王已死，为了报父兄被杀之仇，伍子胥命士兵挖掘楚平王的坟墓，开棺鞭尸，犹未解恨。

③悬首国门：吴王夫差因听信谗言，错杀忠臣伍子胥，伍子胥临死前说，把自己的头悬在国门上，要亲眼看越国攻打吴国。后来，越王勾践果然实现了伍子胥的预言。

游高阁寺

一道风尘出帝京，
徙封彰德筑龙亭。
登高觊觎天下位，
痴心摇落北斗星。

游红旗渠

一条玉带太行飘，
落在险峻半山腰。
更喜清泉灌沃田，
万担粟粒归仓廒。

游阳台宫

玉皇塑在破庙里，
人间主宰宁有此。
香火哪能遂人愿？
都是骗钱鬼把戏。

评韩信二首

其一

汉初战将枉自多，
纵有淮阴亦屠戮。
匈奴不是等闲敌，
白登一围胆已破。

其二

削王为侯心已死，
称病徒自招疑忌。
若随高祖出边塞，
再建奇功未可知。

感遇二首

其一

晓风残月霜满天，
汽笛长鸣催君还。
远方好友如相问，
踏破青山未曾闲。

其二

惊蛰临近飞黄鸟，
百花掩羞正含苞。
难测风云一夜怒，
阳春三月卷鹅毛。

文峰塔下

文峰塔下春色浓，
碧树掩映桃花红。
天生一个聚宝盆，
无限商机在其中。

《文景之治》获奖有感

一百六十九万字，
写到情深泪似雨。
峥嵘头角今已露，
横扫大奖如卷席。

致女儿一首诗

2019 年 9 月 28 日，余获悉二女儿保研同济大学，喜不自胜，赋诗一首。

不到最后不言弃，
小女保研进同济。
人生基础从此定，
倚马天下会有时。

湘妃

娥皇心欲碎，
女英魂徘徊。
朝饮君山露，
暮临洞庭水。
湘竹千枝斑，
舜帝二妃泪。
愿乘长风去，
波上吹箫醉。

咏志

观图分四海，
掩卷拜高朋。
碧溪垂钓翁，
隆中蛰卧龙。
毓秀集山川，
奇才拔群雄。
长剑倚天外，
耿耿鸣不平。

慎夫人

上郡军情急，
御驾出京师。
塞外飞鸣镝，
关内响鼙鼓。
柳在月下怨，
妾居深宫泣。
何以寄苦思，
鸿雁传千里。

小说之后偶得三十句

第一部小说创作之后，拜叶君赐教，其间有感而发。

一夜细雨来，
满眼飞尘无。
秋风吹又凉，
挥手诀炎暑。
韶华流水易，
文章沥血苦。
仰眸构情节，
凝眉叙人物。
梦中泉喷涌，
灯下影独孤。
尖锐忽跌宕，
残酷突起伏。
荡气入霄汉，
回肠落峡湖。
世人皆行乐，
斯君磨铁杵。

对镜愁白丝，

憔悴没面目。

闲暇涤烦嚣，

勤政未曾误。

洋洋百万言，

厚厚三本书。

草稿已拟定，

邀师挥神斧。

顽石琢成玉，

光芒万丈吐。

悠悠相思期，

绵绵锦绣路。

魂去魄来兮，

成败乃天数。

望月

瑶池①洗素月，
东岭何皎洁。
夜半借吴钩，
直镂玉兔②缺。

注释：

①瑶池：中国神话中西王母的居所。

②玉兔：代指月亮。

求贤

天高无不覆，
地广莫不载。
为作一国主，
须纳八方才。

卜算子·王屋山

幼时学愚公，
曾将山神感。
巍峨王屋依旧在，
何曾一石担？

睹此心不甘，
追寻白云边。
只有银杏越千载，
神韵犹未减。

卜算子·从慈利至张家界过武陵群脉

车绕山头转，
人在云中旋。
壁立千仞鸟飞绝，
险峻不敢看。

百里路行难，
颠簸魂欲散。
夜色苍茫披雾纱，
何时出深涧。

卜算子·黄石寨

朝登黄石寨，
山风天门来。
六奇阁上望云海，
诸峰如刀裁。

帝王师何在？
欲觅雾霭霭。
武陵竹下笑韩彭[1]，
雅量千古载。

注释：

①韩彭：指韩信、彭越二人。

卜算子·遥寄相思

月照两颗心，
星闪千里眼。
茫茫银河一线牵，
鹊桥会恨晚。

风吹相思梦，
雨流离人泪。
草堂旧居燕斜飞，
独饮玉液醉。

卜算子·阅兵（三首）

其一

秋晨雨蒙蒙，
操场练新兵。
铿锵步伐震天响，
整装待命令。

停止间转法，
稍息与立正。
熟能生巧千百遍，
队长笑眉峰。

其二

彩旗猎猎飘，
方阵堂堂布。
检阅台上往下看，
列队猛如虎。

同志们辛苦，
为人民服务。
提挈三军如一人，
大校眉头舒。

其三

雄浑进行曲，
碧空几次回。
英姿男儿齐如林，
血在身上沸。

执旗仪仗队，
凛凛有虎威。
三千貔虎待检阅，
冠军当数谁？

卜算子·咏怀（五首）

其一

秋雨潇潇下，
田野去护花。
茫茫深处觅黄菊，
任凭狂风打。

打也不回头，
只顾泥儿踏。
纵使沦落到天涯，
情浓未曾罢。

其二

旭日照朱牖，
喜鹊鸣翠柳。
吟诗填词到深夜，
精神仍抖擞。

生命在运动，
晨练增人寿。
大汗淋漓不觉疲，
周身已湿透。

其三

犬吠紫扉外，
雪落翠山阿。
忽闻路上行醉客，
举首望银河。

夜半难入眠，
钟声敲身侧。
纵有千万相思梦，
化作泪几颗。

其四

云雾何处来，
四野为之塞。
阡陌小路任君游，
满眼尽沉霭。

空旷寂无伴，
踌躇独徘徊。
忽闻远处晨雀鸣，
聊且慰襟怀。

其五

民以食为天，
有粮乃稳定。
五谷丰登年年庆，
海内歌太平。

观念须变更，
种植要调整。
小康社会指日待，
踊跃奔征程。

如梦令·荷塘秋景

湿衣游兴不减，

细雨如纱拂脸。

荷塘笼芍烟，

小鱼水中尽欢。

劲风，

劲风，

吹散残红几片。

浣溪沙·小浪底

杯中一泻千顷碧，
山水相连映绿丝，
孤帆日边鸣长笛。

谁说列子虚妄言，
当代愚公奋神臂，
独领风骚小浪底。

浣溪沙·元宵

赤橙黄绿青蓝紫，
散花怒放映半天，
疑是仙子下尘凡。

月和风清舞彩练，
炮声起伏萦耳边，
雅鸣鼓乐吹连绵。

西江月·终有锋利之时

我似一把古剑，
锈斑星星点点。
十年磨洗何艰辛，
执意不肯赋闲。

终有锋利之时，
扬威晓示君看。
子夜寒光冲霄汉，
只是眨眼瞬间。

西江月·我以寂寞为友

今夜星光灿烂，
风如纤指拂面。
灯下玉液分外香，
诸君斟低饮浅。

我以寂寞为友，
书斋醉心墨翰。
辜负凌云文章才，
冷落一边谁看？

西江月·悯农

天公下雨不停，
乡间到处泥泞。
机器轰鸣难进地，
枉谈正常进行。

羊年无意悯农，
心慌神乱抢种。
寒露前后正应时，
苍穹何日能晴？

水调歌头·评典属国苏武

官封中郎将，
奉诏赴议和。
明知虏庭虎穴，
千里送金帛。
项颈热血染剑，
大窖啮雪嚼旃，
汉节持身侧。
牧羝北海边，
岑寂望朔漠。

掘野鼠，
觅草实，
志未折。
十九载春秋孤月，
高唱忠臣歌。
托信上林鸿雁，
惊动天子使者，
还都旄头落。

丹青绘君图,

显扬麒麟阁。

永遇乐·咏宋武帝刘裕

巍巍宫阙，

几番血洗，

当权人物。

忍看胡骑，

笳哨遍吹，

腥膻笼妖雾。

九州衰疲，

民心求治，

翘首兴王何处？

射蟒蛇，

梦乘龙背，

寻常巷陌曾住。

莽莽草泽，

英雄崛起，

迭克强敌孙卢。

席卷江陵，

折冲广固，

妙计定巴蜀。

潼关隘前，

渭水桥边，

叱咤风云如虎。

问洛鼎，

谁能匡扶？

唯有寄奴。

沁园春·凭小乔墓

岳阳楼下，
洞庭湖边，
燕子蹁跹。
凭夫人香冢，
青碑依然。
笙歌悠曼，
渔跳船舷。
水天一色，
云波相连，
晓风残月岁岁闲。
叹红颜，
看花开雪落，
鼓枻扬帆。

往事如烟尽散，
羡郎才女貌一线牵。
恰公瑾英年，
胸佩玉兰。

赤壁鏖兵，
退敌百万。
巴丘殒命，
三军缟素，
驾鹤西去归霄汉。
望君山，
斑竹湘妃泪，
此恨绵绵。